복수자의 오두막

복수자의 오두막

이준성 소설집

차례

메탈 · 7

에밀 · 27

이 · 53

하루 · 83

밥 한 끼 · 105

고양이 · 131

복수자의 오두막 · 155

노인 전쟁 · 207

감옥 · 237

아무도 안 죽는 일곱 머리 이야기 · 267

작가의 말 · 298

오래 다니던 회사에서 퇴직한 후 우울했다. 다행히 아이들은 다 커서 독립해 나갔다. 아내는 몇 년 전에 암으로 죽었다. 나 혼자였다. 죽기 전까지 내 몸 하나 건사하면 됐다. 그것도 쉽지 않았다. 퇴직금은 얼마 안 됐다. 아내가 죽기 전에 병원비로 많이 나가 남은 돈도 많지 않았다. 아이들도 근근이 사느라 내 생활비 보태주는 건 어려웠다. 기대도 하지 않았다. 뭐라도 하면서 돈을 벌어야 했다. 내 건강은 괜찮았다.

그래서 아파트 경비원이 됐다. 이것도 되기 쉽지만은 않았다. 지원자들이 많았다. 권력을 좇지만 가진 힘은 변변치 않아 불만이고, 음모를 꾸미고 싶지만 신통한 생각은 안 떠올라 답답한 자의 얼굴을 한 관리소장은 나를 미워했다. 이유는 몰랐지만 자기를 존경하거나 무서워하지 않는다는 것 외에는 그럴듯한 이유도 없을 것 같았다. 아파트 주민들은 대부분 별 문제없는 사람들이었고 그 중 몇몇만이 나를 하대하는 듯해서 거슬렸는데, 내가 그런 것 때문에 상처받을 사람은 아니었으니 그냥 적당히 대해주고 무시하면 그만이었다.

제일 성가신 일은 재활용 쓰레기 정리였다. 캔/금속, 플라스틱, 비닐, 페트병, 우유 팩, 공병, 도자기라고 쓰인 각자의 이름표를 달고 입을 열고 있는 큰 비닐 자루들이 나란히 달려 있었지만, 그 안은 으레 뒤죽박죽이기 일쑤였다. 장난감이나 볼펜 같은 플라스틱은 재활용이 안 되고 따로 버려야 하기도 했는데, 이를 아는 주민도 많지 않아 보였다. 그래서 나는 매일 자루를 뒤지며 주민들이 나름대로 분류해서 버린 재활용 쓰레기를 다시 분류해야 했다. 그것도 좀 해 보니 요령이 생겨 그렇게 어렵지 않았다. 작은 레고 블록들이 플라스틱 쓰레기 사이사이에 흩어져 있는 것을 골라내는 것은 제법 곤혹스럽긴 했지만, 다행히 그런 것들은 애 어릴 때 한 번 사면 거의 입시 준비에 돌입할 때까지는 그냥 집에 있는 것이니 어쩌다가 한 번 드물게 출현했다.

오히려 이런 생각이 들었다. 매일 이렇게 많이 나오는 쓰레기를 다 어떻게 처리하는 것일까? 아파트 한 동에서만 이렇게 쏟아져 나오는 데 전국적으로, 전 세계적으로는 얼마나 많은 쓰레기가 나올까? 재활용은 제대로 하나? 경비원 하나가 걱정한다고 어찌할 수 있는 문제는 물론 아니었다. 살날이 많이 남지 않은 내가 죽기 전까지는 인류가 멸망하지 않을 것이라고 스스로 위안했다. 나중에 언젠가 인류가 멸망하거나 멸종하면 할 수 없는 거지, 뭐 어쩌겠나. 공룡도 다 멸종했는데.

　경비초소 안에 앉아서 하루 종일 오고 가는 사람들을 보고 있으면 나로서는 엄두도 못 낼 정도로 비싼 아파트에 사는 인간들의 삶도 보잘것없어 보였다. 동물원 우리에 갇힌 코끼리가 나만큼 똑똑하다면 구경꾼들을 볼 때 그런 생각이 들 것이다. 어느 집 부부가 사이가 안 좋은지, 어느 집 애가 공부를 잘하는지, 어느 집 남편이 돈 문제로 근심과 걱정이 가득한지, 어느 집 부인이 늘 우울한지, 대충 알 것 같았다. 다들 거기서 거기인 삶이었다. 주민들의 삶에는 관심이 없어졌고, 초소에 앉아 있는 것이 지루해졌다. 재활용 쓰레기를 정리하거나, 가을에 낙엽을 쓸거나, 겨울에 눈을 치우는 일을 할 때처럼 몸을 움직여야 할 때가 차라리 좋았다.

누가 좋다고 해서 명상을 시작했다. 가만히 앉아 호흡을 조절하며 눈을 감고 있으니, 뭔가 허전하고 자꾸 하품이 나왔다. 유튜브를 찾아보니 티베트, 인도, 몽골산 명상 음악이라는 것도 있었다. 이어폰을 귀에 꽂고 그런 걸 들으며 눈 뜨고 조는 사람처럼 초소에 앉아 있었다. 마침 깊어진 가을에 어느 산에 가서도 볼 수 없을 것 같은 초소 앞 멋진 단풍나무에 달린 새빨간 단풍잎을 보며 졸졸 흐르는 물소리도 나오는 명상음악을 들었다. 마음이 고요해지다가 너무 고요해졌는지 잠이 들었다. 깜빡 졸다가 눈을 뜬 순간 요주의 주민 하나가 나를 마뜩잖게 째려보고 지나갔다. 나이가 드니 자주 졸리는데, 명상음악까지 들으니 과하게 심신 이완이 되는 것 같은 것이, 명상은 왠지 나한테 안 맞는 듯싶었다. 어릴 때 누군가의 꼬드김에 성당이나 교회에 따라갔을 때 찬송가, 성가, 기도 소리, 성경 읽어대는 소리도 내게는 자장가였다.

왠지 기분이 울적한 오후, 나는 초소는 기관차이고 아파트 한 동은 그 뒤에 딸린 수십 량의 객차인 상상을 했다. 위로 층층이 쌓인 각 세대는 한 량의 객차가 되어 내가 모는 기관차 뒤에 줄줄이 엮여 그 안에서 안락하게 썩어가던 주민들을 태우고 어딘지 모를 곳을 향해 전속력으로 끌려간다. 이건 오래전에 사라진 증기기관차라고 하

자. 화통이 토해내는 검은 연기로 다른 아파트의 창문과 주차장의 자동차들을 시커멓게 뒤덮으며, 열차는 공격당한 괴수의 울음 같은 굉음과 함께 폭주한다.

졸린 명상음악을 못 참아 앱스토어를 뒤적거리다가 우연히 발견해 이건 어떨지 해서 다운받아 틀어 놓은 록 라디오 앱이 마침 이어폰을 통해 내 귀에 쏘아준 음악은 그전까지 정신 나간 놈들 소리 지르는 소음으로만 느껴졌던 메탈, 그중에서도 스래시 메탈*이었다. 이유는 모르겠지만, 그 순간 금속성 계시가 온몸의 살과 뼈를 파고들어 왔다. 바로 이것이로구나!

그 순간, 나에게 가볍게 인사하고 초소 앞을 지나가는 그 남자를 보았다. 한때는 빛났을, 그 빛이 다른 사람의 기대를 충족시키려 분투하는 과정에서 어두워진, 그럼에도 끝내 다 충족시켜 주지 못해 좌절하고 스스로에 대해 회의하는, 아직 그 빛을 다시 환하게 밝힐 무엇이 남아있을지 모르겠는, 그래도 밖으로 뛰쳐나가 도망가지 않고 자기 자리에서 버티는, 그래서 바로 나와 비슷한 부류임을 직감한 그런 남자. 그의 아내는 갸름한 얼굴의 미인형이었고, 잘 웃었지만, 어딘지 불안해 보였다. 아들은 엄마

---

* 스래시 메탈(thrash metal): 매우 빠르고 불협화음을 내는 헤비메탈의 일종

보다는 아빠를 닮아 보였고, 아직 빛을 내기도 전에 이미 조금 어두웠다. 모든 집에는 크거나 작은 문제가 있기 마련인데, 나는 여자가 아마도 아픈가 하고 생각했다. 아프지만, 자기는 아프다는 것을 부정하는 그런 아픔. 나의 아내는 일찌감치 자기가 암이라는 진단을 받고 자신의 병을 자세히 알아갔고, 거의 병과 친한 사이가 될 정도였다. 그것이 어떻게 진행되고, 어떤 치료가 가능하고, 결국 어떻게 죽어갈 것인지를 잘 알았다. 그건 고마운 일이었다.

내 귀에 울리는 찢어지는 기타 프레이즈를 배경음악으로 그는 잎들이 검붉게 변한 단풍나무 아래로 멀어져갔다. 누런 상자를 가득 실은 택배 카트를 밀고 가는 택배기사도 내게 인사하고 지나갔다. 집에 앉아 뭘 저리 사 질러 들 대는지. 나도 회사에서 영어 좀 잘한다는 소리도 듣고 그랬지만, 파충류 머리가 붙어 있을 것 같은 보컬이 내지르는 가사는 가끔 들리는 욕설 추임새 말고는 한 마디도 귀에 들어오지 않았다. 요즘 한국 아이돌 그룹 노래 가사가 귀에 안 들어오는 것처럼 미국 애들도 저런 가사는 귀에 들어오지 않을 것이다. 그에게도 물어보고 싶었다. 메탈 좋아하세요? 좋아하거나, 아직은 아니더라도 들어보면 좋아하게 될 것이라고 내 마음대로 생각했다.

스마트폰이 안 생겼더라면 메탈도 모르고 살았을 것

이다. 록 음악을 장르별로 나누어서 24시간 내내 방송해 주는 라디오 앱과 와이파이와 이어폰이면 충분했다. 광대한 록의 바다 가운데 위태로운 작은 배에 몸을 싣고 풍랑을 헤치며, 또는 끝없이 이어지는 철로 위에서 검은 연기를 뿜는 증기기관차의 운전석에 앉아 거칠게 돌진하며, 심장이 뛰고 피가 돌고 폐가 호흡하는 나의 몸을 느꼈다. 너무 오래 들으면 좀 힘들기도 해서 라디오를 끄거나 재즈 라디오를 들었다. 중간에 잠깐 끼어드는 광고 타임도 휴식 시간이었다. 그리고, 남의 돈 먹는 게 어디 쉬운가, 일도 해야 했으니 당연히 하루 종일 듣지는 않았다. 이어폰으로 메탈을 하루 종일 들으면 보청기를 껴야 할 때가 빨리 올 수도 있을 것이다. 내가 셀프 컨트롤은 참 잘하는 사람이다.

    한국에는 몇 개 있지도 않은 것 같은 메탈 밴드가 세상에는 어찌나 많은지, 놀라웠다. 그리고, 메탈도 세분되어 스래시 메탈, 파워메탈, 메탈 코어, 헤비메탈, 뉴메탈, 스크리모/이모, 블랙메탈, 데스메탈, 멜로딕데쓰메탈, 심포닉메탈, 클래식 메탈 등등으로 나뉘어 별도의 채널이 있었다. 종종 이 채널에 나온 밴드가 저 채널에도 나오기도 했지만, 아무튼 메탈이 이렇게 다양하게 여러 갈래로 나뉘어 있다는 것도 놀라웠다. 눈물, 이별, 늙음, 옛사랑,

추억 따위를 읊조리는 오래전 한국 노래들은, 한때 나도 좋아하긴 했지만, 이젠 단 한 소절도 듣기 싫었다. 그런 청승이라니! 그런 건 다 때려치우고 되는대로 거칠게 내질러 보라고!

그러다가 재미로 내 휴대전화 통화연결음도 메탈로 깔아 보았는데, 아들과 딸이 한두 번 나와 통화를 하더니 번갈아서 카톡을 보내며 요즘 무슨 일 있냐, 건강은 괜찮냐, 마음이 우울하냐고 물었다. 연결음 들어보면 모르겠냐, 아무 문제 없고 좋으니 내 걱정 하지 말고 잘들 살라고 했다. 내가 하고 싶었지만, 하지 않은 말은 이랬다. 너희들이 메탈을 들어보기나 했어? 젊은것들이 벌써 옛사랑, 이별, 추억, 이런 거나 씹고 있냐? 특히 아빠나 엄마 생각하고 걱정하며 질질 짜는 노래는 들을 생각도 하지 말아라. 그렇게 짤 마음 있으면 내 계좌로 용돈이나 보내든지! 내가 손주들 보고 싶어 할 거라는 생각도 할 필요 없다. 별로 보고 싶지도 않다. 그냥 너희들끼리 잘 살아라. 그러면 됐다.

내가 소싯적부터 목청도 크고 노래도 꽤 잘했다. 시니어 메탈 밴드라도 결성해서 보컬로 활동하면 잘할 자신이 있었다. 하지만, 미국에 가면 혹시 있을까, 이 나라에는 아무리 찾아봐도 그런 건 없었다. 젊은이들이 하는 밴드에서는 날 안 써 줄 것이고, 늙은이들로 기타, 베이스, 드럼 이렇게 모으는 것은 사실상 불가능할 테니, 꿈은 일찌감치 깨는 게 좋았다. 아, 미국에서 태어나야 했는데! 밴드 이름 허세 쩔게 정하고, 머리는 치렁치렁 기르고, 가죽조끼 입고, 가슴은 풀어 젖히고, 손목에는 쇠사슬 팔찌 차고, 팔뚝에는 문신 잔뜩 하고, 징 박힌 신신고, 약 좀 한 것 같은 청중들에게 '퍼 큐'라고 욕하고, 폐부에서 솟구쳐 나오는 지옥의 샤우팅으로 침을 튀겨가며 성나게 내지르는 것, 그것이 나의 뜨거운 삶이었을 것을! 나는 여기서 후줄근한 경비원 옷을 입고 재활용 쓰레기를 분류하고 있다. 그래도 뭐 괜찮다. 이리 살다 죽으면 그만이다. 이것이 록 스피릿이지!

내가 '귀 기울이는' 것이 자동차 소리냐, 새 소리냐, 아줌마들 수다 떠는소리냐, 바람 소리냐, 빗소리냐, 배달 오토바이 소리냐, 내 숨소리냐에 따라 내가 눈으로 보는 세상의 느낌과 표정도 미묘하게 달라진다. 자연스럽게 귀로 들어오는 모든 소리를 이어폰으로 막고 볼륨을 높여 음악만을 귀로 흘려보낼 때도 그것이 어떤 음악이냐에 따라 눈으로 보는 세상의 느낌이 달라진다. 메탈만을 귀로 처넣고 있을 때 내 앞의 세상은 날이 선다. 선명해진다. 우울할 틈이 없다. 한탄이나 청승이 끼어들 여지가 없다. 다른 사람은 몰라도, 적어도 나는 그렇다.

그 남자의 아내가 초소 앞을 지나갔다. 불안하고 우울해 보였다. 그 남자도 곧 초소 앞을 지나갔다. 지치고 힘들어 보였다. 가사는 알 수 없었지만, 내 귀에 울리는 메탈의 보컬이 그들을 조롱하듯 되는대로 이렇게 내지르는 것 같았다. 멍청한 것들! 그러고 살 바에는 죽어버려라! 너희를 갉아먹는 것은 오직 너희 자신들일 뿐! 우워어어어어! 뭐가 아직도 부족하니, 썩을 연놈들! 입에 총부리 집어넣고 방아쇠를 당겨버려! 우오오오오! 세상은 너희 없이도 잘 돌아가! 아무도 아쉬워하지 않아! 누구도 슬퍼하지 않아! 너희 삶은 아무것도 아니야! 악몽의 똥을 닦아낸 휴지일 뿐! 끄아아아아아! (이즈음에서 미친 듯한 기타 프레이즈, 그리고 헤드뱅잉!)

바니타스 정물화라는 것이 있다. 17세기 네덜란드와 플랑드르 지역에서 유행한 장르인데, 삶의 덧없음을 상징하는 해골, 촛불, 꽃 등을 그리는 것이 특징이다. 거대한 도시 번화가의 장식과 광고판, 그리고 거기서 웃고 떠들며 먹고 마시는 사람들, TV와 인터넷에 넘쳐나는 때깔 좋은 풍경과 인물들, 여기저기서 들리는 삶과 사랑의 찬가, 생의 고통에도 불구하고 희망을 품고 살아가는 사람들에 대한 격려, 번영하는 문명에 대한 찬사, 신기술에 대한 열광, 모든 게 잘될 거라는 전문가의 밝은 말씀, 행복을 위한 조언, 그림자라고는 있을 리 없이 항상 웃는 마스코트나 캐릭터의 얼굴, 이런 음흉한 것들 사이에서 메탈은 현대의 바니타스 정물화이다, 라고 나는 생각한다. 메탈 밴드들의 앨범 재킷에 그려진 수많은 해골과 기괴한 인물이나 생명체, 그리고 악마와 시체를 보면, 과연 그러하다. 우리가 애써 외면해도 여기와 거기에 있는 것들을 메탈은 소리 지른다. 그 소리에 오히려 힘이 난다는 것은 아이러니하다. 조작된 밝음만으로는 힘을 얻을 수 없다. 그런 것만을 간절히 원해서는 결국 우울해질 뿐이다. 그래, 인정한다, 이건 그저 메탈을 좋아하는 늙은 아파트 경비원의 개똥철학 헛소리이니 신경 쓸 것 없다.

    우리는 매일 정해진 시각에 각자 맡고 있는 동 주변을 순찰했다. 한 바퀴 둘러봐야 아파트 단지에 길고양이나 쓰레기 말고 뭐 별것이 있겠냐마는, 초소에서 나와 정해진 동선을 따라, 때로는 이어폰을 귀에 꽂고, 때로는 맨 귀로, 별생각 없이, 별 주의도 기울이지 않고, 슬렁슬렁 걷고 오는 것은 나름 가벼운 운동도 됐고 기분 전환도 됐다. 그날도 여느 때와 다름없었다. 하늘은 쾌청했고, 날은 더웠다. 나는 오전 순찰을 위해 초소에서 나와 늘 걷는 방향으로 갔다. 내리쬐는 햇빛을 가리기 위해 모자를 깊이 눌러쓰고 아래쪽으로 눈을 두었다. 이어폰을 끼고 메탈을 틀었다. 추운 나라에 사는 보컬이 이 더위를 못 이기고 비명을 지르는 것 같았다. 덕분에 여름은 늘어지는 나른함에서 벗어나 불끈 솟구치며 뜨거워졌다.

하나하나 곤두서 울부짖는 듯한 잔디를 밟으며 잔디밭 화단으로 들어갔다. 늘 가는 길이었다. 앞에 평소에는 못 보던 뭔가가 보였다. 불길한 샤우팅이 반갑게 외쳐댔다. 째지는 기타가 뒤를 따랐고, 나는 그리로 다가갔다. 오전인데도, 많이 걷지도 않았는데도, 벌써 이마에 땀이 났다. 내 발걸음은 조심스러웠고, 내 귀를 채운 메탈은 어두운 기대에 들떠 소란스러웠다. 나는 그 앞에 섰다. 나 대신 메탈 밴드의 보컬이 괴성을 질렀다. 나는 위를 올려다보았다. 아무도 목을 내밀고 내려다보고 있지 않았다. 나는 다시 내 발 앞을 보았다. 팔과 다리가 꺾인 여자가 잔디 위에 엎드려 누워 있었다. 나는 쭈그려 앉아서 살짝 머리를 들어 얼굴을 확인했다. 그 남자의 아내였다. 20층. 거기서 뛰어내렸다. 누가 밀어 떨어뜨린 것은 아니라고 생각했다. 자살이었다. 내 귀에는 내가 좋아하는 메탈 곡이 총을 쏘아대듯 울렸다.

나는 휴대전화를 주머니에서 꺼내 음악을 껐다. 죽은 그녀의 사진을 한 장 찍었다. 경찰에 전화해서 신고했다.

조금 전에 찍었던 사진을 삭제했다. 휴지통에서도 삭제했다. 이어폰을 귀에서 빼 케이스에 꽂아 주머니에 넣었다. 잠시 눈을 감고 애도의 뜻을 표했다. 믿는 신은 없었지만, 기도 비슷한 걸 했다.

경찰이 올 때까지 자리를 지키고 있었다. 곧 경찰차가 왔고 경찰로 보이는 둘이 내렸다. 뒤이어 구급차도 왔고, 주황색 옷을 입은 소방대원인지 구급대원인지 몇 명이 내렸다. 그들은 화단으로 올라와서 시신을 살펴보았다. 경찰이 내게 누구인지 아느냐고 물었다. 나는 그녀가 사는 아파트 동호수를 말해주었다. 집에는 지금 아무도 없을 거라고도 말했다. 가족 연락처를 묻길래 관리사무소에 전화해 마침 거기 적혀 있는 그 남자의 휴대전화 번호를 물어서 경찰에게 알려주었다. 주민 몇 명이 슬금슬금 모여들었다. 시신은 그새 뭔가로 덮여 있었다.

나는 계속 그 자리에 있었다. 얼마 지나지 않아 택시 한 대가 와서 섰다. 그 남자가 내렸다. 나와 눈이 마주쳤다. 서로 아무 인사도 하지 않았다. 경찰이 그를 그녀의 시신으로 인도해서 그의 아내인지 확인을 시켰다. 그는 그 옆에 무릎을 꿇고 죽은 아내의 손을 잡았다. 울음을 터뜨리거나 소리를 지르지는 않았다.

나는 그 광경을 유심히 보고 있다가, 그것이 메탈밴드

의 앨범 재킷 그림으로 쓸만하다고 생각했다. 떨어져 죽어 엎드려 있는 여자, 그 옆에서 무릎 꿇고 앉아 그녀의 손을 잡은 남자, 그 옆에 둘러서 있는 경찰과 구급대원, 그리고 나, 경비원. 화단에 꽃이 피어 있고, 초록 잔디도 무성하고, 호기심 어린 사람들이 몇 명 멀리서 보고 있다. 인물들은 다들 체형과 윤곽선과 표정과 색채를 과장되게 표현해서 어둡고 스산하게 그린다. 앨범 타이틀과 밴드 이름은 뭐로 해야 할지 생각이 나지 않았다. 진짜로 할 것도 아니고 상상할 뿐인데, 생각 안 나면 어떻겠나.

아무도 내게 주의를 기울이지 않고 있을 때 나는 조용히 이어폰을 꺼내 귀에 꽂고 휴대전화로 메탈을 틀었다. 그 광경을 보면서 듣는 메탈은 각별했다. 메멘토 모리. 그것은 하나의 메탈 밴드 재킷 그림으로서 완벽했다. 두고두고 기억에 남을 것이다. 어스름한 저녁 시간, 이 사람들이 만들어 내는 하나의 그림과 내 귀에 울리는 째지는 메탈, 감히 각성의 순간이라고 해도 좋았다. 안온한 장막 뒤에 숨어 있던 세상의 다른 쪽 진실을 느닷없이 찢어진 장막 사이로 마주한 순간, 외면하거나 두려워하거나 절망하지 말고 그것을 똑바로 보면서 메탈 보컬처럼 째지는 음성으로 소리 질러 외쳐야 한다. 하마터면 나는 그 자리에서 크게 웃으면서 괴성을 지를 뻔했다. 내가 그랬듯이 그에게도 곧 마음의 평화가 깃들기를 바랐다.

　장례를 치르고 추모원에 안치하기 위해 화장 후 하루를 기다려야 했는지, 며칠 후 이른 아침에 나는 엘리베이터 안에 설치된 카메라를 통해 그가 유골함을 안고 엘리베이터에 타는 것을 보았다. 그는 유골함에다 대고 뭐라 뭐라 말했다. 작별 인사 같은 그런 말이었겠지. 이제는 그저 뼛가루만 남아 있을 뿐인데, 무슨 말을 한들 들릴까. 그가 유골함을 들고 거울을 본다. 거울에는 그의 얼굴이 있을 자리에 살갗 다 벗겨지고 턱이 아래로 길게 처진 해골이 보인다. 그는 놀란 얼굴로 해골을 본다. 색채는 어둡고, 윤곽선은 진하고, 엘리베이터 안 공간은 휘어 있다. 또 한 장의 메탈밴드 앨범 재킷 그림으로 손색이 없다. 그가 초소 앞을 지나쳐 갔다. 그날은 내게 인사도 하지 않았다. 나도 조금은 슬펐다.

　납작하게 구겨져 한데 모인 투명 페트병들의 맑은 빛이 화장하고 시술받은 아파트 부녀들의 얼굴빛보다 아름답다. 통 안에 질척하게 그득 쌓인 음식물 쓰레기의 냄새가 그것들을 먹다 버린 살 붙은 아파트 사내들의 체취보다 진실하다. 알겠다. 이런 말은 그저 나의 자격지심 때문이라고 한다면 그대로 인정하겠다. 그런데, 내가 그들을 부러워하지 않는데, 질투하지 않는데, 그렇다고 미워하거나 무시하지도 않는데, 꼭 그렇다고는 할 수 없지 않겠는가? 아무래도 좋다. 내 생각이나 느낌은 그것이 내 뇌 속에서 어떻게 생겨났든지 간에 어쨌든 나의 것이고, 나는 남의 돈 받아먹는 내 할 일을 할 뿐이다. 주민들도 다 잘 살기를 바란다. 그리고, 이유야 어떻든 20층에서 뛰어내리는 짓은 하지 말기를 바란다.

그날 밤 나는 누구도 만날 약속 없이 북적대고 불빛 반짝이는 밤거리를 걷는다. 내 귀에 울리는 메탈에 어울리는 뮤직비디오 속을 걸어가는 것 같다. 이상하지, 오늘은 세상의 날이 무뎌진다. 선명하지도 않다. 사람들은 평소보다 느리게 걷는 것 같고 흐느적거린다. 견고하던 건물들은 흔들린다. 느리게 시간이 흐르는 세상 속을 나 혼자 그보다 빨리 흐르는 시간의 등에 올라타고 가는 기분이다. 어항 속 금붕어처럼 입을 벙긋거리는 사람들은 수일 내로 죽을 날을 받아 놓은 사람들 같다. 거리는 곧 무너져 내려 폐허가 될 것처럼 보인다. 다 죽고 무너진 자리에 살았는지 죽었는지 모를 얼굴의 4인조가 모여 그 자리에 있던 것들을 조롱하는 메탈을 연주하고 노래한다. 듣는 사람은 나 혼자이다. 하늘에서 별이 녹아내린다. 별이 녹은 끈적한 액체가 내 이마에 떨어져 뜻 모를 검은 문양을 새기고 그것은 지워지지 않는다. 기억하지만, 돌아보지 않는다. 고독하지만, 둘러보지 않는다. 앞으로 가지만, 목적지는 없다. 목마르지만, 술 생각은 나지 않는다.

나는 바로 그 시간에 그 남자가 어떤 마음으로 뭘 하고 있을지 궁금했다. 자살한 아내의 유골을 추모원에 안치하고 돌아서 나와 바로 메탈을 들으며 고개를 까딱거리는 남자라면 내 마음에 들겠다. 그에게 다가가 불쑥 이렇게 말하고 싶었다

이봐, 우리 밴드에 들어오지 않겠어? 무슨 음악을 하냐고? 당연히 메탈이지, 뭔 줄 알았어?

나는 갑자기 깨어났다. 내가 누구인지, 여기가 어디인지 생각이 나지 않았다. 자다가 일어나면 아주 잠깐 이럴 수도 있는데, 깨어나고 몇 분이 지나도록 나는 나에 대해 아무것도 알 수 없었다. 단 하나 생각난 것은 나의 이름이었다. 에밀. 누운 채로 주위를 둘러보니 바닥에 먼지가 가득 쌓여 있고 곳곳에 거미줄이 쳐져 있는 것이, 내가 깨어난 곳은 아주 오랫동안 아무도 오지 않은 곳 같았다. 벽 높은 곳에 뚫린 작은 구멍을 통해 빛이 들어왔다. 계단이 있었고, 계단 위쪽 끝에 문이 보였다. 그곳은 지하실이었다. 나는 그 문을 통해 밖으로 나가 보기로 했다. 나가 보면 무슨 생각이 날 것이다.

계단으로 올라가려고 몸을 일으켰는데, 보지만 눈으로 보는 것 같지 않았고, 듣지만 귀로 듣는 것 같지 않았고, 걷지만 발로 걷는 것 같지 않았다. 몸을 세웠지만 뼈와 근육으로 지탱하는 것 같지 않았고, 공기를 느끼지만, 폐로 호흡하는 것 같지 않았다. 내 몸은 꿈속에 있는 듯이 가벼웠다. 손을 들어보니 그것은 피가 도는 살이 아니라 반투명의 가스나 물로 이루어진 것 같았다. 두 손을 맞닿게 해 보려고 하니 왼손은 오른손을, 오른손은 왼손을 저항 없이 통과해 지나갔다. 가만히 온몸을 느껴보려고 하니 내 몸을 내 몸으로 느끼는 감각이 없었다. 옷은 입은 듯 안 입은 듯했고, 내 생각에 따라 모양과 색이 바뀌었다. 문을 열고 나가면 어딘가 거울이 있을 것이다. 거울에 비친 내 모습을 보고 싶었다.

다리를 움직이지 않아도 나는 내 생각과 의지에 따라 미끄러지듯 앞으로 나갔다. 에스컬레이터를 타고 올라가듯 계단을 올랐다. 문 앞에 서서 문고리를 잡으려 했지만 잡히지 않았다. 문득 그럴 필요가 없다는 것을 알고 나는 문을 그대로 통과해 밖으로 나갔다. 천장이 높은 집이었다. 2층으로 오르는 계단도 있었다. 지하실과는 달리 최근에 누군가 청소를 했는지, 바닥에는 먼지가 쌓여 있지 않았다. 어두웠다. 아무도 없는 것 같았다. 기억을 떠올리려고 했다. 나는 누구인가? 나는 이 집에서 오래전에 죽은 사람의 유령인가? 아무리 생각해도 기억은 나지 않았다. 에밀. 그 이름밖에는. 나는 잠에서 깨어난 것인가? 아니면, 조금 전 내가 깨어났다고 생각한 그 순간부터 나는 비로소 존재하기 시작한 것인가?

    1층을 둘러보았다. 아무도 없었고 누가 살고 있는 흔적은 없었지만, 곧 이곳으로 올 누군가를 맞이하기 위한 준비가 되어 있는 것 같았다. 거실 가운데에는 커다란 거울이 걸려 있었다. 나는 그 앞에 섰다. 거울에 나는 보이지 않았다. 거울 바로 앞까지 가 보았다. 그래도 나는 보이지 않았다. 두 손을 들어 쥐었다 폈다 해 보다가 거울 쪽으로 내밀어도 보았다. 비록 비물질적이기는 하지만 내게는 보이는 다섯 손가락 달린 이 신체 기관이 거울에는 비치지 않았다. 거울 앞에 서서 팔을 길게 앞으로 내밀어 보니 팔꿈치까지 거울 속으로 미끄러져 들어갔고, 거울에서 떨어지니 손과 팔은 거울 밖으로 나왔다. 나는 살아있는 보통의 인간이 아니라는 것을 인정하기로 했다. 그렇다면 나는 무엇인가?

    2층으로 올라갔다. 역시 아무도 없었다. 간소한 가구가 들어서 있는 빈방들은 누군가 최근에 청소했는지 깨끗했다. 내가 오래전에 이 집에서 살다가 죽은 사람일지도 몰라, 혹시 그 안에 내 모습이 찍혀 있을까봐 옛날 사진을 찾아봤지만 아무것도 없었다. 방 창문을 통과해 밖으로 뛰어내려 보았다. 나는 중력에 잡혀 아래로 급히 추락하지 않고, 바람에 날린 꽃잎처럼 내 생각에 따라 사뿐히 바닥에 내려섰다. 밖에서 보니 그것은 붉은 벽돌로 지어진, 꽤 오래된 집이었다. 완만한 각도로 올라간 지붕 끝에 달린 구형 안테나에 까마귀들이 앉아 있었다. 커다란 침엽수들이 주변을 듬성듬성 둘러서 있었고, 주변에 다른 집은 없었다. 과연, 유령이 나옴 직한 집이었다.

내가 누군지도 모르겠는데 세상에 대한 지식은 머리에 떠오르는 것이 이상했다. 지하실, 계단, 문, 집, 방, 몸, 거울, 지붕, 중력, 이런 것들에 대한 지식 말이다. 머릿속 생각이 한국어로 이루어져 있는 것도 알겠다. 그런데, 왜 이름은 서양 이름인 에밀이라고 기억나는지 모르겠다. 내 몸의 감각이 느껴지지 않으니 내가 남성인지 여성인지도 모르겠다. 에밀은 남자 이름이니 나는 한국에 와서 죽은 외국인 남자의 영혼일까? 그런데, 왜 생각은 한국어로 하고 있나? 또 드는 생각은, 내가 존재하기는 하지만 살아 있는 인간의 몸으로 존재하는 것은 아닌 것 같으니, 그렇다면 뇌도 없을 텐데, 생각은 무엇으로 하고 있는가, 하는 것이었다. 몸이 아닌 영혼에 의식이 깃든다는 이원론을 내가 믿지는 않았는데, 지금 내가 이런 걸 보니 그것을 믿어야 할까? '않았다'라니, 내게 어떤 과거가 있었길래 무심결에 그렇게 표현했나?

지하실은 빼고 집 안이 정리되어 있는 것을 보니, 곧 누군가가 올 것이 확실했다. 이 집으로 새로 이사 오는 누군가? 그 누군가 때문에 내가 이렇게 깨어난 것이 아닐까? 내가 오래전에 이 집에서 죽은 유령이라면 수십 년, 수백 년의 과거가 생각나야 할 텐데, 내 존재에 대한 기억은 앞서 깨어난 후 몇 분밖에는 없었다. 곧 나타날 누군가를 만나 봐야 내 존재에 대한 수수께끼가 풀릴 것 같았다. 나는 지붕 위로 휙 올라가서 주위를 둘러보았다. 내가 가까이 가도 까마귀들은 날아가지 않았다. 뒤로 산이 솟아 있었고, 집은 멀리 보이는 작은 마을에서 동떨어진 높은 곳에 있었다. 주변 전체가 도시에서 멀리 떨어진 외딴곳이었다. 집으로 이르는 꼬불꼬불한 콘크리트 포장도로가 이 집을 세상과 연결해 주는 유일한 통로였다. 마을 근처 도로의 끝에서 차 한 대가 이제 막 이 집을 향하여 올라오기 시작한 것이 보였다. 그 차 안에 내가 만나야 하는 바로 누군가가 타고 있을 것이다.

이제 곧 마주칠 그 누군가와 대화하기 위해서도 필요하겠기에, 지붕 위에서 차가 천천히 올라오는 것을 보며 나에 관한 생각을 정리해 봤다. 여러 면에서 유령인 것 같은 나는 놀랍게도 유령의 존재를 믿을 수 없었다. 영혼도 믿지 못했다. 나의 의식이나 생각도 내가 잘 모르는 어떤 것의 작용으로 인한 것이고 물리적 자연의 법칙에 어긋나지 않게 생겨난 것으로 생각했다. 왜 그렇게 생각하는지는 알 수 없었다. 나는 누군가의 꿈속, 아니면 잠에서 깨어나면 바로 누군지 알게 될 내 자신의 꿈속에 있는 것일까? 나는 가상현실에 투입된 인공지능일까? 수퍼 컴퓨터에 연결된 '통 속의 뇌'일까?

††

집주인의 얼굴은 보지 못했다. 집주인은 외국에 살고 있다고 했고, 중개인이 이메일로 계약서를 집 주인에게 보내서 집주인이 서명을 한 PDF 파일을 다시 메일로 중개인에게 보내주면 거기에 중개인이 임차인 서명을 받아 만든 PDF 파일을 또다시 집주인에게 보내는 식으로 임대차계약이 진행됐다. 조용하고 외진 곳을 원해서 어찌어찌 찾아낸 곳이 바로 이 집이었다. 중개인 말로는 오랫동안 아무도 살지 않았다고 했다. 십여 년 전에 이 근방에서 살인사건이 한 건 있었지만 범인은 못 잡았고, 이 작은 마을에서 실종 사건도 여러 건 있었는데, 그들이 죽었는지 살았는지도 아직도 모른다고 하면서, 어찌 여자 혼자 그런 집에 살 생각을 했냐고도 물었다. 나는 내가 칼 좀 쓴다고 답했다.

1년 계약을 했다. 보증금과 월세도 아주 낮았다. 내게는 딱 맞는 곳이었다. 이메일, 메신저, 전화 외에 사람들과의 직접적인 접촉은 최소한으로 하고 오래전부터 생각해 온 책을 쓰려고 이 집을 구했다. 1년이면 충분하다고 생각했다. 오랫동안 아무도 안 살았다고 하니, 중개인에게 입주하기 전에 사람을 불러 청소를 해 놓아 달라고 부탁했다. 청소 비용은 집주인이 부담한다고 했다.

집 볼 때 기본적인 가구와 가전은 다 있고 또 작동하는 것을 확인했고 나한테는 그걸로 충분했기 때문에 그리 많지 않은 이삿짐을 내 SUV 차에 꽉꽉 싣고 왔다. 집으로 오르는 도로는 보수가 제대로 안 돼 여기저기 구멍이 나 있는 콘크리트 도로였는데, 가드레일도 없이 구부러져 있어서 조심해서 운전해 올라가야 했다. 필요한 것들을 사러 저 아래 마을에 있는 가게까지 갈 생각을 하니 한심하기도 해서, 웬만한 건 다 온라인으로 주문해서 받기로 마음먹고 있었다. 배달하는 사람이 나 대신 짜증 나고 힘들겠지만.

집 앞에 차를 세우고 옛날 스타일인 열쇠로 문을 열고 들어가 전등 스위치를 켰다. 차에 싣고 온 짐들을 하나씩 집으로 들여왔다. 짐을 필요한 자리에 일단 정리해 놓고 내 침실로 할 방 침대에 누워 잠시 쉬다가 집을 둘러보았다. 혼자 살기에는 너무 넓은 집이기는 했다. 청소하기도 힘들 테니, 내가 쓰는 공간은 침실, 작업실, 부엌, 거실, 화장실 등 몇 군데로만 한정하고 그곳만 청소하기로 했다. 집 볼 때 보니 지하실도 있었다. 중개인에게 지하실은 내가 쓸 일 없으니 청소하지 말고 그냥 둬도 된다고 했다. 1층 거실에는 벽난로도 있었는데, 내가 거기에 불을 피울 일도 있을 것 같지는 않았다.

올 때 사 온 샌드위치로 저녁을 때웠다. 다음 날부터는 일단 가지고 온 쌀과 식재료들로 음식도 해 먹을 생각이었다. 가족과 친구 몇 명이 이사 잘했냐고 휴대전화로 메시지를 보내와서 간단히 답해 줬다. 이 외진 곳에도 통신망의 촉수는 닿아 있었으니 혼자 온전히 동떨어져 있는 느낌은 들지 않아서 좋기도 하고 아쉽기도 했다. 이사 기념으로 혼자 과자를 안주 삼아 어두운 창밖 풍경을 보며 소주도 몇 잔 마셨다. 유령이라도 하나 등장하면 딱 어울리겠다고 생각하던 참에, 밖을 내다보던 창에 희끄무레한 사람 형체의 무언가가 내 뒤에 서 있는 모습이 비쳤다. 나는 깜짝 놀라서 들고 있던 술잔을 떨어뜨리고 뒤를 돌아봤다. 그것은 그대로 나를 보며 서 있었다.

나는 오래전부터 유령을 만나 보고 싶었다. 바로 이렇게. 하지만, 느닷없이 내 앞에 나타난 유령을 어떻게 대해야 할지 알 수 없어 잠시 아무 말도 하지 못하고 찬찬히 살펴보며 있었다. 놀라기는 했지만, 무섭지는 않았다. 그것이 내게 적의를 드러내지는 않아 보였다. 좀 슬퍼 보이기까지 했다. 살아생전에 못 푼 '한(恨)'이 있어서 내게 그걸 풀어 달라고 하기 위해 나타난 것일까? 그렇다면, 그 이야기를 듣고 싶었다.

누구세요, 라고 내가 물었다. 그것은 한참 동안 움찔거리면서 뭔가를 자기 안에서 끄집어내려고 했다. 아마도 말을 하고 싶은데 어떻게 소리를 내야 하는지 몰라서. 이내 간신히 깊은 물 속 바닥에서 끌어 올린 것 같은 소리로 그것이 대답했다.

에...... 밀......

에밀? 이름이 에밀이라고? 그것이 고개를 끄덕였다. 이름을 들었으니, 이제 에밀이라고 부르자. 공교롭기도 하지, 무슨 관계일까? 내가 쓰려고 하는 책이 에밀 졸라에 관한 연구서인데 성은? 이라고 내가 묻자, 에밀은 고개를 저었다. 성이 졸라는 아닌가 보다. 에밀은 뭔가 계속 힘들게 속으로 구시렁거리는 것 같더니, 드디어 말하는 방법을 알아냈는지 몸(이렇게 부르는 게 맞는지 모르겠지만) 전체가 밝아지면서 좀 어눌하지만, 차근차근 말하기 시작했다. 적어도 말 못 하는 '미래의 크리스마스 유령'은 아니라는 거지. 이름은 에밀이라는데, 말은 한국말을 했다. 모습을 봐서는 남자인지, 여자인지, 한국인인지, 에밀이라는 이름이 어울리는 서양인인지, 알 수 없었다. 유령이 아니라 외계인이나 천사나 악마나 로봇일 수도 있다는 생각이 들었는데, 아무리 봐도 그런 존재는 아닌 것 같았다. 내가 볼 때는 딱 유령이었다.

우선 에밀이 한 이야기는 이랬다. 에밀은 나를 기다리고 있었다. 이름 말고는 자기에 대해 아무것도 아는 것이 없는데, 나를 만나서 이야기하면 자기 존재에 대해 단서가 떠오를 것이라고 기대했다. 에밀이 처음 깨어난 때와 내가 이 집으로 온 때가 일치했다. 그것은 우연이 아니라 우리 둘이 어떤 식으로든 연결되어 있다는 징표일 것이다. 에밀은 자기가 유령이 아니라 어떤 식으로든 물질세계의 일부라고 믿었다. 에밀은 신도, 유령도, 귀신도, 초자연적인 현상도, 믿지 않았다. 유령 따위는 세상에 존재하지 않는다고 했다. 에밀은 자기가 누군지, 아니면 무엇인지를 알고 싶었고, 내게 그 답을 구했다.

나는 답을 줄 수 없었다. 나는 에밀이 유령이라고 생각한다고 했다. 죽기 전에 누구였는지는 같이 찾아보자고 했다. 세상에 유령은 존재하지 않는다고 믿는 유령이라니. 에밀은 내가 별 도움이 안 되는 걸 알고 실망한 것 같았다. 그래도 내가 이 집에 에밀 졸라에 관한 책을 쓰려고 왔다고 말하자, 에밀은 에밀이라는 이름에 솔깃해 역시 우리 둘 사이에는 밀접한 관계가 있는 것 같다고 했다. 설마 한국어를 할 줄 아는 에밀 졸라의 유령이라는 건 아니겠지, 라고 묻자, 에밀은 그가 누구인지도 모른다고 했다. 생각해 보면, 유령의 세계는 내가 알 수 없으니, 유령은 장소에 따라, 대화 상대에 따라 세상의 모든 언어를 다 할 수 있을지도 모르는 것 아닌가? 죽기 전에 풀지 못한 '한(恨)' 이야기를 듣지 못하는 것은 아쉬웠지만, 나는 에밀과 친하게 지낼 수 있겠다 싶어 기뻤다. 게다가 혹시 어쩌면 에밀 졸라의 유령일 수도 있으니.

††

자기 이름이 지현이라고 한 그녀는 실망스럽게도 나의 존재가 무엇인지 알게 해 주지 못했다. 그녀는 에밀 졸라인가 하는 작가에 관한 책을 쓰려고 이 집에 왔다고 했다. 내 이름과 같은 에밀이라는 이름 때문에 잠시 희망이 번뜩였지만 좀 기다려도 그로부터 아무 기억도 떠오르지 않았기에, 그러한 이름의 일치는 그저 이 우주에 넘치도록 빈발하는 우연의 하나일 뿐이라고 생각했다. 그녀는 내가 유령이라고 했다. 나는 내가 유령이라고 믿지 않는다고 했다. 그러면 무엇이냐고 물어서, 아직은 모르겠다고 했다. 그래도 그녀가 나를 유령이라고 생각한다면서도 나를 무서워하지 않고 친근한 태도를 보이는 것은 좋았다. 그녀는 1년 동안 이 집에 머무른다고 하니, 그동안 나는 무슨 기억이 나거나 아니면 뭔가를 알게 될 것이다.

일단 첫 만남에서 할 만한 이야기는 다 했다. 내가 계속 주변에 왔다 갔다 하면 혹시 그녀가 불편해할 수도 있을 것 같아서, 나는 다시 보자고 인사하고 내 모습을 지웠다. 내가 성대도 없이 말하고, 또 사람 눈에 보이는 모습을 지우는 이런 능력을 어떻게 행사할 수 있는지 나도 모르겠는데, 그냥 문득 어떻게 하면 그럴 수 있는지 알았다. 그저 의지를 갖추고 그렇게 생각하면 됐다. 이런 걸 보더라도, 이 모든 건 아무래도 컴퓨터 시뮬레이션이 아닐까? 그렇다면 그녀 역시 진짜 인간이 아니고 코드로 이루어진 가상의 존재일까? 그래서, 우리를 프로그램한 누군가가 우리의 상호작용을 지켜보고 있는 것은 아닐까? 내가 유령이라니, 터무니없는 소리.

　내가 죽은 자의 유령이든, 아니면 누군가 만든 가짜 세상 속을, 누군가의 꿈속을, 누군가의 망상 속을 유영하는 가상의 존재이든, 나는 내가 여기서 무엇을 더 할 수 있는지, 여기서 무엇을 더 보고 듣고 경험할 수 있는지 시험해 보기로 했다. 나는 집의 벽 속으로 스며 들어갔다. 아무 저항도 받지 않고, 물길을 거슬러 헤엄치는 것 같은 감각도 없이 벽돌과 코드와 배관을 통과하면서도, 집을 이루는 온갖 물질들의 질감을 느꼈다. 나는 그 물질을 이루는 원자들의 움직임에 몸이 간질간질하는 것 같았다. 그래서 더욱 나는 유령일 수 없다고 생각했다. 아니, 다른 한편으로는, 내 몸에 대한 감각은 없으면서도 내 몸이 통과하는 물질들의 진동을 느끼다니, 이런 것도 혹시 시뮬레이션 되어서 그런 것일 뿐일까?

　그러다가 지하실 벽 안으로 미끄러져 들어갔는데, 어느 한 지점에서 나는 이상한 것을 발견했다. 나는 흐름을 멈추고 그것이 무엇인지 보았다. 그것은 머리부터 발끝까지 남아 있는 사람의 해골이었다. 저것이 혹시 나일까? 내가 저 사람의 유령일까? 아니라고 생각했다. 누가 벽 속에 사람의 뼈를 넣어 놓았을까? 지현에게도 얘기해 줘야겠다. 나는 벽을 통과해 집 밖으로 나와서 땅속으로 들어가

봤다. 땅속에서도 나는 벽 속에서처럼 자유롭게 미끄러져 다닐 수 있었다. 벌레, 뿌리, 물, 돌, 이런 것들을 보고 느꼈다. 흙냄새를 맡은 것 같기도 했다. 신나게 집 주변 땅속을 돌아다니다가 나는 역시 또 이상한 것을 발견했다. 이번에는 하나가 아니었다. 세 구의 사람 해골이 조금씩 떨어져 땅속 깊이 묻혀 있었다. 그중 누구도 나라는 생각은 들지 않았다. 왜 여기에 해골이 묻혀 있는지도 알 수 없었다. 해골을 보고도 아무 기억도 떠오르지 않아서 실망이었다. 이 역시 지현에게 얘기해 줘야겠다.

나는 나무 높이 올라가 훌쩍 몸을 던져 새처럼 날았다. 날기 위해서 꼭 그래야 할 필요는 없을 것 같았지만, 나는 두 팔을 양쪽으로 날개처럼 펴고 활강했다. 새들을 스쳐 지나갔고, 나무 가득한 숲을 바람처럼 통과했다. 유령이 이렇게 자유로운 것이라면 유령이어도 좋았다. 아래로 마을까지 날아갔다. 집과 가게, 도로와 사람들이 있었다. 가까이 다가가도 사람들은 나를 보지 못했다. 한 명이 이상한 낌새를 느꼈는지 뒤돌아보고 위를 올려다보았지만, 나를 알아채지 못했다. 나도 마을에서 어떤 기억도 떠올리지 못했다. 아는 얼굴도 없었다. 잠시 그렇게 마을을 돌아다니다가 다시 내가 깨어난 집으로 돌아왔다. 지현에게 가니 지현은 이사하느라 피곤했는지 벌써 잠들어 있었다. 나는 반듯하게 누워 두 손을 가슴에 모으고 자는 지현 위에 얼굴이 맞닿을 정도로 가까이 평행으로 떠서 그녀를 보았다. 한동안 그렇게 있었다. 그녀가 꿈속에서 누구를 만났는지 살짝 웃었다.

††

    에밀이 해 준 백골 이야기를 듣고 조금 섬찟했다. 중개인 말로는 오래전에 실종된 사람들이 있었다는데, 그들이 살해되어 근처에 묻혀 있는 것일까? 지하실에는 누가 시체를 집어넣고 벽을 발랐을까? 범인은 아직 이 근처에 살고 있을까? 이런 걱정을 말하자, 에밀은 자기는 잠을 잘 필요가 없고 항상 깨어 있어 혹시라도 수상한 사람이 나타나면 바로 알 수 있으니 너무 걱정하지 말라고 했다. 고마웠고, 좀 안심이 됐다. 물론, 에밀 자신이 바로 그 범인이 아니라면. 아니겠지. 아니라고 믿었다. 그리고, 에밀은 이미 죽었을 텐데, 죽은 상태에서 누군가를 죽이고 땅을 파고 시체를 묻을 수 있을까? 유령이 그렇게 물질세계에 변화를 줄 수 있을까? 이런 의문은 굳이 에밀에게 묻지 않았다. 에밀에게서는 나를 향한 선의가 느껴졌다.
    경찰에 알리지는 않기로 했다. 경찰은 당연히 내가 어

떻게 지하실 벽 속에, 또 근처 땅속에 백골이 있는지 알았는지 물을 텐데, 유령이 발견하고 내게 말해줬다고 답할 수는 없었고, 대답을 제대로 못 하면 오히려 내가 범인이나 공범이 아닌지 의심을 받을지도 모르는 일이었다. 다만, 초록색 뱀 문양이 자루에 새겨진 내 아끼는 잭나이프를 언제든 손을 뻗으면 닿을 수 있는 곳에 두고 있기로 했다. 에밀은 내가 경찰에 알리지 못하는 이유를 수긍했다. 내가 보여준 잭나이프를 물끄러미 바라보더니 아주 근사하다고 했다. 에밀은 손을 칼날에 누르듯이 하고 움직여 보았지만, 예상했던 대로 아무 아픔도, 피도, 상처도 없었다. 그렇다고 피노키오처럼 늙고 죽어 썩어야 하는 몸을 가진 인간이 되고 싶어 하지는 않았다. 에밀은 그대로 좋았다. 자기가 누군지, 자기가 무엇인지, 알지 못해서 답답할 뿐이었다. 에밀은 시간이 지나면 그것도 곧 알게 되기를 기대한다고 했다.

    나는 곧 작업을 시작했다. 매일의 일과표를 작성해 놓고 가능한 한 그대로 지키려고 했다. 월요일부터 토요일 오후까지 작업을 한 후, 토요일 밤에는 혼자 술이라도 한잔하고, 일요일 하루는 쉬기로 했다. 1년은 길다면 길고, 짧다면 짧은 기간이다. 계획대로 1년 안에 책을 끝내려면 꾸준히 글을 쓰며 규칙적으로 살아야 했다. 월요일부터 토요일까지 아침 일찍 일어나 집 주변 산길을 뛰었다. 칼은 항상 주머니에 넣고 다녔다. 에밀도 내가 혼자 운동하러 나가면 내 가까운 데서 떠다녔다. 산속에서 누군가가 나를 습격하면 과연 에밀이 나를 지키기 위해 뭘 할 수 있을지는 모르겠지만, 내가 불시에 당하는 것을 막아줄 수는 있을 것이다. 그러나, 그런 약간의 불안도 잠깐이었고, 곧 별로 신경 쓰지 않게 됐다. 에밀에게는 수시로 물어봤다. 지난날에 대한 기억이 났는지, 자기가 누군지, 무엇인지 알게 됐냐고. 에밀은 공중에 떠서 고개를 저었다. 에밀의 몸을 통해 바람이 불고 새가 날았다. 에밀은 슬퍼 보였다. 자기가 누군지 모르는 유령은 슬플 수밖에. 게다가 유령의 존재를 믿지 않는다면 더욱.

그렇게 시간이 지나갔다. 계절은 왔다가 지나갔고, 작업은 꾸준히 진척됐고, 집과 주변은 아무 일 없이 조용했고, 백골들은 벽과 땅속에서 얌전히 있었고, 아무도 벽을 허물거나 땅을 파내지 않았고, 새들은 울었고, 에밀은 새로 알아낸 것이 없었다. 임대차 기간도 두 달만 남은 어느 날, 에밀은 어쩌면 내가 책을 다 끝내는 때 비로소 뭔가 알게 되지 않을까 생각이 들어 그날을 기다린다고 말했다. 아무래도 그전에는 자기에 대해 아무것도 알지 못할 거라는 예감이 든다며. 내가 온 날 깨어났으니, 내가 떠나는 날 모든 걸 알고 다시 잠들지도 모른다며. 이 세상에 어떤 식으로든, 가령 유령으로, 존재하는 것이 싫으냐고 물으니, 에밀은 그건 아니라면서도 때로는 깨어나기 전의 상태로 돌아가고 싶다고, 아니, 어쩌면 더 이상 어떤 식으로든 존재하지 않고 싶기도 하다고 했다. 나도 에밀이 누군지, 무엇인지 내가 떠나기 전에는 알고 싶었다. 아니, 내가 떠날 때까지도 에밀이 자기가 누군지, 무엇인지 모르면서도 계속 저런 상태로 존재한다면, 나는 에밀에게 나와 같이 가는 게 어떻겠냐고 제안할 마음마저 먹고 있었다.

††

까마귀보다 비둘기가 더 많이 보이는 날이었다. 세상에 염증이 난 시인이 사랑할 만한 뭉게구름이 하늘에 가득 떠 있는 파랗게 맑은 날이었다. 살인자도 고요한 마음으로 지나간 아름다운 추억을 떠올려 볼 것 같은 날이었다. 어려서 죽은 아들이 찾아와 초인종을 눌러도 그럴 수 있겠다 싶은 비현실적인 느낌이 드는 날이었다. 땅속에 묻혀 있는 백골이 숨을 쉬러 물 밖으로 나오는 고래처럼 흙을 헤치고 올라와 머리뼈를 밖으로 내밀면 어울릴 만한 날이었다. 너무 평화롭고 화창해 끔찍할 일이 일어날 것 같은 날이었다. 지현은 글을 썼고, 에밀은 구름처럼 떠다 녔다.

지현의 글 속에서는 화가, 기관사, 광부, 창부 남매가 청명한 날과는 어울리지 않는 이야기를 풀어나갔다. 떠다 니다 뭔가 생각났는지 에밀은 지하실 벽 속과 땅속에 묻 힌 백골들에 각각의 자세에 맞춰 하나씩 옷을 입히듯 자 기를 겹쳐 보았다. 그리고, 작업에 열중한 지현 곁으로 아 무 일도 없는지 확인이라도 하려는 것처럼 돌아와 주변을 배회하다가 다시 밖으로 나가 이리저리 흘러 다녔다. 에 밀은 지현이 쓰는 글을 옆에서 읽어보기도 했지만 오래전 에 죽은 작가가 지어낸 이야기에 관한 이야기에 아무 흥 미도 느끼지 못하는 듯 금방 다른 곳으로 가 버렸고, 지현 이 쓰는 책에 대해 아무것도 묻지 않았다.

어두운 그림자를 일체 보여주지 않은 위선적인 날이 저물었고, 마을에는 불이 하나둘씩 들어왔다. 지현이 차 를 타고 올라왔던 길을 조금 벗어난 숲을 뚫고 한 남자가 걸어 올라오고 있었다. 서두르지 않고 느린 음악에 맞춰 춤을 추듯이 천천히. 떨어진 잎과 흙을 밟는 발소리에 맞 춰 콧노래를 부르며. 오랜만에 소풍 나온 아이처럼 들뜬 모습으로. 그의 웃옷 주머니에는 지현의 칼보다 조금 더 길고 날카로운 칼이 있었고, 그 칼은 여러 번 사람의 살갗을 뚫고 들어가 피를 묻힌 이력을 가지고 있었다. 지현이 글을 쓰고 있는 집 지하실 벽 속과 주변 땅속 백골의 주인들은 숨이 끊어지기 전 피가 돌아 따뜻했던 몸으로 그 칼의 날카로움을 죽도록 느꼈을 것이다.

집 가까이 올라오자, 그는 몸을 숨길 생각도 없이 어둠 속에 그대로 서서 소리를 듣고 냄새를 맡고 숨을 깊이 들이쉬고 길게 내뱉었다. 주저 없는 걸음으로 문으로 걸어갔다. 문 앞에 서서 옷매무새를 고치고 그는 벨을 눌렀다. 잠시 아무도 나오지 않고 안에서 아무 대답도 없자 그는 초조한 기색 없이 그 순간을 음미하기라도 하는 듯이 벨을 느긋하게 몇 번 더 눌렀다.

지현은 현관문 외시경에 눈을 대고 누구인지 보았다. 집 계약을 해 준 중개인이었다. 임대차 기간도 얼마 안 남아서 집 보겠다는 새 임차인하고 같이 방문하겠다는 전화를 오전에 받았다. 지현은 문은 열었다. 그는 안으로 들어가서 자기 뒤로 문을 닫았다. 집으로 오는 차 소리도 없었고, 같이 온다던 새 임차인도 없었다. 미간을 찡그리고 지현은 몇 걸음 뒤로 물러섰다.

그는 어디부터 찔러야 제일 맛있을까 하는 눈빛으로 뒷걸음치는 지현의 몸을 훑어보다가 주머니에 넣어 둔 칼을 꺼내 들고 지현에게 달려들었다. 그의 칼끝이 지현에게 닿기 전에 천장 전등 빛을 반사해 번쩍이는 초록색 뱀의 칼날이 공기를 가르는 소리가 났다. 피하다가 얕게 베인 그의 오른 손목에서 피가 흘렀다. 그가 놀라면서도 흥분한 얼굴로 지현을 보고 웃었다. 칼을 좀 쓴다더니 과연. 이런 건 처음이야. 그가 다시 자세를 가다듬고 지현을 노리고 섰다. 지현은 벽에 막혀 더 물러서지 못하고 섰다. 지현의 손아귀에서 초록색 뱀 대가리는 떨고 있지 않았다. 그의 칼과 그녀의 칼이 몇 번을 교차하며 선을 그었고, 이번에는 칼을 쥔 지현의 오른팔과 가슴에서 피가 터졌다. 지현은 재빨리 벽에서 몸을 떼어내 다시 거실 안쪽으로 뛰어 움직였지만 자세는 흐트러졌고, 조금은 마음이 꺾인 모습이었다. 그는 이제 먹잇감에 최후의 일격을 가할 준비가 된 냉정한 맹수처럼 몸을 웅크리고 뛰어들 준비를 했다.

어디에 있었나, 에밀. 밖에서 벽을 통해 집 안으로 들어온 에밀은 그와 지현 사이에 섰다. 육체가 없는 자신이 대체 무엇을 해야 할지, 무엇을 할 수 있는지 모르겠는 태세로. 그는 처음에는 평범한 유령 따위 개의치 않는다는 듯이 그다지 놀라지도 않았지만, 곧 동요하는 표정이 얼굴에 떠올랐다. 에밀은 모습이 수시로 변하면서 그에게 번갈아 가며 다른 얼굴들을 보여주었다. 그러한 변신은 에밀이 의도한 것이 아니라 그의 마음속 기억이 에밀에게 투영되어 에밀의 형상을 그에 따라 변형시킨 결과인 것 같았다. 그렇게 에밀의 얼굴로 나타나는 것들은 바로 그가 지금까지 살해한 사람들의 얼굴들, 그들이 죽어가면서 마지막으로 그를 보던 얼굴들이었다.

아주 잠깐의 흔들림, 기억, 놀람이 가져온 찰나의 한 틈이면 됐다. 지현의 초록색 뱀 칼이 그의 오른 손목을 베었고, 그의 목을 베었다. 그가 들고 있던 칼은 바닥으로 떨어졌다. 그는 무릎을 꿇었고, 곧 목에서 피를 철철 흘리며 앞으로 쓰러졌다. 쓰러져서도 숨이 끊어지기 전까지 아주 잠깐 그는 고개를 들어 에밀의 얼굴, 아니 그가 죽인 사람들의 얼굴을 보고 있었다.

지현은 에밀을 보았다. 늘 보던 모습이었다. 고맙다고 말했다. 덕분에 짧은 기회가 생겼고 목숨을 구했다. 그는 유령이 나타난 줄 알고 놀랐을 것이다. 에밀은 알았다. 자기가 의도하지 않았는데도 그에게 보여준 것이 지하실 벽 속, 집 밖의 땅속에 묻혀 썩어간 사람들의 얼굴이라는 것을. 지현은 그 얼굴을 보지 못했다. 볼 수 없었다. 에밀은 지현을 향해 가만히 섰다. 뭔가를 기대하는 것처럼 그렇게.

지현은 에밀을 보고 있다가 이내 그 앞에 무너져 내리듯 털썩 무릎을 꿇고 앉았다. 그리고, 울었다. 에밀은 지현의 죽은 엄마였다가, 어려서 죽은 아들이었다. 에밀이 말했다. 아까 저 사람이 내게서 본 것은 자기가 죽인 사람들의 얼굴이었어. 네가 내게서 보는 것이 누구인지 나는 알겠어.

지현은 울먹이며 에밀에게 말했다. 너는 세상의 모든 영혼이구나.

††

지현은 정당방위로 무혐의 처리되었다. 정신과 상담을 받아 보라는 경찰에 말에 지현은 해야 할 일이 많다고, 괜찮다고 했다. 에밀이 있으면 그걸로 좋다는 말은 혼자 속으로만 했다. 알게 된 경위를 설명하기 곤란해서 다른 희생자도 있을 거라는 말은 경찰에게 하지 않았다. 백골들은 그대로 땅속에, 벽 속에 남았다.

시간이 지나갔고, 책을 다 끝내 지현이 그 집을 떠날 때가 되었다. 지현은 에밀에게 같이 가자고 했지만, 에밀은 사양했다. 계속 이 집에 있을 거냐, 아니면 어디로 갈 거냐는 질문에 에밀은 답하지 않았다.

에밀이 세상의 모든 영혼이라는 지현의 말에 에밀은 고개를 저었다. 나는 아직도 내가 영혼이나 유령이라고 믿지 않아. 뭔가 다른 존재일 거야. 어쩌면 우리 둘 다 누군가의 글 속에 쓰여진 존재일 지도.

짐을 다 싸서 차에 싣고 집을 떠나기 전에 지현은 작별 인사를 하려고 에밀을 보고 섰다. 그때 에밀은 지현의 아들 모습을 하고서 손을 흔들었다.

잘 가요, 엄마.

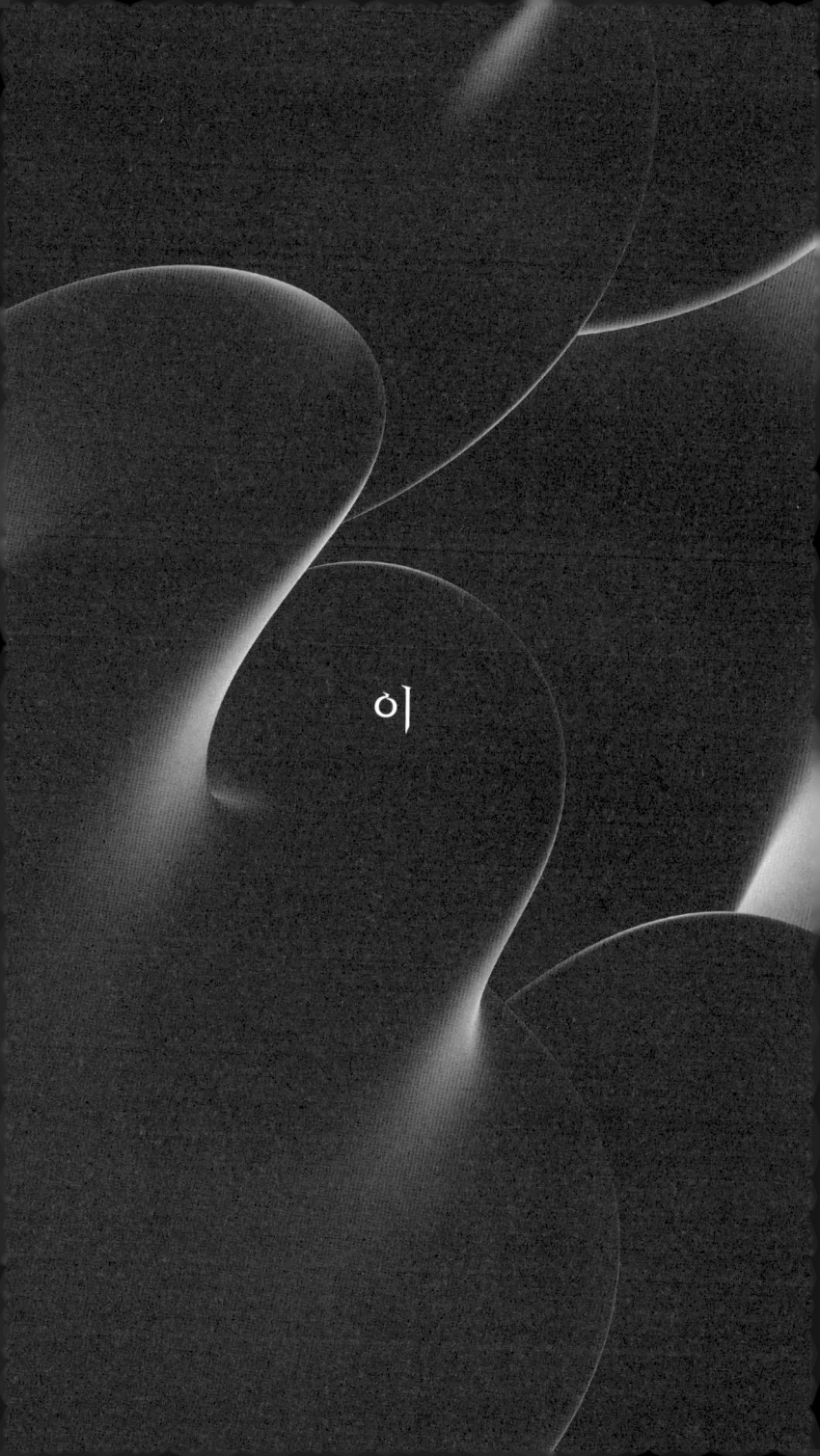

내가 시체를 처음 본 것은 아홉 살 때였다. 정확히 말하면 내가 본 것은 시체를 덮은 주황색 비닐 밖으로 삐져나온 죽은 자의 손이었다. 얼굴도 보이지 않았다. 엄마는 나를 얼른 다른 쪽으로 끌고 가거나 눈을 가리지도 않고 내가 그것을 빤히 보고 있게 내버려 뒀다. 남자인지 여자인지 모르는 죽은 자는 아파트 높은 곳에서 뛰어내려 자살한 사람이었을 것이다. 나는 그날 그것을 보고 죽음에 매료되었다. 적어도 나는 그렇게 기억한다.

모든 생명체는 죽는다는 것을 머리로는 알고 있었지만, 삶과 세상에 이제 막 눈을 뜬 어린 시절에는 그런 생각을 머리에 떠올릴 일이 거의 없었다. 영화나 만화 속에 나오는 죽음은 그저 꾸며낸 이야기일 뿐이었기 때문에 나나 가까운 사람의 죽음으로 실감하지 않았다. 얼굴도 본 적 없는 할아버지의 묘소는 가위로 잘라야 하는 잡초가 자란 동그란 흙더미였다. 그런데, 그날 바로 눈앞에서 본 누군지도 모르는 죽은 자의 손은 죽음을 지척에서 내 몸으로 느끼게 해 주었다.

과학 시간에 개구리 배 속을 갈라보고 겉보다는 내면이 중요하다는 말이 무슨 뜻인지 나는 내 식대로 깨달았다. 서로 긴밀하게 연결되어 초록색 작은 존재의 생명을 운용하고 있는 장기들은 얼마나 아름다운가? 내면의 아름다움이란 바로 그런 것이었다. 사람에 대해서도 얼굴이나 몸매보다는 심장이나 간의 빛깔과 생김새에 매혹될 수 있을 것이다. 여자의 가슴이나 생식기보다는 갈비뼈 안에서 호흡으로 부풀었다 줄어드는 폐를 보고 비로소 발기할 수도 있을 것이다. 게다가 몇 번의 칼질만으로 그 작은 존재의 생명은 얼마나 쉽게 꺼지는지. 해부 실습 후 통 하나에 가득 담긴 배 갈린 죽은 개구리들은, 갓 태어나 우는 아기보다, 꽃밭에 활짝 핀 꽃보다, 빛나고 또 어두운 생명의 정수를 살짝 보여주었다.

내가 중학생일 때 할머니가 죽었다. 몇 년 동안 요양 병원에 있다가 나중에는 뇌경색이 일어나 의식도 없이 콧

줄을 끼고 목숨만 부지하던 할머니는 어두운 중환자실에서 다른 환자들의 신음 가운데 심장이 정지되어 지켜보는 가족 없이 홀로 죽었다. 나도 입관하는 걸 보고 싶다고 하니 부모님은 순순히 그러라고 했다. 저렇게 작았나, 할 정도로 쪼그라든 할머니의 몸을 상조회사 팀장이라는 사람과 또 다른 한 명이 수의로 감싸고 끈으로 묶었다. 너무 입 부위가 꺼져 보이지 않게 한다고 할머니의 윗니와 아랫니 사이에는 얇게 솜을 끼워 넣었다. 돌아가며 할머니에게 인사를 했는데 나도 할머니 이마에 잠시 손을 대고 작별을 고했다. 내가 할머니 영정사진을 들고 관 앞에 서서 화장장으로 가는 가족들을 이끌었다.

내가 고등학생일 때 아버지가 간암으로 죽었다. 평소 2년에 한 번 받는 건강검진에서 모든 수치가 정상 범위에 들어오던 아버지는 어느 날 갑자기 뭔가 속이 아프고 불편해 병원에 가서 검사를 받아봤는데, 커다란 종양이 간에서 발견됐다. 손쓸 틈도 없이 급속도로 진행된 암은 진단받은 날로부터 불과 2개월 만에 아버지를 죽였다. 사고나 살인이 아닌데도 이렇게 초고속이라니, 죽음의 속도는 경이로웠다. 나는 수십 년 전에나 걸맞을 것 같은 훈계를 늘어놓는 아버지보다 개별성이 사라지고 죽음을 앞둔 인간이라는 보편성을 획득해 병상에 누워 있는 아버지가 마음에 들었다. 뒤늦게 그를 나와 같은 하나의 인간으로 사랑하기에 이를 정도였다. 그가 죽고 나니 더욱 그랬다. 관 속의 아버지에게는 살아 있을 때와 다른 위엄과 매력이 있었다. 나는 그 옆에서 평온했다. 나와 달리 동생은 내 손을 잡고 계속 울었다. 뭐가 그렇게 슬프다고.

뒤에 남은 가족은 어머니와 우리 2남매. 아버지가 은행을 다니다가 일찌감치 희망퇴직을 '당하고' 집에 눌러앉기 이전부터 어머니는 독특한 사업을 했다. 내가 보기에 아버지보다는 어머니가 생활력, 정신력도 강하고 사업 수완도 좋았다. 어머니가 시작한 사업은 사람의 유골을 가공하여 '봉안옥'으로 만들어 주는 사업이었다. 봉안옥은 유골을 초고온에서 용융시켜 만드는 구슬 모양의 결정체인데, 사람마다 색이 달라질 수 있었다. 이것은 새로운 개념의 장례 방식이었다. 그럭저럭 어느 정도 장사도 잘 됐고, 아버지가 오래 앓지 않고 신속하게 세상을 떠나는 바람에 병원비도 많이 쓰지 않아 그나마 아버지가 남겨 놓은 얼마간의 알량한 돈도 거의 그대로 있고 해서, 우리 세 식구가 생계 걱정을 심각하게 하지는 않아도 됐다. 어머니가 왜 이 사업을 시작하기로 했는지는 잘 모르겠지만, 죽음에 끌리는 나와 비슷한 성향이 있어서가 아닐까, 라는 생각이 들었다.

나는 공부를 잘했다. 동생도 나만큼이나 잘했다. 그런 우리를 어머니는 그저 그런가 보다 했고, 그렇게 자랑스러워하지도 않았다. 나는 의대에 들어갔고, 동생은 치대에 들어갔다. 어머니는 우리들 학비가 비싸다고 불평했다. 학비를 대려면 매일매일 죽는 사람들이 더욱 늘어나야 한다고도 했다. 나보고는 굳이 의사가 될 필요가 있느냐, 자기 사업이나 돕다가 때가 되면 내가 맡아서 하라고 했다. 나는 나중에 둘 다 할 수 있다고 했다.

나는 법의학 전공을 했다. 아마도 다른 부모라면 말렸겠지만, 어머니는 자기 사업하고 통하는 바가 있는 것 같다며 괜찮은 결정이라고 했다. 그러면서, 자기가 나를 오래전부터 꿰뚫어 보고 있었는데, 내가 의사, 그것도 법의학자가 안 됐다면, 어쩌면 살인자가 될 수도 있었을 거라고 했다. 아들에게서 살인자가 될 조짐을 보다니, 과연. 내가 길고양이를 독살하거나 벌레를 잡아 다리를 잘라내고 라이터로 지지거나 하지도 않았는데 뭘 보고 그랬는지 모르겠다. 그러는 엄마는? 이라고 내가 묻자, 어머니는 검지손가락을 까딱거리며 의미심장하게 웃었다.

살아 있었을 때 만났더라면 틀림없이 그리 마음에 들지 않았을 인간도 죽어서 해부실 침대에 시체로 누워 있으면 친구 같았다. 욕망도 미망도 다 꺼지고 말도 할 수 없게 되어 하나로 굳어진 표정으로 차갑고 조용히 누워있는 시체는, 수십억 년 또는 수십 년간의 지리멸렬한 과거와 들끓고 번잡한 미래의 가능성과 현재의 조악한 분류와 서열의 틀에서 벗어나 인간이 도달할 수 있는 가장 숭고한 빛을 띠었다. 칼로 그 배를 가르면 생명을 위한 기능을 멈춘 장기들이 그제야 비로소 쓸모를 버리고 그 모양과 빛깔만으로 존재를 드러냈다. 로션, 화장품, 땀, 체액 냄새가 아니라 카다베린, 푸트레신, 소독약 냄새를 발산하는 것도 시체의 매력이었다. 내가 그 냄새를 깊이 들이마시면서 흡족해할 때 많은 동기는 인상을 찌푸리고 손으로 입과 코를 막았다.

그래도 나는 살아있는 여자를 사랑했다. 죽은 여자가 내게 주는 매력은 성적인 것은 아니었다. 그것은 내가 아직은 접근할 수 없는 영역으로 넘어가 버린 순수한 존재가 발산하는 매력이었다. 나는 소위 '네크로필리아'와는 거리가 멀었다. 죽은 지 얼마 안 된 아름다운 여자의 입술도, 가슴도, 생식기도, 물 밑바닥에 고요하게 내려앉아 그 주변의 온갖 살아있는 것들에게 아무 반응도 안 하는 동그란 돌과 같았다. 아직 그 경지에 이르지 못한 불완전한 개별성에 갇힌 살아 있는 여자가 나를 성적으로 설레게 했다. 시체들 옆에 침대를 하나 가져다 놓고 살아 있는 여자와 섹스했다면 가장 좋았겠지만, 그런 경험은 해 보지 못했다.

그래서 차마 거기까지 이르지는 못하고 공동묘지에서 데이트해 보자고 했을 때 미연은 야릇한 표정을 지으며 낮은 산 하나가 온통 묘지로 뒤덮인 곳으로 나를 따라왔는데 누구인지 모를 사람의 무덤 앞 잔디에 앉아 내가 싸 간 도시락을 반쯤 먹다가 숟가락을 내려놓고 그만 돌아가자고 했다. 설이나 추석에 성묘하러 가서 무덤 앞에 앉아 밥도 먹고 그러지 않느냐고 물으니, 미연은 그래서 명절이 더 싫다고 했다. 오래전에 죽은 사람의 유골만이 깊숙이 묻혀 있을 무덤이 그다지 매력이 없는 것은 나도 마찬가지여서 나는 미연의 말에 순순히 따랐다.

미연은 음대생이었고 피아노를 쳤다. 친구가 내게 나는 다른 건 다 좋은데 너무 칙칙한 게 단점이니 세상의 밝은 면을 접해야 한다고 하면서 미연을 소개해 줬다. 과연 그랬다. 그녀는 밝았다. 미연이 왜 나를 꽤 오랫동안 만났는지, 사실 그 이유를 잘 모르겠다. 나는 미연을 처음 보는 순간 그녀를 사랑하기 시작했다. 그녀는 내가 알지 못하는 세상, 내가 들어갈 수 없는 세상에서 빛을 휘감고 온, 죽어도 시체가 절대 될 것 같지 않은 여자였다. 그녀는 내가 자기와는 많이 달라서 나를 좋아하지 않았을까?

알 수 없다.

공동묘지 데이트가 실패하고 미연에게 어머니 봉안옥 사업 얘기를 하니 흥미를 보이길래 한 번은 어머니 사업장으로 데리고 갔다. 어머니는 미연을 보고 내게 몰래 매우 의외라는 표정을 지어 보이고는, 그녀에게 사업 설명을 간단히 해 주고, 봉안옥이 만들어지는 과정을 보여주고, 최종 결과물인 봉안옥도 보여주며 직접 만져보게도 해 주었다. 살이 썩어가는 시체나 뼈만 남은 해골이나 화장해서 남은 뼛가루와는 달리 동그랗고 반짝반짝 빛나는 보석 같은 봉안옥은 죽음에 대한 기만이었지만, 미연은 그것을 보고 좋아했다. 죽어서 저렇게 빛나는 보석이 될 수 있다니. 미연은 자기도 나중에 죽으면 봉안옥이 되면 좋겠다고 말했다. 미연의 그 말은 내게 매우 의외였지만, 심히 내 마음에 들었다.

미연을 바래다주고 돌아온 내게 어머니는 회춘하여 문학소녀라도 된 듯이 이렇게 말했다. 쟤는 너와 달리 밝은 빛이 나는구나. 쟤가 너 때문에 어두워지거나, 아니면 네가 쟤에게 구원받을지도 모르겠다. 물론, 둘이 헤어지지 않는다면. 곧 헤어질 것 같아서 유감이지만. 그런데, 쟤의 빛은 위태로워 보인다. 그 빛은 너와 내가 알고 있는 어두움과 그림자를 모른다는 조건에서 발할 수 있는 빛이

거든. 어느 순간 순식간에 꺼져버릴 수 있는 빛이야. 그렇게 되면 나락으로 떨어지지. 어둡디어두운 너는 쟤의 빛을 지켜줄 수 있겠지만, 쟤가 아마도 너를 떠날걸. 자기보다 더 빛나 보이는 가짜 빛을 찾아서 말이야. 무슨 소리인지 알 것도 같았지만, 곧 헤어질 거라는 말에 상심한 나는 어머니에게 물었다. 도대체 그게 무슨 말 같지 않은 개소리예요. 어머니는 대답 대신 이랬다. 쟤는 아주 예쁜 봉안옥이 될 거야. 그러고는 마녀처럼 웃었다. 성질이 나면서도 나는 그 웃음이 마음에 들었다.

    동생은 어머니를 온전히 닮지는 않았는지, 우리 모자와는 좀 달랐다. 우리가 썩어가는 시체 이야기 같은 스산한 이야기를 하면서 즐기고 있으면 동생은 뭐 이런 가족이 다 있는지 모르겠다는 표정을 지었는데, 마치 자기가 이런 이상한 어머니와 오빠와 친가족일 리가 없다며 자기의 출생의 비밀을 알고 싶어하는 것처럼 보이기도 했다. 우리 모자와는 달리 동생은 죽은 아빠를 그리워했고, 또 그쪽을 더 닮았다. 하지만, 나와 어머니는 당연히 동생을 사랑했다. 동생도 그랬을 것이다. 동생은 어느 기회에 미연을 만나보고는 역시 도대체 그녀가 왜 나를 만나는지 궁금하다고 했고, 그녀가 나를 어둠의 나락에서 구해줄 거라고 했다. 그런데, 그러기 전에 그녀가 내게서 탈출하는 게 좋지 않을까, 하는 의견을 조심스럽게 피력했다. 어머니나 동생이나.

별것도 아닌 일로 싸운 어느 비 오는 날, 나는 전화도 안 받고 메시지도 답하지 않는 미연의 집 앞에 가서 우산을 쓰고 그녀가 돌아오기를 기다렸다. 우산을 쓰고 한참 동안 기다렸다. 발치에 죽은 쥐의 사체가 비에 젖어 바닥에 널브러져 있었다. 죽은 쥐는 처음이라 한참을 보고 있을 때 미연이 다가왔는데 나는 그녀가 온 것도 몰랐다. 미연이 내 발 앞에 있는 쥐의 사체를 보고 깜짝 놀라며 펄쩍 뒤로 물러나 소리를 질러서 그때 비로소 나는 그녀가 온 걸 알았다. 나는 미연에게 그날 있었던 일을 사과했다. 그녀는 죽은 쥐를 보고 있느라 자기가 오는 것도 몰랐냐고 물었다. 나는 그저 내가 잘못한 일에 관한 생각에 잠겨 있었을 뿐이라고 거짓말을 했다. 빗속에서, 죽은 쥐 옆에서, 젖은 옷 속에서, 내가 미연을 얼마나 사랑했는지.

그날 우리는 바로 모텔을 대실해서 섹스했다. 처음은 아니었지만, 그날은 특히 좋았다. 유리창에 비가 부딪쳐 맑다가 둔탁한 소리를 냈다. 멀지 않아 차갑게 썩어 없어질 몸들이 잠시나마 살아서 따뜻한 체온을 가지고 이런 쾌락을 느낄 수 있다니, 삶은 죽음만큼이나 오묘하고 감동적이었다. 나는 둘이 함께라면 같이 부둥켜안고 관에 들어가 화장장 가마 속에서 타 누가 누구인지 구분할 수 없는 골분이 될 수 있을 것도 같았다.

나는 알고 있었다. 미연의 바람은 그런 것이 아니라는 것을. 행복한 가정, 경제적으로 안정적인 삶, 만족할 만큼 높은 사회적 지위, 남들이 인정하는 성공, 거기에 더하여 아마도 선택받고 축복받은 영혼, 그런 것들이 미연 그리고 다른 거의 모든 사람이 바라는 바였다. 왜 아니겠는가? 내 음경이 미연의 질 안에서 움찔움찔하여 그녀를 소리 지르게 할 때 나는 내가 그런 것들을 줄 수 있는 사람은 아니라는 것을 되새겼다. 나는 나 자신을 다 줄 수도 있을 텐데, 미연은 그것만으로는 턱없이 부족하리라는 것을 알았다.

나는 최대한 미루려 애썼지만, 이별의 시간은 생각보다 빨리 왔다. 내가 줄 수 없는 것들을 너끈히 줄 수 있을 것 같은 남자를 만나게 되자 미연은 별 고민이나 갈등 없이 기다렸다는 듯이 나를 버리고 그에게로 갔다. 그는 꽤 부유한 집 아들이었고, 잘 생겼고, 키도 컸고, 몸도 좋았고, 미국 유학도 갔다 왔고, 펀드인지 투자인지 나로서는 들어도 무슨 말인지 모르겠는 그런 일을 한다고 했는데, 굴리는 돈이 어마어마한 액수라고 했다. 그래, 참 잘났다. 그 사람이 너무 흠잡을 데가 없어서 오히려 뭔가 불길한 느낌이 든다고 하니, 미연은 내가 열등감을 느껴서 그런 거라고 했다. 이별을 당하는 사람에게 던질 말은 아니라고 생각했지만 나는 그냥 듣고 있었다. 그동안 고마웠어, 행복했어, 이런 말도 해 주지 않고 그녀는 그렇게 떠났다.

처음이라서 그랬는지 실연의 아픔은 생각했던 것보다는 컸다. 할머니나 아버지가 돌아가셨을 때도 나지 않았던 눈물이 다 났다. 집에서 밥 먹다가 숟가락을 입에 물고 우는 바람에 어머니와 동생도 나의 실연을 알게 됐다. 어머니는 생각보다 너무 오래가서 놀라웠다고 하면서 미연이 급속히 붕괴할 때가 올 거라고 웃으며 악담했다. 동생은 둘이 참 안 어울렸다고 하더니 한 여자가 나로 인해 행복해지려면 아주 특별한 자질이 필요할 거라면서 앞으로도 웬만하면 여자에게 큰 기대는 하지 말라고 했다. 그 말들을 들으니 내 삶이 한심해서 더 서럽게 눈물이 났다. 둘다 그런 나를 보고 재밌다고 웃었다. 동생도 그럴 줄이야. 다음날 시체들이 모여 누워 있는 방에 들어가 그들 가운데 차가운 바닥에 앉아 있으니, 눈물은 마르고 마음은 진정되고 나를 되찾았다. 사랑과 슬픔이 다 꺼져 조용히 누워있는 그들이 제일 큰 위로였다.

나는 공부에 집중했고, 미연이 그 남자와 결혼했다는 소식을 전해 들었고, 졸업했고, 의사면허증을 땄고, 미연이 아이를 낳았다는 소식을 전해 들었고, 내가 뜻했던 대로 국립과학수사연구소 부검의가 됐고, 동생은 치과의사가 되어 어느 병원에 취직했고, 어머니의 사업은 더 성장했다. 서로 사이도 좋았으니, 우리 가족의 삶도 그만하면 훌륭하고 괜찮았다.

사고나 범죄로 죽은 사람들이 그리도 많다니. 부검의라면 모름지기 시체가 자기 몸에 남겨 놓은 메시지를 잘 찾아내야 하는데, 나는 마치 그들이 내게 남들은 듣지 못하는 말을 귀에 속삭여 그 메시지가 숨어있는 곳을 알려주기라도 하는 것처럼 그 점에서 특출났다. 내 상급자들도 얼마 지나지 않아 내 실력을 인정해 중요한 사건의 부검에 계속 참여하도록 했고, 몹시 어려운 판단이 필요한 경우에는 항상 내 의견을 물어보고 경청했다. 상급자와 동료들은 내게 죽은 자들과 직접 얘기하는 영매 같은 면이 있다고 했다. 나는 죽음의 종착지는 물질로서의 시체일 뿐이고 몸과 구분된 영혼은 믿지 않는다고 답하기는 했지만, 죽은 자들의 몸에서 이유를 설명하기 어려운 어떤 숭고함을 느꼈다.

배를 가르면, 피가 돌고 전기신호가 흐르고 호르몬이 뿜어지던 아름다운 내면의 조직들이 맹목적인 노동에서 해방되어 안식을 누리고 있다. 머리를 가르면, 생각과 감정과 충동과 기억과 꿈과 본능이 들끓던 뇌가 코드 뽑힌 전자제품처럼 고요하게 의식 없는 세상에 가라앉아 있다. 뼈와 근육은 더 이상 어떤 동작도 할 필요 없고 어떤 무게도 지탱할 필요 없이 오래전에 멸망한 나라의 유적처럼 간신히 존재와 소멸 사이의 경계에 자리하고 있다. 아무것도 보지 않는 눈, 아무것도 맛보지 않는 혀, 아무것도 듣지 않는 귀, 흥분하여 서고 젖지 않는 성기, 똥 나오지 않는 항문, 아무것도 쥐지 않는 손, 어디로도 걸어가지 않는 발은 이제 평안하다. 그 사이에서 나는 이제는 죽은 자에게 아무 상관도 없을 수도 있겠지만, 어쩔 수 없이 들리는 마지막 외침을 또렷하게 듣는다. 그들은 무엇인가를, 누군가를 가리키고 있다.

부검의로 일하면서 수많은 시체를 만났다. 부모한테 학대받아 죽은 아이의 시체를 가를 때는 나도 평소의 냉정함을 그대로 유지하기 쉽지 않았다. 내 부검 결과에 따라 범인이 판가름 날 수 있는 부검을 할 때는 죽은 자에게 놈을 꼭 잡아주겠노라, 남몰래 혼자 약속하기도 했다. 아파트 고층에서 뛰어 내려 온몸의 뼈가 부러지고 꺾인 자살자의 시체를 구석구석 살펴볼 때는, 음독처럼 좀 예쁜 모습으로 남게 죽는 방법도 있었을 텐데 하필이면, 하는 생각이 들었다. 물에 빠져 죽어 퉁퉁 부은 시체에 칼을 댈

때는 곧 시신을 건네받을 유족들을 위해 바람이라도 좀 빼 줄 수 있으면 좋겠다 싶었다. 휴지를 먹여 질식시켜 죽인 시체의 목을 갈라 볼 때는 화장지의 새로운 용도에 경탄했다. 불에 까맣게 타 죽어 앙상한 마네킹처럼 된 시체의 누런 이를 들여다볼 때는 망자가 마지막으로 먹은 음식이 무엇이었을까 궁금하기도 했다. 외롭게 홀로 죽은 사람을 볼 때는 내가 그 살아생전 곁에 하나도 없던 가족과 친구가 되어 주겠다고 했다.

나는 항상 죽은 자들의 편이었다. 살아 있었을 때의 그들이 아니라 죽어서 살아 있었을 때의 개별적 특성을 모두 잃고 망자라는 보편자가 되어 내 앞에 누워 있는 죽은 자들. 살았을 때 혹시 아무리 악랄하고 고약한 사람이었다고 해도 죽어서 내 앞에 온 그들은 모두 평등한 세계의 사물들이었다. 오히려, 아니 당연하게도, 그들과 연결된 범인, 가족, 친구, 동료 등 아직은 숨 쉬고 심장 뛰며 살아 있는 자들이 더 지독했다. 그들도 머지않아 죽음을 맞이하여 살아 있었을 때보다 고귀해지기를. 각자의 개별성을 그대로 지닌 채 천국에 가는 것은 구원이 아님을 깨닫고 헛된 소망에서 벗어나기를.

그러던 어느 날, 다음 부검대상자의 이름을 봤을 때 나는 깜짝 놀랐다. 이름과 생년월일과 주소를 여러 번 확인해 봤지만, 맞았다. 정미연. 미연이었다. 보고서를 보니, 그녀는 살해당한 것으로 추정됐고, 남편이 용의자로 체포됐다고 했다. 그녀의 붕괴를 예언한 어머니가 들으면 좋아할 소식이었다. 그 이상 사건의 자세한 내용은 알기 어려웠는데, 나를 통해 사건의 향배가 명확해질 것이었다. 그날따라 유난히 부검할 시신들이 많아 미연은 나 혼자 부검하게 됐다. 우리 둘만 같이 있을 수 있어서 좋았다. 하얀 천으로 몸이 덮인 미연은 내가 이름을 부르면 눈을 뜨고 반갑다고 웃을 것 같을 정도로 아직 살아있는 것처럼 보였다.

나는 하얀 천을 벗기고 미연의 죽은 나신을 마주했다. 몸은 상처 없이 깨끗했다. 한눈에 봐도 목을 손으로 조른 흔적이 선명했다. 머리뼈가 함몰되거나, 팔다리가 잘려 나가거나, 불에 타거나, 칼에 찔리고 베이지 않은 상태로 나에게 와준 것에 대해, 나는 그녀에게, 그리고 목을 조른 자, 아마도 그녀의 남편에게, 감사했다. 나는 부검을 시작하기 전에 잠시 그녀의 옆에 의자를 끌어당겨 앉아 이미 차가워진 손을 잡고 완벽한 재회의 순간을 음미했다. 함께 했던 지난 시간의 기억들도 밀려왔지만, 아버지가 죽어서야 내가 보기에 근사해진 것처럼 미연도 죽어서야 비로소 흔들리지 않는 여인이 되어 내 사랑을 온전히 담을 수 있었다. 나는 죽은 미연의 몸을 구석구석 어루만지거나 입술에 키스하거나 하는 짓은 하지 않았다. 그럴 시간은 오래전에 다 지나갔다. 이제는 나의 메스가 그녀의 몸을 갈라 열 것이다.

나는 내면의 아름다움을 목도했다. 진작에 알지 못했던 게 좋았다. 알았다면, 이별이 더욱 아팠을 것이다. 눈물이 그녀의 심장에 떨어졌다. 머리뼈 아래 숨어 있던 그녀의 뇌도 이제는 정지된 시간 밑에 고요히 가라앉아 아름다웠다. 그 안에, 나에 대한 기억을 형성한 시냅스도 아직은 풀어헤쳐지지 않고 있을지도 모른다. 전기가 다 끊겨 어두워진 지하실 구석에서 과거의 내가 숨이 끊어져 식어 있는 모습을 그려보았다. 안녕, 미연. 나는 이미 세상에 존재하지 않는 '미연'이라는 인격에 헛된 작별 인사를 했다.

부검의로서 시신을 세심하게 조사한 다음, 나는 그녀의 머리를 먼저 봉합했다. 그리고, 오른쪽 갈비뼈 하나를 잘라내 몇 동강을 내서 미리 가져간 용기에 넣은 다음에 그녀의 몸을 봉합했다. 몸을 닫고 나니 겉으로 봐서는 뼈 하나가 잘려 나간 것쯤은 보이지 않았다. 그날 밤 집에 돌아와 책상 위에 줄을 맞춰 늘어놓은 미연의 갈비뼈 조각들을 보면서 내가 미연과 만나던 시절에 좋아했던 음악을 틀어놓고 상념에 잠겼다. 그 후로도 종종 그랬다. 나의 사랑은 아직 끝나지 않았구나.

나는 미연의 남편에 대한 심문기일이 열릴 때마다 방청석에 앉아 재판 과정을 지켜보았고, 한 번은 부검의로서 증언대에 올라 증언도 했다. 남편은 혐의를 부인했다. 나는 무죄 주장을 하는 변호인의 얼굴에서 그도 의뢰인의 유죄를 믿고 있다는 것을 짐작했다. 나는 미연의 남편에 대한 분노나 복수심 같은 건 느끼지 않았다. 어쨌거나 그는 내게 미연의 마지막 최고의 모습을 볼 수 있게 해 주고 또 미연의 한 조각을 내가 가질 수 있게 해 준 사람이었다. 그저 그가 저지른 죄에 합당한 처벌을 받으면 됐다.

그는 무리하고 탈법적으로 행한 투자에 실패해서 회사와 투자자들에게 큰 손해를 떠안겼고 법적으로도 책임을 지게 됐는데, 그 때문에 부부간 다툼이 잦았고, 미연은 우울증에 걸렸다고 했다. 증거들과 증인들의 증언은 모두 범인으로 그를 지목하고 있었다. 검사는 그가 술에 취한 상태에서 아내와 심하게 다투던 중 모욕적인 언사에 격분하여 충동적으로 그녀를 목 졸라 죽였다고 했다. 미연이 나를 떠나던 날 내가 그에게 열등감을 느끼는 거라고 한 말이 생각났다. 나는 누가 죽여 놓은 시신을 조사하는 것은 좋아하지만, 절대 누군가를 죽일 수는 없을 것이다. 재판부는 그에게 유죄를 선고했다. 몇 년형을 받았는지는 잊었다. 선고를 듣고 법정에서 나오면서 그는 내게 아무 것도 아닌 사람이 됐다.

나는 미연의 갈비뼈를 가지고 어머니에게 갔다. 내가 그것을 어머니에게 내밀자, 내가 굳이 말하지 않아도 어머니는 그것이 누구의 것인지, 내가 그것으로 무엇을 원하는지를 바로 알았다. 어머니는 싱긋 웃으면서, 공짜로? 라고 물었다. 보통은 화장해서 뼛가루를 가지고 오는데 뼈째로 가져왔으니, 비용이 더 들 거라고 했다. 내가 비용이 얼마냐고 묻자, 어머니는 잠깐 뜸을 들이다가 내게 의미 있는 특별한 뼈니, 이번만은 돈을 받지 않고 해 주겠다고 했다. 그러면서, 참 너다운 짓이다, 라고 했다.

어머니가 예전에 장담했던 대로, 과연, 미연의 뼈는 예쁜 봉안옥이 되었다. 갈비뼈 하나뿐이었기 때문에 봉안옥의 개수는 몇 개 안 됐다. 사람마다 봉안옥의 색과 빛이 다를 수 있다는데, 미연의 것은 약간 붉은 빛을 띠면서 은은하게 빛나는 아름다운 봉안옥이었다. 내가 열어 본 그녀의 내면과 더불어 그 또한 몹시 내 마음에 들었다. 어머니는 내게 너무 오래 들여다보지 말라고, 시간이 좀 지나면 다 갖다버리라고 했다. 나는 집에 돌아와 예전에 갈비뼈 조각들로 그랬던 것처럼 봉안옥을 책상 위에 가지런히 올려놓고 같은 음악을 들으며 위스키를 몇 잔 마셨다. 뼛

조각일 때보다 봉안옥일 때가 더 마음이 편안하고 좋았다. 술이 몇 잔 들어가서인지 그 반짝이는 돌들 안에 미연의 의식과 기억이 숨어 있는 것처럼 느껴졌다.

그러다가 이가 아팠다. 이제 독립해 치과를 차려 개원한 동생에게 가니 어금니가 양쪽으로 하나씩 뿌리까지 썩어서 신경치료를 받아야 한다고 했다. 동생은, 이게 뭐냐고, 평소에 이도 제대로 안 닦았냐고 뭐라고 했다. 이 정도면 아예 임플란트를 박아도 좋겠다고 했다. 그날 치과 진료 의자에 누워 동생에게 혼나다가 나는 번뜩 멋진 생각이 떠올랐다. 나는 치료를 받겠다고 했고, 동생 방에 들어가 둘만 있는 자리에서 따로 이야기했다. 미연의 봉안옥을 가공해서 임플란트로 박아 달라고. 동생은 잠시 입을 벌리고 아무 말도 못 하고 있다가, 미쳤냐고, 못 해준다고 소리 질렀다.

며칠 후 나는 동생을 어머니에게 데리고 갔다. 어머니 있는 자리에서 다시 동생에게 부탁했다. 어머니는 내 얘기를 들더니, 좀 과하다 싶다고 하면서도 동생에게 재미있지 않냐, 하나밖에 없는 오빠 부탁인데 좀 해 주지 그러냐고 했다. 동생은 봉안옥은 임플란트 재질로는 적절하지 않다면서 작업이 몹시 어려울 거라고 했다. 나는 얼마가 되든 비용은 다 내겠다고 했다. 어머니가 도와주면 작업이 좀 쉬워지지 않겠냐고 하자 어머니는, 아마도, 라고 했다. 동생은, 둘 다 미쳤어, 라고 했지만, 결국 해 보기로 했다. 하다가 잘 안되면 포기하고 일반 임플란트로 해야 한다고 했다.

간호사나 치기공사에게 얘기할 수도 없어서 동생이 어머니의 도움을 받아 모든 작업을 다 해야 했다. 나는 진료 시간이 끝난 밤에 동생 치과에 찾아갔다. 처음에는 나 보고 미쳤다고 하더니 동생은 자기도 어떻게 해야 성공할 수 있을지 연구까지 해 가면서 이 작업에 빠졌다. 나중에 논문이라도 하나 써야겠다고 하며 웃었다. 우여곡절 끝에 작업은 성공적으로 마무리됐다. 동생은 일반 임플란트보다 참 색과 빛이 예쁘다며 흡족하고 자랑스러워했다. 그것은 틀림없이 세계 최초의 작업이었을 것이다.

혼자 밥을 먹을 때도, 혼자 술을 마실 때도, 미연과 함께하는 것으로 생각했다. 미연이 좋아하던 카르보나라, 팟타이, 즉석떡볶이 같은 것들을 먹을 때면 두 개의 어금니가 좋아서 자르르 울리는 것 같은 착각이 들었다. 커피를 마시며 미연에게 말을 걸듯 속삭였다. 거울을 보고 입을 벌리고 있으면 두 개의 이가 내게 말을 건네는 것 같기도 했다. 아침에 일어나서, 밤에 자기 전에, 하루에 두 번, 칫솔에 치약을 묻혀 그 이들은 특히 꼼꼼히 잘 닦아주었다. 침대에 누워 손가락으로 그 이들을 매만지며 잘 자라고 인사한 적도 있었다. 부검할 때는 입을 꼭 다물거나 마스크를 썼다. 내 눈앞에 보이는 건 미연에게는 보여주고 싶지 않은 광경이기도 했으므로. 흔한 일은 아니지만 내가 누굴 보고 웃음 지을 때는 미연도 살짝 이를 드러내며 같이 웃는다고 생각했다. 이 모든 것이 바보짓이라는 것은 나도 잘 알고 있었다. 그래도 그런 것들이 미연을 추억하고 그리워하는 나만의 방식이었다. 그녀에 대한 머릿속 기억만 남은 것이 아니라 그녀의 몸을 이루던 일부를 내 입 안에 머금고 있었으니 할 수 있었던.

그러다가 동생의 말을 빌리자면, '나로 인해 행복해질 수 있는 특별한 자질'을 가진 여자를 만나게 되었다. 희한하게도 이름은 정미연을 거꾸로 한 연미정이었고, 장례지도사로서 시신의 염습을 하고 입관하고 장례 절차를 이끌어 주는 일을 했다. 장례와 부검은 그 의미와 기능이 매우 다르기는 하지만, 죽은 사람의 몸을 다룬다는 점에서는 같았다. 의문의 고독사를 해 두 절차를 모두 거쳐야 했던 어느 망인이 우리 사이를 여차저차 연결해 주는 거간꾼 노릇을 한 셈이었으니, 그는 쓸쓸하게 죽었지만 죽어가며 좋은 일을 한 것이다. 찾아오지 않는 그의 가족이나 친구를 대신해서 우리가 그의 마지막을 곁에서 함께 해 주었다.

시체를 다루는 일을 한다고 해서 비슷한 일을 하는 다른 사람을 좋아한다는 보장은 없겠지만, 오히려 전혀 다른 '밝은' 일을 하는 사람을 좋아할 수도 있겠지만(사실 나도 그랬다), 미정은 나 같은 사람을 좋아했고 또 만나게 되기를 기다렸다고 했다. 과연, 미연을 만날 때와는 달리 미정과 같이 있으면, 내가 다른 사람에게는 좀 이상해 보이기도 하는 나인 그대로 있어도 돼서 편안하고 좋았다. 미정도 내게 그렇다고 했다. 우리는 우리가 만난 수많은 시체 이야기를 하면서 즐거웠다. 물론, 우리는 죽은 자들을 존중하고 아꼈다. 그들이 결코 조롱이나 농담의 대상은 아니었으니, 그 점에서도 우리는 서로 통했다. 동생도 미정을 만나 보더니 내가 제대로 된 짝을 찾았다고 하면서, 내게만 살짝 이제 두 어금니는 어쩔 거냐고 물었다. 그걸 끼고 뽀뽀도 하고 그럴 거냐고. 나와 잘 맞는 여자를 비로소 만났으니 이제 그것들은 빼내야 하지 않겠냐고.

미정에게 두 어금니에 대해서는 말하지 못하고 있었다. 혹시 미정이라면 이해할 수 있을지도 모른다는 희망도 있긴 했지만, 아무래도 그건 아닐 것 같았다. 동생의 말을 듣고 나니, 미정과 딥키스할 때는 미연이 미정의 입 안을 들여다보는 것 같았고, 미정에게 커닐링구스를 해 줄 때는 미연이 미정의 질과 내 혀를 노려보는 것 같았다.

이성적으로는 그것이 객쩍은 생각이라는 걸 알았지만, 이상하게도 우리 둘 사이에 제삼자가 끼어 있는 것 같은 느낌을 완전히 버릴 수는 없었다. 떠나보낼 때가 됐다. 이별했을 때, 죽었을 때, 한 번씩 떠나보냈고, 이를 뽑아내 세 번째로 보내야 했다.

결국 나는 동생에게 부탁해 미연의 봉안옥으로 만든 임플란트를 뽑아내고 보통의 임플란트로 갈아 끼웠다. 뽑아낸 이 두 개는 다시 집으로 가지고 왔다. 집 책상 서랍 안에는 작은 통에 고이 넣어 놓은 미연의 봉안옥들이 몇 개 더 있었는데, 뽑아낸 이들과 그것들을 어떻게 할 것인지는 좀 더 생각해 보기로 했다. 임플란트를 교체하고 나서는 미정과 키스하거나 섹스할 때 불편한 느낌이 없어졌다. 미정은 어찌 알아챘는지 내 양쪽 어금니 색이 바뀌었다고 했다. 나는 임플란트를 새로 박아 넣었다고만 했다. 미정은 예전 것들이 색과 빛이 좋아서 나름 매력 포인트였는데 아쉽다며 웃었다. 언젠가는 미정에게 이에 관해 애기해줄 거라고 마음먹었다.

그것들은 한동안 책상 서랍 속에 처박혀 있었다. 수시로 꺼내보는 일도 없었다. 그래도 그 서랍을 바라볼 때면 생각이 났다. 미연이라는 살아있던 여자보다는 죽어서 타고 녹아 변모하여 다른 양식의 존재가 된 그 돌들이 내 추억과 사랑의 대상이 된 듯싶기도 했다. 그중 두 개는 수년 동안 내 입 안에서 같이 씹고 마시고 했으니 더욱 그랬다. 그것들은 미연의 몸이 일부가 변한 것이 아니라 '정미연'이라는 글자들처럼 미연을 가리키는 추상적인 기호들 같았다. 미연에 대한 내 머릿속의 기억도 그런 것이 아닐까? 준 사람이 죽은 이후에도 내다 버리지 않고 그대로 보관하고 있는 아주 오래전 생일 축하 카드 같은 그런 것.

나는 어릴 때부터 고양이를 한 마리 키우고 싶었다. 노란 털을 가진 치즈태비*가 제일 마음에 들었는데, 고양이 한 마리의 삶을 끝까지 책임질 자신이 없어서 실제로 데려오지는 못했다. 길을 걷다가 또는 공원에서 산책하다가 고양이와 마주치면 반가웠다. 생김새와 걸음걸이와 습성 모두가 좋았다. 지구는 인간이 아니라 고양이들에게 맡겼어야 했다. 하지만, 고양이들은 그런 제의를 받았다면 귀찮다며 거절했을 것이다.

몇 군데 유기 동물 보호소에 찾아갔다. 정해진 기한 내에 누군가 데려가지 않으면 안락사시킬 개와 고양이가 잔뜩 모여 있었다. 나는 실명한 고양이를 원하고, 가능하면 치즈태비면 좋겠다고 했다. 내 말을 들은 담당자들은

* 치즈태비(Tabby): 줄무늬 코트 패턴과 치즈처럼 노란 털을 지닌 고양이를 일컫는 말

다들 묘한 표정을 짓더니 그런 고양이가 들어오면 연락을 주겠다고 했다. 얼마 후 어느 한 곳에서 연락이 왔다. 그리로 가니 담당자가 내가 요구한 조건에 맞는 고양이가 들어왔다며 나를 데리고 갔는데, 치즈태비는 아니고 고등어태비*였다. 그는 내게 실명과 치즈태비, 두 조건을 다 만족시키는 건 어렵지 않겠냐고 했다. 성별에는 조건을 달지 않았는데, 애는 암컷이었다. 몇 마리 고양이들이 주변에서 부산히 움직이는 가운데 애는 명상에 잠긴 듯이 눈을 감고 조용히 엎드려 있었다. 아니, 그저 졸고 있었을지도 모른다. 막 돌아다니거나 나대지 못할 고양이를 원하시나 봐요? 그가 물었다. 그 질문에는 대답하지 않고 나는 그 고양이를 입양하고 싶다고 했다.

나는 고양이 이름을 '미'라고 지었다. 도레미의 '미'나 마이미마인(MyMeMine)의 '미' 가 아니라 '정미연', '연미정'의 가운데 글자인 '미'를 따서 지었다. 알고 보니 둘 다 아름다울 '미(美)'자였다. 두 여인의 이름이 겹치는 부분에 고양이를 두었다. 미는 태어났을 때는 볼 수 있었는데, 자라나면서 병에 걸려 실명했다고 했다. 그렇다면 미는 어릴 때 본 장면들을 기억하고 꿈꿀 수 있을까? 다시는 보지

---

* 고등어태비(Tabby): 줄무늬 코트 패턴이 고등어 색깔인 고양이를 일컫는 말

못하게 됐다는 것을 어떻게든 인식하고 있을까? 미는 기본적으로 점잖고 조용했지만, 때로 장난스럽고 쾌활하기도 했다. 자기에게 떨어진 불행을 그대로 수용하고 삶을 받아들인 현자의 모습이 보이기도 했다. 나는 미를 사랑했다.

나는 미가 나에게 익숙해지고 나를 반려자로 받아들일 만큼의 시간이 지난 후에, 미의 죽어버린 동공을 제거하고 미연의 봉안옥 중 내 어금니로 썼던 두 개를 하나씩 실리콘 안구 안에 집어넣어 만든 고양이 의안을 미의 눈에 삽입하는 수술을 했다. 내 이로 쓰지 않은 것들은 깎아내지 않아 원래 크기 그대로여서 좀 무거워 고양이가 힘들 것 같았다. 이 역시 누구에게 부탁할 수도 없어서 근무시간이 끝난 후 부검실에 홀로 남아 직접 수술을 했다.

이제 미가 눈을 뜨면 그 안에서 예쁜 빛과 색의 눈동자가 반짝인다. 미에게는 아무런 시각정보도 줄 수 없는 그 두 눈으로 과거의 미연이 시간을 넘어 나를 보고 있는 것 같은 느낌이 들 때도 있기는 하다. 그 눈을 볼 때 아프거나 그립지는 않다. 미연보다 나는 미연의 일부를 품고 아직은 살아있는 미를 더 사랑한다. 미는 이미 네 살이라고 했는데 몇 년 후, 미가 죽고 나면 눈동자로 끼워 준 두 개와 나머지 봉안옥들을 모두 다 미의 시신과 함께 묻어 주거나 함께 화장하려고 한다. 아, 미의 시신이 썩거나 타 버려도 봉안옥들은 썩지도 타지도 않을지도 모르니, 어머니에게 가서 같이 용융시켜 다 녹여버려 달라고 해야겠다. 그러고도 남은 잔해는 강물에 뿌려줄 것이다. 따뜻한 햇살이 들어오는 창 앞에 앉아 미가 내 옆에서 기분 좋은 가르릉 소리를 내고 있다. 나는 미의 목 아래쪽을 손가락으로 만져준다.

전화벨이 울린다. 미정이다. 집에 와서 미를 보고 싶다고 한다. 미정이 미의 두 의안과 눈을 마주칠 때, 그동안 숨겨서 미안하다고, 용서해 달라고 하면서 이제는 나의 이와 미의 눈에 대해 다 말해줄 생각이다. 미를 봐서라도 미가 세상을 떠날 때까지는 그냥 이대로 받아들여 달라고, 누구보다도 미정을 사랑한다고 할 것이다.

미가 창밖에서 무엇을 보는 듯이 몸을 벌떡 일으켜 밖을 주시하는 자세를 취했다. 내게는 아무것도 보이지 않았다. 미는 창밖 허공을 향해 딱 한 번 야옹 울었다. 그러고는 다시 엎드려 생각에 잠겼다. 아니면, 아무 생각도 하지 않거나.

그가 계속 물었지만, 그녀는 이유를 말하지 않았다. 그는 알고 싶었지만, 그녀는 모르는 게 좋다고만 했다. 그는 이럴 수는 없다고 했지만, 그녀는 할 수 없다고 했다. 그는 도저히 이해할 수 없다고 했지만, 그녀는 아무것도 묻지 말고 그냥 받아들이라고 했다. 그는 마음이 변했냐고 다시 물었지만, 그녀는 여전히 그를 좋아한다고 했다. 그는 큰 병이라도 걸렸냐고 물었지만, 그녀는 고개를 저었다. 그는 사람이라도 죽였냐고 물었지만, 그녀는 웃고 말았다. 선영은 그렇게 영민을 떠나갔다. 자기를 잊으라고 했다. 미안하다고 했다. 영민은 돌아서 걸어가는 선영의 뒷모습을 보며 울었다.

하루가 지나니 마음은 진정됐지만, 하루하루 슬픔은 숙성됐다. 의문은 가시지 않았다. 도대체 왜, 그렇게도 갑자기. 최근의 일을 생각해 봐도, 오래전 일을 되새겨 봐도, 그가 무엇을 그렇게 크게 잘못했는지 알 수 없었다. 막연하게, 그보다 더 좋은, 더 마음이 끌리는, 아니면 더 조건이 좋은 남자를 만났을 거로 생각했다. 그렇게 생각하는 것이 마음이 편했다. 그렇다면 그렇다고 솔직하게 말해 줬으면 좋았을걸. 하지만, 그런 답을 들은 것도 아니었으니, 그런 이유가 아니라면 무엇 때문이었을까, 하는 의문이 없어지지는 않았다.

선영은 자기를 잊으라고 했지만, 영민은 그러지 못하고 그가 아는 선영의 친구들에게 연락해서 선영의 소식을 물어보았다. 영민과 선영은 고등학교 동창이었다. 선영의 친구들도 선영이 영민을 떠난 즈음에 선영과 연락이 끊겼고, 그 후 선영의 근황에 관해 알지 못했다. 심지어 선영의 휴대전화 번호도 결번으로 나온다고 했다. 그 말을 듣고 영민이 전화를 걸어보니 그가 알고 있던 번호와 선영의 연결은 이미 끊겨 있었다. 선영이 다니던 회사에 전화를 걸어 물어보니 그녀는 역시 그와 이별한 즈음에 퇴사했다고 했다. 전화 받은 사람에게 그녀가 퇴사한 이유를 물어보니 모른다고 했고, 사직서에는 '개인적인 사정'이라고만 쓰여 있었다고 했다.

　영민은 선영의 집 주소를 몰랐다. 그녀는 그에게 주소를 알려주지 않았다. 그가 그녀의 주소를 알아야 할 기회도 없었다. 선영이 싫어해서 집 앞까지 바래다준 적도 없었다. 주소로 선물을 배송시킨 적도 없었고, 신분증을 본 적도 없었다. 그가 물었을 때, 그녀는 어느 동네에 산다고만 말했다. 그가 그 동네에 가서 며칠을 이리저리 돌아다니며 찾아보아도 그녀는 보이지 않았다. 선영은 비에 젖은 땅의 물기가 해 나면 증발하듯이 사라졌다.

　한동안 선영과 같이 가던 장소에 혼자 가서 밥을 먹고 차를 마시고 술을 마셨다. 혹시 그녀도 오지 않을까 해서. 오지 않았다. 거리 곳곳에서 선영과 닮은 사람을 보게 됐다. 가까이 다가가서 보면, 앞서 걸어가 고개를 돌려 앞모습을 보면, 전혀 다른 사람이었다. 의문과 그리움에 미움이 섞였다. 그래도 선영이 죽지는 않았기를 바랐다.

　몇 년이 갔다. 영민은 일에 치여 살았다. 다른 여자는 친구 소개로 몇 명 만나 보았지만 만남이 오래 지속되지는 못했다. 일이 많아 여유가 없기도 했고, 마음에 아직 선영이 남아 있었다. 일은 힘든데, 그러다 보니 스트레스 때문인지 많이 먹고 많이 마시게 돼 살이 불과 몇 년 만에 십 킬로그램 이상 쪘다. 옷을 벗고 거울을 보면 배가 나오고 턱이 접히는 웬 아저씨가 그 안에 한 마리 있었다. 거울 보기가 싫었다. 옷도 새로 사야 했다. 아침에 일어나 숙취로 힘든 날이 매주 며칠씩 됐다. 이렇게 살면 안 되는데 싶다가도 잊고서 또 그렇게 살기 일쑤였다. 회사를 그만두고 다른 일을 찾아볼 생각도 했다. 실행에 옮기지는 못했다. 다른 무슨 일을 해야 할지 몰랐다. 특별히 할 줄 아는 것도 없었다. 연애나 결혼은 갈수록 남의 일이 됐다. 선영을 사랑했던 것도 아주 먼 옛날 일 같기만 했다.

늦게 일어난 토요일에 술이 덜 깨 어지러운 머리와 쓰린 속을 달래려 라면을 끓여 냄비째로 먹다가 라면 국물 위로 홀연 눈물이 뚝 떨어졌다. 그걸 보고 젓가락을 손에 쥔 채로 서럽게 울었다. 어디서부터 뭐가 잘못됐는지 몰랐다. 선영이 옆에 있었으면 혹시 달랐을까 자문했지만, 그에 대한 답도 알 수 없었고, 선뜻 그랬을 거라고 대답할 자신도 없었다. 오히려 선영이 옆에 있었다면 그런 자기를 떠났을 거라는 생각이 들었다. 선영은 어디로 갔을까 새삼 다시 알고 싶었고, 그래서 더 울었다. 삶에 아무 의미도 없었다.

영민에게는 강철이라는 오랜 친구가 있었다. 강철도 영민, 선영과 같은 고등학교를 나왔다. 이름에서 연상되는 것과는 달리 강철은 영민과 마찬가지로 아니 영민보다도 심하게 우울했고 삶에서 의미를 찾지 못했다. 배가 나오고 살이 찐 영민과는 달리 강철은 포로수용소에 오래 갇혀 있던 사람처럼 삐쩍 말라 뼈만 남은 것처럼 보였다. 강철에게는 잊지 못하는 사랑했던 사람도 없었다. 두 친구가 만나 술이라도 한잔할라치면 서로의 무력함과 우울함이 상승작용을 일으켜 서로서로 바짓가랑이를 붙잡고 더 아래 나락으로 함께 떨어지는 것 같았다. 강철은 영민에게 한동안 서로 안 만나는 게 좋겠다고 했고, 영민도 그러자고 했다.

꽤 긴 시간이 지나도록 아무 연락도 없이 지내다가 영민은 궁금하기도 하고 걱정이 되기도 해서 강철에게 전화했지만 아무리 전화벨이 오래 울려도 아무리 여러 번 걸어봐도 받지 않았다. 마침 알고 있던 강철의 형 전화번호로 전화를 걸었더니 형이 받았다. 영민이 물어보니 형은 조금 머뭇거리다가 영민이니 말해 준다며 얼마 전 강철이 우울증이 심해져 신경정신과 병원에 입원했다고 했다. 강철의 형은 병원에 전화해도 가족이 아니면 안 바꿔줄 거라고 하면서도 영민에게 병원 이름과 주소는 알려줬다. 영민은 불러주는 대로 받아 적어 놓았지만, 병원에 찾아가서 강철을 만나볼 생각은 들지 않았다. 무엇보다 신경정신과 병원에 가고 싶지 않았다. 영민 자신도 입원해야 한다는 생각이 들 것 같아서.

두 달쯤 지나서 영민은 강철로부터 전화를 받았다. 강

철은 안부를 묻는 영민에게 그동안 정신병원에 입원해 있었다고 사실대로 말했다. 치료를 받아 아주 좋아졌고 매일 항우울제를 먹고 있는데, 약만 먹으면 졸려서 죽겠다고 했다. 그러면서 영민에게 해 줄 얘기가 있으니 꼭 만나자고 했다.

영민이 오랜만에 만난 강철은 그새 살이 쪄서 몰라볼 정도였다. 강철은 항우울제를 계속 먹으면 그렇게 될 수 있다고 했다. 퇴원은 했지만, 그만둔 회사로 돌아갈 수도 없고, 일자리를 찾고는 있는데 쉽지 않다고 했다. 약을 그만 먹고 싶은데 그러면 다시 우울증에 빠질 것 같아서 그러지도 못하고 죽을 지경이라고 했다. 강철은 영민에게, 너도 괜찮아 보이지는 않는다. 야, 라고 했는데, 영민은 별로 나아진 것도 나빠진 것도 없다고 답했다. 잠시 뜸을 들이다가 강철이 말했다.

나, 사실은 병원에서 선영이를 봤다. 내가 입원한 지 몇 주 지나서 선영이도 같은 병원에 입원해 들어왔어. 나란히 두 줄로 서서 차례차례 간호사한테서 약을 받아먹을 때 옆줄에 서 있는 선영이를 봤다. 화이트보드에 간호사들이 써 놓은 걸 봤는데, 선영이 이름 옆에 'bipola'라고 쓰여 있었어. 조울증이라는 거지. 선영이 나를 알아보는 것 같았는데, 계속 나를 피했어. 선영이 가족하고 처음 보는 어떤 남자가 면회 온 것도 봤다. 내가 퇴원할 때도 선영이는 남아 있었는데, 어쩌면 아직도 그 병원에 있을지도 몰라. 그냥 한참 전에 네가 갑자기 사라진 선영이를 찾던 게 생각나서 알려주는 거야. 어느 병원인지는 알지? 우리 형이 너한테 알려줬다고 하던데. 야, 괜찮아?

영민은 핸드폰을 열고 예전에 강철의 형이 알려준 병원의 주소를 메모해 놓은 것을 찾아보았다. 멀지 않은 곳이었다. 영민은 강철에게 고맙다고, 약 잘 먹으라고, 잘 살라고 했다.

다음 날 아침 영민은 바로 차를 몰고 그 병원으로 갔다. 경기도의 어느 이름 없는 산속에 있는 병원이었다. 영민의 차는 힘겹게 산속 꼬불꼬불 경사길을 올라갔다. 주차장에 차를 대고 나와서 영민은 그 하얗고 각진 건물을 잠시 보고 있었다. 선영이 안에 있다고 생각하니 두근거렸다. 헤어진 후 몇 년 동안 살찌고 나이 들고 흉해진 자기 모습을 보여줄 생각을 하니 창피했지만, 선영을 만나야 했다. 어쩌면 선영이 그렇게 갑자기 자신을 떠난 이유가 병 때문이었을 지도 모른다고 생각하니 영민은 더 마음이 아팠다.

영민은 병원 안으로 들어가 간호사가 앉아 있는 창구로 가서 환자 면회를 하고 싶다고 했다. 그의 목소리가 떨렸다. 간호사는 환자 이름을 물었고, 영민은 박선영이라고 답했다. 간호사는 검색하면서 환자와 관계가 어떻게 되냐고 물었다. 가족이냐고. 영민은 머뭇머뭇 가족은 아니고 친구라고 했다. 간호사가 무슨 말을 하려다가, 아마도 면회할 수 있는 자격에 대해 말하려고 입을 열었다가 말을 삼키고, 모니터 화면을 보고 말했다. 그런데요, 이 환자 어제 퇴원했는데요. 영민은 연락처나 주소를 알 수 있냐고 물었다. 간호사는 화면에서 눈도 안 떼고 환자 연락처나 주소를 가족 아닌 사람에게 알려줄 수는 없다고 말했다. 영민은 소리를 지르거나 떼를 쓰거나 위협을 가하거나 아예 바닥에 드러눕거나 해서 알고 싶은 정보를 알아내려고 할 엄두는 내지 못했다. 만약 영민이 그랬어도 간호사는 알려주지는 않고 건장한 남자 직원들을 불러 그를 끌어내라고 했을 것이다. 경찰을 불렀거나. 낙담한 영민은 뒤돌아 나왔다. 울음을 참았다. 아, 하루만 빨리 왔어도.

선영과의 연결은 다시 끊겼다. 어디로 갔는지 알 수 없었다. 며칠간 밥도 제대로 먹지 않고 술만 마시며 지내다가, 영민은 이래선 안 되겠다며 마음을 다잡고 살기로 했다. 그다음 날부터 매일 아침에 공원에 나가 달렸고, 식사를 조절했고, 술도 거의 먹지 않았다. 예전에는 꿈도 꾸지 않았던 등산도 시작했다. 언젠가 선영을 다시 만나게 되면 자신 있는 모습으로 그 앞에 서고 싶었다. 언젠가는 꼭 다시 만날 거라는 믿음이 있었다. 그러나, 결국 못 만나게 되더라도 달라진 자신은 남을 것이다.

또 몇 년이 갔다. 영민이 아침에 샤워하기 전 옷을 벗고 거울 앞에 서면 적당히 근육이 붙은 균형 잡힌 몸이 보였다. 몇 년 전을 생각하면 얼마나 변했는지. 마음에 들었다. 영민은 회사에서도 인정받아 몇 차례 승진했고, 이제는 꽤 노련한 직장인 티가 났다. 버는 돈도 허투루 쓰지 않고 잘 모으고 굴려 경제적으로도 어느 정도 안정적으로 살 수 있게 됐다. 가족과 친구들도 영민을 달리 보았다. 영민의 어머니는 이제는 그가 좋은 여자를 만나 결혼할 때가 됐다며 여자 좀 만나보라고 재촉했다. 강철은 자기도 분발해서 무기력에서 벗어나 열심히 살아야겠다며 영민에게 비결을 알려 달라고 했다. 그러다가 얼마 후 강철은 미국에 있는 삼촌이 와서 일을 도와 달라고 한다면서 한국을 떠났다. 공항까지 배웅 나간 영민에게 강철은 다시 돌아오고 싶지 않다고 했다. 그곳으로 가면 혹시 우울에서 벗어날 수 있을까? 출국 게이트 안으로 들어가는 강철을 보며 영민도 왠지 떠나고 싶었다.

영민의 연애는 계속 실패했다. 아무리 길어야 3개월이었다. 누구하고도 도무지 그 이상 만남이 이어지질 않았다. 아무래도 혼자 살아야 할 것 같았다. 스스로 생각해도 자기에게 남자로서 매력이 별로 없는 듯싶기도 했고, 여자를 만나면 처음엔 좋다가도 좋은 마음이 오래 가지 않기도 했다. 그래도 예전처럼 무기력하게 처져서 살고 있지는 않으니 그나마 다행이었다. 선영은 항상 마음 한편에 있었다. 아픈 것 때문에 자기를 떠났다고 생각하니 더욱 그랬다. 물론, 선영이 영민을 떠날 때는 아프지 않았고 그저 그가 싫어졌기 때문에 떠났을지도 모른다는 것을 영민도 알았지만, 영민은 선영이 주변 사람들이 감당하기 어려운 병 때문에 그를 힘들게 하지 않으려고 떠났다고 믿고 싶었다. 그리고, 차츰 실제로 그렇게 믿게 됐다.

거의 매일 영민은 미래의 선영을 다시 만나 그의 사랑으로 인해 비로소 선영의 병이 치유되어 둘이 결혼해 행복하게 사는 상상을 했다. 조금씩 다른 이야기로 변주해가며. 그렇게 계속 상상하다 보니, 언젠가 틀림없이 그런 일이 일어날 거라고 믿을 때도 있었다. 둘 사이에 태어날 아이들도 그려보았다. 때로는 아들 둘, 때로는 아들 하나 딸 하나, 때로는 딸 둘. 왠지 두 명 이상 낳는 상상은 하지 않았다. 영민은 수시로 조울증과 뇌에 관한 책을 읽으며 공부도 했다. 미리 병을 이해하고 알고 있어야 선영을 다시 만났을 때 그가 포용하고 또 도울 수 있다고 생각했다.

알아갈수록 인간이란 오묘하면서도 위태로운 존재였다. 세상과 인간을 보는 그의 눈도 달라져 갔다.

그렇게 세월이 지나갔다. 지나간 후에 오래전 과거를 떠올려 보면 얼마나 엊그제 같은지. 하지만, 다시 생각해 보면 그 사이에 많은 일들이 있었다. 지금과 그 오래전 일, 두 개만 떠올려 보면 가깝게 느껴지지만, 그 둘 사이에는 절대 짧지 않은 시간이 있었다. 그 순간들을 빠짐없이 모두 기억하고 있다면 중간의 시간은 끔찍할 정도로 길게 느껴질 것이다.

영민은 어느 가을날 문득 자신이 이제 늙어가고 있다고 느꼈다. 더 이상 젊지 않았고, 선영을 다시 만나는 것 말고는 이제 더 이상 좇고 싶은 꿈도 없었다. 반복되는 회사 일은 별문제 없이 처리했지만, 거기에서 의미나 보람은 찾을 수 없었다. 그저 일을 함으로써 받게 되는 돈과 그만두고 나왔을 때 뭘 할 수 있을까 하는 두려움 때문에 끌려가고 있을 뿐이었다. 부양가족도 없었고 씀씀이도 헤프지 않았으니, 돈도 그만 벌어도 됐지만, 사회에서 쓸모없는 인간이 된다는 느낌이 싫었다. 회사를 그만두고 시간이 많아져도 같이 시간을 보내고 놀러 다닐 사람도 없었다. 다시 예전처럼 무기력하고 우울해지지 않을까 걱정이 됐다.

어느 날 늦은 오후, 영민은 그날 할 일을 마치고 공허한 밤이 뒤에 도사리고 있는 퇴근 시간을 기다리면서 자판을 두드릴 생각도 없이 키보드 위에 가만히 올려놓은 두 손을 물끄러미 보고 있었다. 메일이 온 것을 알리는 작은 노란색 봉투가 모니터 화면 아래쪽에 떴다. 그날 바로 처리해야 하는 일을 알리는 내용이 아니기를 바라면서 메일 프로그램을 화면에 띄워 발신자를 보니, 강철이었다. 얼마 만인지, 반갑기도 하고 불길하기도 하고 궁금하기도 한 마음으로 영민은 얼른 메일을 열어보았다. 으레 하는 안부 인사 다음에 자기가 어떻게 살고 있는지에 대한 얘기도 없이 강철은 그곳에서 선영을 보았다고 했다.

영민은 잠시 화면에서 눈을 떼고 한숨을 내쉬며 천장을 올려다보았다. 그 멀리 바다 건너 미국에 있다니. 영민은 다시 메일을 읽었다. 선영은 강철이 사는 곳에서 멀지 않은 곳에 살고 있었다. 어느 한인교회에서 선영을 보았는데, 강철이 다가가 인사를 하니 강철이 변했는지 또는 선영의 기억이 흐려졌는지, 선영은 그를 알아보지 못하고 누군지 의아해했다. 선영은 무슨 소리인지 모르겠는 두서없는 이야기를 했고, 그런 그녀를 한국인으로 보이는 어떤 남자가 팔을 잡아끌고 황급히 데리고 갔다. 강철은 두 사람을 따라 나갔는데, 둘은 곧 차에 타고 가 버렸다. 강철이 아는 교회 사람에게 물어보니 그 둘은 아마도 부부인 것 같다고 했는데, 그 사람은 목사와 같이 그 집에 신방을 간 적도 있어서 둘이 사는 주소도 알고 있었다. 강철은 그 주소를 알아냈고 메일에 적어 놓았다.

영민은 한참 동안 그 주소를 보고 있었다. 선영을 다시 찾았다. 태평양 넘어 미국 워싱턴주 시애틀 근처의 스노호미시라는 작은 도시에 선영이 있었다. 영민은 왜 자기는 그렇게 사방을 찾아다녀도 결국 멀리서라도 얼굴 한번 보지 못했는데, 강철은 무슨 이유로 그렇게 마주칠 확률이 아주 낮은 장소에서 선영을 잘도 우연히 만나게 되는지 화가 났다. 특히나 이번에는 그 넓은 미국 땅에서 도대체 어떻게. 젠장.

가자. 멀어도, 남편이 있어도, 그가 사랑으로 그녀의 병을 고치고 결혼해서 살지 못하더라도, 만나야 했다. 물어볼 말이 있었다. 하고 싶은 말이 있었다. 보고 싶었다. 아직도 사랑했다. 가야 했다. 그녀를 다시 만나는 것도 하지 않는다면, 이 의미 없는 삶에서 대체 달리 무엇을 한단 말인가? 그러나, 영민은 바로 떠날 수 없었다. 진행하던 프로젝트를 마무리하고 가야 했다. 그러다 보니 시간이 갔고 영민은 초조했다. 영민은 메일과 메신저로 강철에게 수시로 아직 선영이 거기에 있는지 확인해 달라고 했다.

강철은 매번 '자기가 아는 한' 그렇다고 했다.

시애틀로 가는 비행기에서 영민은 한숨도 자지 않았다. 정작 선영을 만나게 되면 무슨 말부터 해야 할지 몰랐다. 선영이 자기를 알아볼지에 대해서도 자신이 없었다. 영민이 누군지 알더라도 선영이 자기를 만나줄지도 알 수 없었다. 강철이 멀리서 휴대전화로 찍어 영민에게 보낸 흐릿한 선영의 사진을 휴대전화기로 보고 또 봤다. 옛 모습이 남아 있었다. 남편이 있는 것 같다고 했는데, 병은 다 나았을지, 행복하게 살고 있을지 궁금하기도 했다. 영민은 선영이 너무 행복하지는 않아서 자기를 보고 새로운 가능성을 보기를 기대했다. 같이 손을 잡고 뛰어 도망치는 꿈도 꿨다. 한심하고 어처구니없는 사랑이라니.

공항에 마중 나온 강철의 차를 타고 영민은, 일단 자기 집에 가서 짐을 풀고 밥이라도 먹자고 하는 강철에게, 아니라고, 바로 선영의 집으로 가자고 했다. 영민은 아주 오랜만에 보는 친구가 미국에 와서 살면서 어떻게 변했는지도 눈에 들어오지 않았다. 예전처럼 우울한지, 이제는 그렇지 않은지, 묻지 않았다. 친구 눈앞에만 절묘하게 선영이 나타나는 것에 질투가 날 뿐이었다. 창밖을 지나가는 그 동네 풍경은 한국과 별로 다를 바도 없었다. 누구나 환영한다고 커다랗게 써 놓은 대마초 광고판이 길가에 버

것이 서 있는 게 다르다면 달랐다. 어느 구간에서 차가 많아 길이 막히길래 영민이 여기도 이러냐고 하니 강철은 아마존(amazon.com) 본사가 시애틀로 들어온 이후로 이렇게 차가 많아졌다며 투덜댔다.

    둘이 다다른 곳은 같은 모양의 예쁜 이층집들이 넓은 길을 따라 띄엄띄엄 배치된 전형적인 미국 교외의 마을이었다. 강철이 주소를 확인하며 천천히 길을 따라 운전하다가 한 집 앞에서 멈췄다. 그 집이었다. 둘은 차에서 내려 문 앞으로 걸어갔다. 영민은 문 앞에 서서 잠시 숨을 골랐고, 초인종을 눌렀다. 강철은 불안하게 그 옆에 서 있었다. 안에서 누군가 문 쪽으로 걸어오는 기척이 느껴졌다. 누구냐고 영어로 묻는 말소리는 남자의 것이었고, 한국 억양이 아니었다. 문이 열렸고 인도나 파키스탄 쪽 출신으로 보이는 남자가 나타나 의아한 표정으로 둘을 보았다. 영민이 이 집에는 선영이라는 한국 출신 여자가 살지 않느냐고 묻자, 그 남자는 그런 여자는 모르고, 자기는 바로 오늘 이사해 들어왔고 그전에 살던 사람들은 어제 이사 나갔다고 했다. 예스터데이? 예스, 예스터데이. 오케이? 지금 짐 정리하느라 바빠. 됐지? 그 남자는 영민의 눈앞에서 소리 나게 문을 닫았다. 또 하루 늦었다. 하루만 비행기를 빨리 탔더라면 만날 수 있었을 텐데. 강철이 영민의 어깨를 토닥거리며 말했다. 난 잠시 선영이가 그새 드디어 한국놈에서 벗어나 남편을 바꿨나 생각했네.

강철의 집으로 와서 짐을 풀고 둘은 밖에 나가 소주, 양주 가리지 않고 주종을 바꿔가며 술을 마셨고 대마초도 사다 피웠고 그러다가 영민은 강철에게 안겨 울었다. 그냥 바로 비행기 티켓을 구해 돌아가겠다는 영민에게 강철은 기왕 여기까지 왔는데 그러면 되느냐, 놀다 가라고 했다. 자기도 덕분에 휴가를 냈다면서. 이게 마지막이야, 인제 그만 선영이는 잊어라. 그래, 알았다. 영민은 그렇게 대답했지만, 그래야 한다고 생각했지만, 실제로 그럴 수 있을지 자신이 안 섰다. 며칠을 강철과 같이 여기저기 돌아다니며 먹고 마시고 쇼핑하다가 한국으로 돌아오는 비행기를 타러 온 공항에서 영민은 그제야 강철이 예전처럼 우울하지 않다는 것을 알아차리고 기뻤다. 지금 보니, 너, 참 좋아 보인다. 너 여기 온 지 며칠이 지났는데, 이제야 알았냐? 다른 사람은 몰라도 나는 여기 오길 참 잘했다. 잘 살아라, 또 보자.

영민은 이제는 거절하지 않고 친구나 가족이 소개해주는 여자를 만났다. 선영은 그만 잊고 한 여자를 사랑하며 살고 싶었다. 혼자서 못 살 바는 아니었지만 그래도 누구와 같이 하고 싶었다. 그러다가 마음에 드는 여자를 만났다. 그녀와 같이 있으면 영민의 부족한 부분이 채워지는 것 같았고, 편안했다. 꾸미지 않고 부족한 영민의 모습 그대로 있어도 불안하지 않았다. 한두 번의 그리 심각하지 않은 고비를 겪고 나서 영민은 그녀에게 청혼했고, 그녀도 이를 기쁘게 받아들였다. 결혼생활은 생각보다 꽤 행복했다. 영민은 왜 진작에 아내와 같은 여자를 만나 결혼하지 않았을까 후회하기도 했다. 그래도 매일 몇 번씩 선영 생각이 났다. 산속 정신병원과 영민을 상대했던 간호사, 그리고 미국 스노호미시의 예쁜 집과 문을 열고 나온 낯선 남자의 얼굴도 계속 떠올랐다. 지금은 어디서 어떻게 살고 있을까 궁금했다.

폭우가 며칠째 쏟아져 병원 앞길에 발목 높이까지 물이 차오른 여름날, 아이가 태어났다. 아들이었다. 의미 없기만 한 것 같던 삶이 이제는 많은 의미로 채워지고 있는 것 같았다. 그것이 인간들이 억지로 만들어 낸 것이고, 그가 그것을 기꺼이 받아들였을 뿐이라고 할지라도. 혹시 딸이 태어났더라면 이름을 선영이라고 지었을까 생각도 해봤지만, 그러지 않았을 것이다. 다음날 비가 그쳤다. 며칠 후 영민이 아내와 아이를 데리고 병원에서 나올 때 병원 앞에 찼던 물은 다 빠졌고, 하늘은 새파랗게 빛났다. 예전에는 짧게만 느껴졌던 미래가 이제는 길게 늘어났다.

영민의 나이가 된 아이의 모습을 꿈꾸었다. 좋은 아빠가 되고 싶었다. 나중에 아이가 컸을 때 자기를 썩 괜찮은 아빠였다고 기억해 줄 수 있다면 좋을 것이다.

아이가 유치원에 들어간 해의 어느 일요일, 드문드문 메일로 안부 인사나 주고받던 강철이 영민에게 동창회에서 막 받은 문자라면서 휴대전화로 문자를 전달했다. 열어보니 거기에는 선영이가 전날 사망했다고 되어 있었다. 장례식장이 마련된 병원과 호실, 발인날짜와 장지, 그리고 부의금을 입금할 계좌번호가 적혀 있었다. 유족 명단에 배우자는 없었다. 자녀도 없었다. 영민이 동창회에 나가본 적도 없긴 하지만, 한국에 있는 그가 아니라 미국에 있는 강철이 동창회 부고 문자를 받고 전달해 주다니. 영민은 자기보다는 강철이 선영과 강한 인연으로 연결된 것이 아닌가, 강철이 선영을 만났다면 미국에서 둘이 잘 살지 않았을까, 하는 생각까지 들었다. 그러다가 아내와 아이를 보았고, 창밖을 보았고, 구름을 보았고, 왈칵 눈물이 났다. 한동안 눈물이 그치지 않았다. 아내가 무슨 일인데 그러느냐고 물었고 영민은 아주 오래된 친구가 죽었다는 부고를 받았다고 했다.

영민은 양복을 입고 까만 넥타이를 매고 부의금 낼 현금을 챙기고 집을 나서 버스를 타고 그 병원으로 갔다. 장례식장은 썰렁했다. 영민은 부의금을 내고 방명록에 이름을 적고 신을 벗고 올라가 언제 찍었는지 모르겠는 활짝 웃는 선영의 사진 앞에 국화 한 송이를 내려놓고 고개 숙여 절했다. 오는 중에 눈물은 그쳤다. 고개를 들어 사진 속 행복해 보이는 선영의 얼굴을 잠시 보며 사진 속 눈과 눈을 맞추었다.

어머니와 동생인 것 같은 유족에게 인사하고서 영민은 조문객 접대 공간으로 가서 혹시 누군가 아는 얼굴이 있는지 찾아보았다. 몇 명 있지도 않은 사람 중 아는 얼굴은 없는 것 같았는데, 구석에서 어느 여자가 영민에게 손짓하며 아는 척을 했다. 영민이 그리로 가 보니 여자 둘이 앉아 있었는데, 얼굴이 좀 낯이 익은 것이 고등학교 동창들 같았다. 그녀들은 영민의 이름도 기억했고, 오래전에 영민이 선영과 사귀었던 것도 기억했다. 그래서인지 그녀들은 오히려 영민에게 선영에 관해 물었다. 영민은 오래전에 선영과 헤어졌고 그 이후로 선영이 어떻게 살았는지는 모른다고 했다. 그녀들 중 하나가 선영이 미국에서 만난 남자와 결혼했다가 곧 이혼했다는 얘기는 들었는데, 그 이상은 모른다고 했다. 선영이 언제, 왜 다시 한국에 왔는지, 무슨 병으로 어떻게 죽었는지도 아무도 몰랐다. 그냥 오래 아팠다고만 들었다고 했다. 그리고, 그녀들은 선영이 정신병원에 입원했던 사실은 모르는지, 알면서 말하지 않는지, 영민에게 그런 얘기는 하지 않았다. 그렇다고 영민이 슬퍼하는 유족에게 가서 그간의 선영이 일을 꼬치꼬치 물어볼 수도 없었다. 끝났다.

영민은 곧 자리에서 일어났다. 마지막에도 또 하루 늦게 찾아왔다. 만나면 하고 싶은 이야기, 물어보고 싶은 이야기가 많았는데, 이제는 아무 말도 하지 못하게 됐고, 아무것도 모르게 됐다. 선영도 영민이 병원에서, 미국에서, 딱 하루 늦게 그녀를 찾아갔던 일을 알지 못하고 세상을 떠났다. 그걸 알았더라면, 선영은 영민을 찾아 연락하고 다시 만나려고 했을까? 그렇게 해서 다시 만났다면 어떻게 됐을까? 그녀는 아프지 않게 됐을까?

영민은 병원 밖으로 나왔다. 뿌연 공기 속에 잠겨 차들이 도로를 가득 채우고 있었다. 자동차 경적이 여기저기서 들렸다. 음식 배달 오토바이가 인도 위로 달려갔다. 영민은 길바닥에 뿌려진 술집 광고지를 밟으며 걸어가다가 문득 멈췄다. 이 행성의 삶에서 벗어나 자유로워진 선영의 영혼이 날아올라 갔을 것으로는 도무지 생각되지 않는 하늘을 올려다보았다. 달리 어디를 향해서 할지 몰라서, 영민은 그저 하늘을 보고 작별 인사를 했다.

안녕.

밥 한 끼

초인종이 울렸다. 누구세요. 가스 검침 왔습니다. 설거지하던 수현은 고무장갑을 벗고 나가 문을 열었다. 야구 모자를 쓰고 파란색 조끼를 입은 키 큰 남자가 문 앞에 서 있었다. 수현은 들어오시라고 하고 별말 없이 설거지하던 싱크대로 돌아오려고 몸을 돌렸는데, 가스 검침 왔다는 남자가 깜짝 놀라는 기색으로, 수현아, 라고 불렀다. 수현이 놀라서 그쪽으로 고개를 돌리니 모자를 벗고 입을 벌리고 있는 그의 얼굴이 보였다. 너, 남수니?

깜깜한 밤 놀이터의 미끄럼틀 위였다. 남수는 한참을 머뭇거리다가 수현에게 키스했다. 수현은 남수의 입술을 그녀의 입술처럼 느끼며 눈을 감고 있다가 곧 눈을 뜨고 밤하늘을 보았다. 하늘이 막 커지는 것처럼 보였다. 왠지 그 순간 그 얘기를 해주고 싶었는데 남수의 입술로 입이 막혀 말할 수 없었다. 조금 후 두 입술이 살짝 떨어졌을 때 수현이 말했다. 하늘이 점점 커지는 것 같았어.

수현은 느닷없이 십수 년 만에 자기 앞에 나타난 남수를 보고 그때 생각이 났다. 그리고, 전국의 수많은 아파트 중에서 하필 이 아파트 이 집으로 가스 검침하러 온 남수를 보고 무슨 이런 일이 있을 수 있나 하며 기가 찼다가 자기가 그를 다시 만나게 돼서 꽤 기뻐하고 있다는 것을 알았다. 수현의 입가에 자기도 모르게 웃음이 떠올랐다.

남수는 좀 당황하다가 수현에게, 여기 사니, 라는 멍청한 질문을 했다. 수현이 그렇다고 하자 남수는 자기가 얼마 전에 취직해서 이 아파트 단지에 가스 검침하러 다니게 됐다고 했다. 잘됐네. 그간 남수가 어떻게 살아왔는지 모르는 수현은 그것이 잘 된 건지 아닌지 잘 몰랐지만 어쨌든 그렇게 말했다. 여자아이 하나가 방에서 나와서 수현에게, 엄마, 라고 부르며 와서 먹을 걸 달라고 했다. 남수는 그 아이를 잠시 물끄러미 보고 있다가 그가 이 집에 온 목적이 그제야 생각났는지 다용도실로 가서 가스계량기 숫자를 확인하고 적었다. 남수는 그럼 다음 검침 때 봐, 라는 인사를 하고 나갔다.

남수는 보풀이 잔뜩 난 낡은 옷을 입고 다녔다. 한참 전에 유행이 지난 옷이었다. 수현이 옷 좀 사러 가자고 해도 남수는 대학생이 철마다 갈아입을 옷 몇 벌씩만 있으면 되지 그 이상 무슨 옷이 필요하냐며 거절했다. 수현은 남수네 집 형편이 썩 좋지 않다는 것을 알고 있었고, 아는 티도 내지 않았지만, 그래도 좀 나은 새 옷을 그녀가 사서라도 갈아입혀 주고 싶었다. 그러면 잘생긴 인물이 더 돋보일 텐데. 처음에는 남수의 훤칠한 키와 잘생긴 얼굴이 좋아서 끌렸던 수현은 남수가 따뜻하고 다정한 사람이라는 걸 알고 그를 더 좋아하게 됐다. 그래도 남수보다는 좀 여유 있는 집 딸이었던 수현이 데이트 비용도 거의 다 냈다. 남수와 함께하는 미래까지 꿈꿨던 수현은 남수에게 졸업하고 나면 뭘 할 거냐고 수시로 물었지만, 남수는 제대로 대답하지 못했다. 보아하니 남수는 수업에도 자주 빠지고 학점도 형편없는 것 같았다. 사람은 좋았지만, 미덥지 못했다. 수현은 늘 그게 안타까웠고 그런 것을 이유로 남수와 자주 싸웠다. 싸우다 보면 결국 남수는 수현에게, 미안하다, 자기가 너무 못났다, 뭘 할 수 있을지 모르겠다, 무엇에도 자신이 없다, 이런 말을 늘어놓을 뿐이었다.

한 달이 지나 남수가 다시 수현네 집에 가스 검침을 하러 왔을 때, 남수는 머리도 짧게 잘라 잘 빗어 넘겼다. 옷도 잘 다려 바지에는 줄이 서 있었고, 수현을 보고 이젠 입을 벌려 놀라지 않고 수줍게 웃었다. 남수는 수현에게 남편은 뭐 하는 사람이냐, 딸이 몇 살이냐 물었다. 수현은 남수에게 결혼했냐고 물었다. 수현의 남편은 작은 기업을 운영하는 사람이었고, 딸은 다섯 살이었다. 남수는 한 번도 결혼한 적이 없었다.

남수는 검침하고 나서 거실로 와 몸을 한 바퀴 돌리며 집 안을 둘러보았다. 집이 참 좋구나. 좋긴, 그냥 그렇게 사는 거지. 나도 이런 집에 한 번 살아보면 좋겠다. 수현은 남수에게 커피나 한잔하고 가라고 했다. 둘은 식탁에 마주 앉아 커피를 마셨다. 수현은 오래전에 카페에서 남수와 마주 앉아 커피를 마시던 생각이 났다. 마주 앉아서도 별다른 얘기는 하지 못하고 둘은 서로의 눈을 오래 마주 보지 못한 채 커피만 마셨다. 금방 커피잔을 비우고 남수는 검침하러 들를 집이 아직 많이 남았다며 다음에 또 오겠다고 하고 나갔다. 수현은 문까지 나갔다가 식탁에 돌아와 앉아 아직 커피가 남은 자기 잔을 들고 가볍게 흔들었다. 잔 안에서 찰랑이는 커피를 보고 조금은 슬퍼졌다.

남수는 휴학하고 군대에 간다고 했었다. 어머니가 등

록금 대기도 어려워했고 공부에도 흥미가 없었고 학점도 엉망이었다. 졸업한다고 무슨 소용이 있겠나 싶기도 했다. 수현은 남수와 잠시라도 헤어지는 것이 마음이 아팠지만, 남들도 다 가는 군대에 가겠다는 것을 말릴 수는 없었다. 어차피 한 번 갈 거면 빨리 가는 게 나았다. 남수는 머리를 밀고 부대 정문 앞에서 수현과 한 번 끌어안고 부대로 들어가면서 어렴풋이 바로 지금이 수현과 이별하는 순간이라는 생각이 들었다. 어쩌면 앞으로 평생 보지 못할 수도. 남수는 정문 안으로 들어가 걸음을 멈추고 고개를 돌려 뒤를 보았다. 멀어져가는 수현의 뒷모습이 보였다.

  남수가 두 번째로 검침하고 간 그 날밤, 술을 마시고 들어온 남편에게 수현은 별생각 없이 가스 검침하러 온 남수 얘기를 했다. 세상에 그런 우연이 있을 수 있냐며. 남편은 가만히 이야기를 듣고 있다가 버럭 화를 냈다. 어떻게 옛날 애인을 아무도 없는 집에 들일 수 있느냐, 어떻게 단둘이 다른 데도 아닌 바로 이 집에서 커피를 마실 수 있느냐고 하면서. 수현이, 아니, 그러면 가스 검침 왔다는데 하지 말고 가라고 하냐고 하니, 남편은 머뭇거리다가 다른 사람 오라고 해야지, 라고 억지를 부렸다. 수현은 남편에게 술이나 좀 그만 먹고 다니라고 소리 질렀다. 남편은 혼자 구시렁대다가 냉장고를 열어 캔맥주를 꺼내 가지고 와 식탁에 앉아 뚜껑을 따고 마시기 시작했다. 수현은, 못 말려, 라고 하더니, 자기도 냉장고에서 캔맥주를 집어 와 남편 앞에 앉았다. 뚜껑을 따는 소리가 좋았다. 수현은 남편과 맥주 캔으로 건배를 하고 한 모금 쭉 들이켰다.

남수가 입대한 후 그럭저럭 지내다가 친구한테 끌려 나갔던 단체미팅에서 수현은 지금의 남편인 영섭을 만났다. 영섭은 수현이 마음에 들어 하루가 멀다고 전화하고, 집 앞에서 기다리고, 학교에도 찾아오고, 긴 손 편지도 써서 우표 붙인 봉투에 넣어 부쳤다. 우편함에 청구서와 광고지 사이에 섞여 있던 그 편지에 수현의 마음이 움직였다. 남수한테서는 죽었는지 살았는지 편지 한 장 없던 차였다. 영섭은 여유 있는 집의 아들이었고 장래에 무엇을 할 것인지 구체적인 계획도 가지고 있었다. 일단 큰 자동차 회사에 취직해서 일을 배우다가 자동차 설계 및 부품 관련 자기 사업을 할 거라고 했다. 아버지도 사업을 하는 분이라 아들이 사업을 하는 데 아무 거부감이 없었고, 아들 사업을 다방면으로 밀어줄 수도 있을 것이었다. 수현은 차츰 영섭에게 끌렸고, 남수를 잊어갔다. 딱 한 번 남수 면회를 하러 갔는데, 그때 남수는 수현이 면회 온 것에 놀라는 눈치였고, 풀 죽은 얼굴로 군대가 힘들다는 말만 했다. 보고 싶다, 사랑한다, 기다려 달라는 말은 한마디도 하지 않았다.

    세 번째 검침일이 됐다. 남수가 수현의 집 문 앞에 가니, 검침원이 갔을 때 아무도 없을 경우 보라고 주민이 직접 가스 검침 숫자를 적어 넣는 종이 위에 남자 필적으로 보이는 글자로 이렇게 적혀 있었다. 전기레인지 설치했습니다. 더 이상 가스 검침이 필요 없어졌다는 뜻이었다. 남수는 초인종을 눌렀다. 남편은 집에 없을 시간이었다. 곧 수현이 문을 열고 나왔다. 전기레인지로 바꿨어? 응, 남편이 며칠 전에 주문해서 설치하고 가스 밸브도 막아 놓았어. 남수는 꽤 서운한 얼굴로 잠시 말을 잃고 서 있었다. 이제 가스 쓸 일이 없겠네? 아마도. 수현의 얼굴에도 서운한 빛이 있었다. 안 그래도 가스공사에 전화해서 사람 불러 가스 밸브 막은 거 확인받아야 한다고 했는데, 마침 잘 왔다. 그래, 내가 확인할게. 남수는 안으로 들어가 반짝반짝 빛나는 검은 표면의 새 전기레인지를 보았고, 막힌 가스 밸브를 보았고, 스위치 내려놓은 가스계량기도 보았고, 멈춰진 계량기의 마지막 숫자를 적었고, 휴대전화로 밸브와 계량기의 사진을 찍었다.

    남수가 제대하고 돌아왔을 때, 이제 수현 옆에 그의 자리는 없다는 것을 알았다. 그래도 반가운 얼굴로 남수를 만나러 나온 수현은 빙빙 돌려 다른 얘기를 하다가 너무 미안하다면서 지금은 영섭을 만나고 있으며 그를 사랑한다고 했다. 수현은 남수에게 어떻게 그렇게 군대에서 전혀 연락도 안 했냐며 오히려 남수 탓을 하는 듯한 말도 했다. 남수는 그냥 웃고 말았다. 이렇게 될 줄 알았다. 수현이 원망스럽지도 않았다. 그저 자기가 못난 탓이었다. 스스로 생각해도 참 못났다. 허우대만 좋았지 뭐 하나 믿을 구석이 없었다. 그날도 음식값은 수현이 냈다. 남수는 수현에게 고맙다, 미안하다, 행복해라, 뭐 그런 상투적인 말을 하고 돌아섰다. 남수는 걸어가다가 뒤를 돌아봤다. 이번에도 수현의 뒷모습만 보였다.

마지막이 될 세 번째 검침을 마치고 나가려던 참이었다. 남수는 큰마음을 먹은 듯 단호한 움직임으로 돌아서서 수현에게 편한 시간에 밥 한 끼를 꼭 사고 싶다며 휴대전화 번호를 알려달라고 했다. 예전에 한 번도 자기가 제대로 밥 한 끼 사 준 적이 없어서 마음이 안 좋고 부끄럽고 미안했다며. 이제는 자기가 일을 해 돈도 버니 꼭 한번 사고 싶다고 했다. 다른 뜻은 없다, 딱 한 번이라고 했다. 수현은 선뜻 남수에게 번호를 알려주었다. 남수는 기쁜 얼굴로 손을 흔들고 나갔다. 남수가 가고 난 후 수현은 식탁에 앉아 매끈한 전기레인지를 얄미운 듯 바라보았다. 오래전 남수와 이별할 때 자기가 너무 무심하고 모질었다는 생각이 들었다. 좋아하는 마음이 있었는데. 지금도 이렇게 다시 보니 설레고 좋은데. 딱 밥 한 끼다. 수현은 그날이 기다려졌다. 어쩌면 살아생전 마지막 만남이 될 수도 있을 것이다. 남수와 밥 한 끼 하기로 한 얘기는 이번엔 남편에게는 하지 않을 것이다.

††

　미선의 아버지는 바람을 피웠다. 미선도, 미선의 어머니도 이를 알고 있었다. 하지만, 아버지의 애인이 같은 아파트 아래층에 살고 있다는 사실은 두 사람 다 오래도록 모르고 있었다. 그 여자가 언제 그곳으로 이사 왔는지는 모르겠지만, 미선은 어느 날 밤 편의점에 뭔가를 사려고 10층인 1005호 집에서 나왔다. 그날따라 그냥 그러고 싶어서 엘리베이터를 타지 않고 계단으로 내려오다가 아버지가 3층인 305호에서 나오는 것을 보았다. 서로를 보고 둘 다 깜짝 놀랐다. 아버지는 305호 사는 남자와 잘 아는데 잠깐 얘기하고 나오는 거라고 둘러댔다. 바로 다음 날 미선은 305호에 누가 사는지 경비원을 통해 알아봤는데, 그 집에는 어떤 젊은 여자 혼자 살고 있다는 사실을 확인했다. 바로 그날 4층에서 3층으로 내려가는 계단에 몰래 한참을 숨어 있다가 305호에서 나오는 여자의 모습도 보았다. 미선의 어머니보다 열 살 이상 젊어 보이는 예쁘장한 여자였다. 쫓아가서 따질 용기는 없었다.

미선은 남학생들 사이에서 인기가 많았다. 공부도 잘했고, 얼굴도 예뻤고, 운동도 잘했다. 시샘하는 여학생들이 있었던 것도 당연했다. 교사들은 이변이 없는 한 미선은 서울대에 들어갈 거라고 했다. 남수는 그런 미선을 멀리서, 그저 멀리서 바라보며 좋아했다. 말을 붙이거나, 둘이 따로 만나거나, 나아가 사귀거나 하는 일은 꿈도 꾸지 못했다. 남수는, 거울 앞에 서면 얼굴은 괜찮았지만, 키는 컸어도 근육 없이 비리비리 말라 볼품없었고, 성적은 중하위권이었고, 운동도 못했고, 주변머리도 없었고, 차림새도 촌스러웠다. 학교폭력의 피해자가 되지 않는 것만 해도 다행이었다. 하긴, 남수가 다니던 학교에서 문제를 일으킬 만한 애들이 하는 짓이라고는 모여서 술이나 마시고 담배나 피우는 정도였으니 그랬지, 험한 고등학교였다면 남수가 어떤 꼴을 당했을지 모를 일이다.

미선은 어머니에게 305호 여자 얘기를 해야 할지 며칠을 망설였다. 아버지가 어떻게 그리도 뻔뻔하게 아파트 같은 동에 애인을 데려다 놓았는지 화가 치밀어 올랐다. 방에서 혼자 울기도 했다. 어머니에게 알려야 한다고 결론을 냈다. 알려서 당장 이혼하라고 할 것이다. 같이 305호에 내려가 그 여자 머리끄덩이라도 잡고 혼쭐을 내 줘야지. 하지만, 그럴 수 있을지 자신이 없었다. 미선은 그 여자를 보고 그냥 얌전히 돌아왔다. 어머니는 아버지 때문인지 다른 이유 때문인지 오래전부터 기운이 없고 우울했다. 미선에게 얘기는 안 했지만, 어머니는 신경정신과를 다니며 약도 처방받아 먹는 것을 미선은 부엌 서랍 속 약봉지를 보고 알고 있었다. 그래서 미선은 어머니가 이번 기회에 분연히 떨쳐 일어나 이혼하고 재산분할도 받고 할 만한 정신력이 있을지 의문이었다. 그래도 알 건 알아야 한다고 미선은 생각했다. 이건 너무 했다. 모욕적이다.

남수 아버지는 일찌감치 간경화로 죽었다. 어머니 말로는 회사에서 잘리고 나서는 다시 취직할 생각도 없이 몇 년간 매일 술만 퍼마시며 살았다고 했다. 그나마 아내와 아들에게 폭력을 행사하지 않은 것이 가상했다. 어머니는 시장에서 반찬가게를 하며 어렵사리 생계를 유지했다. 남수의 여동생은 몇 번 가출했다 돌아오는 것을 반복하더니 다섯 번째 가출해서는 영영 돌아오지 않았다. 죽었는지 살았는지도 알 수 없었다. 어머니도 어느 순간부터는 딸을 포기하고 더 이상 찾지도 않았다. 그렇다고 그녀가 남수에게 기대를 품거나 남수를 특별히 사랑하는 것 같지도 않았다. 그녀는 남수의 장래에 대해 별 관심이 없어 보였다. 남수는 아버지를 많이 닮았다. 어머니는 가끔 남수에게 애비를 닮아 저렇게 강단도 없이 물러 터지고 뭔가 해 보겠다는 의지도 없다고 툴툴댔다. 마음 둘 데가 없었는지 남수의 어머니도 차츰 집에서 혼자 마시는 술이 늘었다.

305호 얘기를 미선에게 듣고 미선의 어머니는 잠시 멍한 눈빛으로 미선을 보다가 이내 바닥에 무릎 꿇고 주저앉아 머리가 바닥에 닿을 듯이 몸을 앞으로 수그리더니 폐부를 찢는 울음을 토해냈다. 미선이 처음 들어보는 끔찍한 소리의 울음이었다. 마치 칼에 베여 깊은 상처를 입은 짐승이 내는 소리 같았다. 미선이 어머니를 껴안고 울음을 삼키며 토닥이고 달래도 소용없었다. 어머니는 오래 그렇게 울었다. 그동안 쌓인 서러움을 한 번에 다 토해내듯이. 미선은 305호 얘기를 어머니에게 한 것을 후회했지만, 이제는 돌이킬 수 없었다. 엄마, 정신 차려, 계속 그냥 이렇게 살 거야? 아빠랑 이혼하고 나랑 둘이 살자. 엄마, 그만 울고 나를 좀 봐. 엄마.

남수는 밤에 집에 들어가기 싫을 때면, 괜히 미선이 사는 아파트 앞으로 갔다. 미선의 방은 1005호 현관 쪽으로 창이 난 방이었다. 언젠가 미선이 그 창으로 몸을 내미는 것을 보고 알았다. 남수는 불이 켜진 그 방 창문을 올려다보며 미선이 그 안에서 뭘 하고 있을까 상상했다. 아마 공부하고 있겠지. 나는 이렇게 이리저리 걷다가 또 이리로 와서 네 창이나 올려다보고 있는데. 밤늦게 와 봐도 그 창에는 늘 불이 켜져 있었다. 밤늦게까지 공부하는구나 싶었다. 남수는 미선에게 자기 마음을 전하고 싶었지만, 도저히 그럴 용기는 나지 않았다. 내가 누군지도 모를 거야. 혹시 누군지 안다면 나 같은 게 감히 자기를 좋아한다며 기분 나빠 할 거야. 남수는 다음날 문구점에서 예쁜 편지지와 봉투를 샀다. 그리고, 밤늦게까지 책상에 앉아 미선에게 편지를 썼다. 어머니는 웬일로 남수가 늦게까지 공부를 다 하냐며 신기하다고 했다. 새벽 3시가 됐고 쓰다 보니 편지는 세 장까지 이어졌다. 좋아하는 마음을 구구절절 쏟아냈다. 남수가 글을 이렇게 길게 써 본 것도 태어나서 처음이었다. 맨 끝에 이름은 가짜로 썼다. 자기가 누군지는 절대 밝힐 수 없었다. 절대 미선 앞에 나타나지도 않을 것이다. 남수는 다음날 미선의 아파트로 가서 1005호 우편함에 그 편지를 집어넣었다.

어지러운 꿈을 꾸다 깨어난 아침, 미선은 일어나서 목이 말라 부엌으로 갔다. 가스레인지 옆에 큰 파란색 접시가 놓여 있었고, 화구 위에는 냄비가 있었다. 냄비 뚜껑을 열어보니 미역국이었다. 그날은 미선의 생일이었다. 파란색 접시는 어머니가 무슨 요리를 해서 담을 생각으로 내놓은 건지 부엌 주변을 둘러봐도 알 수 없었다. 아버지는 누구하고 갔는지는 몰라도 골프 여행을 가고 집에 없었는데, 일어나 확인해 보니 미선의 휴대전화에 생일 축하한다는 메시지는 보냈다. 틀림없이 미선의 계좌로 돈도 얼마간 입금돼 있을 것이다. 미선은 고맙지도 않았다. 재수 없다는 생각만 들었다. 어머니는 부엌에 이렇게 해 놓고 뭐 하고 있나 의아해서 안방 문을 열었는데, 창문이 활짝 열려 있었다. 미선은 불길한 느낌에 창문으로 달려가 아래를 내려다보았다. 저 아래 화단 위에 어머니가 엎드려 있었다. 허리가 꺾여 있었다.

미선의 어머니가 자살했다는 소식을 듣고 남수는 너무 놀라서 말이 나오지 않았다. 자기 일처럼 슬프고 마음이 아팠다. 미선은 얼마나 슬프고 힘들지 생각해봤지만, 도저히 상상이 안 됐다. 남수는 며칠 전 미선의 집 우편함에 편지를 넣은 것이 후회됐다. 그 와중에 그의 편지가 미선의 눈에 들어올 리가 없었다. 혹시 편지가 미선의 눈에 띄더라도 그녀는 어떤 미친놈이 이따위 짓이냐 하고 그냥 찢어버릴 것이다. 어차피 되지도 않을 짝사랑이었다. 남수는 미선을 위로하고 싶었지만, 미선이 남수의 위로가 필요할 것 같지는 않았다. 그저 멀리서 같이 슬퍼했다. 그날 남수는 미선의 아파트 앞으로 가서 평소와 달리 불이 꺼져 있는 미선의 창을 보며 혼자 울었다.

어머니의 장례를 마치고 나서 얼마 지나지도 않았을 때 아버지는 미선이 305호에서 나오는 걸 본 여자를 집으로 데리고 와서 미선에게 인사를 시켰다. 어이가 없었고 충격적이었다. 미선은 그녀의 인사를 외면했다. 그리고, 아버지에게 자기가 305호에서 나오는 그 여자를 본 이야기를 했다. 미선은 아버지에게 어떻게 그럴 수 있었냐고 했다. 또 어떻게 이렇게 빨리 저 여자를 집으로 데리고 올 수 있냐고 했고, 둘이 나가 살든지 마음대로 하라고 했다. 미선은 절대 두 사람을 용서할 수 없다고 했다. 아버지는 머쓱하게 그 여자를 데리고 나가더니 둘이 305호에서 사는지 아니면 집을 따로 구했는지 미선이 사는 집에는 가끔 나타났다. 그러면서 아버지는 그 집 명의는 자기 이름으로 돼 있는데 미선이 원하는 만큼 계속 살 수 있도록 해주겠고, 학비와 생활비는 미선이 절대 부족하지 않게 끝까지 책임지고 대주겠다고 했다. 아직 고등학생일 뿐이라 그 집을 나가서는 살 데도 없고 아버지의 돈으로 대학에 다녀야 하는 미선은 스스로 비참하고 한심했다. 어머니를 따라 죽고 싶었다.

밤에 혼자 남은 미선은 어머니가 떨어진 창문을 열고 아래를 내려다보았다. 거기서 훌쩍 뛰어내리면 아주 잠깐의 시간이 지난 후 모든 것이 끝날 것이다. 그러고 싶었다. 창틀 위로 올라가 섰다. 한 발짝만 앞으로 내디디면 곧 편안해지지 않을까? 하지만, 그러지 못했다. 미선은 창틀에서 내려와 방 안에 섰다. 적어도 그 순간은 모면했지만, 그 창문이 매일 미선을 유혹하지 않을까? 미선은 거실로 나와 소파에 앉았다. TV를 켰는데, 그 안에서는 사람들이 시시한 소리를 주고받으며 낄낄대고 있었다. 바로 껐다. 그때 소파 앞 탁자 위에 쌓여 있는 우편물들이 보였다. 며칠 동안 우편함에 쌓인 것들을 한꺼번에 가져온 것들이었다. 미선은 별생각 없이 우편물을 뒤적거리다가 수북한 청구서와 광고지 사이에서 편지 봉투 하나를 발견했다. 봉투에는 손으로 미선의 이름이 쓰여 있었고 보낸 사람 이름은 쓰여 있지 않았다. 우표도 안 붙어 있었고 세무서나 은행이나 건강보험공단에서 보낸 것도 아니어서 그 편지는 쓴 사람이 와서 직접 우편함에 넣어 놓고 간 것 같았다. 미선은 조심스럽게 봉투를 열었다.

고등학교를 졸업한 지 십수 년이 지난 후 우연히 만난 고등학교 동창 친구가 남수에게 고등학교 동창회에 한 번 나와보라고 했다. 1년에 한 번 정도 모이는데, 여학생들도 나와서 재미있다고 했다. 남수는 제대한 후 복학했지만, 이래저래 대학을 졸업하지는 못했다. 남수의 어머니도 오래 살지 못하고 간암으로 세상을 떠났다. 가출한 동생은 여전히 행방을 알 수 없었고 남수는 혼자였다. 이 일 저 일 닥치는 대로 하다가 남수는 어렵사리 뒤늦게 가스공사와 계약한 업체에 취직해서 가스검침하는 일을 하게 됐다. 그래서 얼마 전에 정말로 놀랍게도 검침하러 갔다가 우연히 대학 다닐 때 사랑했던 수현도 만났다. 동창회. 못 나갈 것도 없었다. 동창회에 가면 다들 남수보다 잘난 친구들이겠지만, 남수도 이제 어엿한 직장에 취직해 일하고 있으니 괜찮았다.

동창회 날, 남수가 오랜만에 보는 얼굴들은 반갑기도 했고, 누군지 기억이 안 나기도 했다. 남수의 예상과는 달리 남수를 기억하는 동창들도 많았다. 그동안 뭐 하고 살았길래 인제야 나타났냐, 하나도 안 변했다, 앞으로 자주 보자, 결혼은 했냐, 애는 있냐, 뭐 이런 얘기들이 오고 갔는데, 남수는 그냥 즐거웠다. 옛날 생각도 많이 났다. 미선은 어떻게 살았을까? 어떻게 됐을까?

남수가 자기를 동창회에 데리고 와 옆자리에 앉은 친구에게 미선에 관해 물어보자 그 친구는 옆 테이블에 앉아 있는 여자를 가리키며 말했다. 미선이, 저기 있잖아.

재, 동창회에 꼬박꼬박 나와. 아, 너 미선이 몰래 좋아했지? 그러더니 그 친구는 술기운이 돌았는지 옆 테이블로 가서 미선에게 인사하고 뭐라 뭐라 하더니 그녀를 남수 있는 자리로 데리고 왔다. 친구는 미선을 남수 옆에 앉히고 미선에게, 얘가 너 되게 좋아했는데 몰랐지? 라고 하고는 다른 자리로 가 버렸다. 미선은 조금은 나이 든 모습이었지만, 예전 모습이 그대로 있었다. 그리고, 놀랍게도 미선은 남수를 기억하고 있었다. 이름도 알고 있었다. 남수가 예전에 가지고 있던 이미지와는 달리 수더분하게 얘기도 잘했다. 당황한 남수는 처음으로 미선과 가까이서 이런저런 얘기를 주고받아 심장이 두근댔다. 미선도 술을 좀 마셨는지 남수와 스스럼없이 대화하다가 어쩌다 보니 자살한 그녀의 어머니 얘기도 하게 됐다.

 나도 그때 죽고 싶었어. 진짜로 죽으려고도 했어. 창문을 열고 창틀에 올라가 아래를 내려다본 것도 여러 번이었어. 그런데, 왜 안 그랬는지 알아? 여러 가지 이유가 있었겠지만, 그래, 내가 받은 편지 때문이었어. 우리 엄마 죽기 직전에 누가 손으로 쓴 세 장짜리 편지를 봉투에 넣어서 우리 집 우편함에 넣고 갔거든. 거기에 자기가 나를 얼마나 좋아하는지, 내가 얼마나 소중하고 대단한지, 절절하게 써 놓았더라. 끝에 이름을 써 놓았는데, 처음 들어

보는 이름이었어. 그 편지를 보고 힘을 얻었어. 나를 이렇게 소중히 생각하고 높이 평가하고 또 좋아해 주는 사람이 있었구나. 그래서, 다시 열심히 잘살아 보기로 했어. 아, 오늘 술을 너무 마셨나? 내가 별 얘기를 다 하고 있네.

남수는 너무 기쁘고, 감격해서 그만 참지 못하고 털어놓아 버렸다. 그 편지 내가 쓴 거야. 지금도 그 편지에 쓴 문장들을 기억해. 이런 내용이었지? 남수가 편지 내용을 더듬더듬 얘기하고 또 편지 끝에 써 놓은 이름을 말하자, 미선은 놀란 얼굴로 자리에서 벌떡 일어나더니 남수에게 고개 숙여 절을 했다. 고맙다. 네가 나를 살렸구나. 고맙다.

††

남수는 며칠 전에 예약한 자리에 먼저 와서 앉아 있었다. 수현은 집에서 검침하러 온 남수를 맞이했을 때와 달리 화장도 하고 옷도 차려입었다. 평소에는 잘 신지 않는 굽 높은 구두도 신었다. 남수는 파란 조끼와 작업복이 아니라 양복을 입고 왔다. 넥타이까지 하지는 않았다. 남수가 수현에게 메뉴판을 건네면서 그 집에서 제일 유명한 메뉴를 알려주었다. 수현이 보니 제법 비싼 그 식당에서도 제일 비싼 메뉴였다. 그래서 수현이 굳이 그런 것까지 먹을 건 아니고 다른 적당한 걸로 시키겠다고 하니 남수는 오래전에 제대로 좋은 밥 한 끼 못 사 준 게 미안해서 그런 거니 꼭 그걸 시켜 먹으라고 했다. 수현은 알았다며 그걸로 하겠다고 했다. 직원이 주문받으러 왔고 남수는 수현을 위해 그 메뉴를 시켰다. 자기를 위해서는 간단한 단품 메뉴를 시켰다. 비싸지 않은 와인도 두 잔 시켰다.

왜, 같은 걸로 하지 않고. 아, 나는 점심때 회사 일로 갑자기 고객을 만나 푸짐하게 먹을 일이 생겨서 저녁은 간단히 하려고. 수현은 남수의 말을 믿지는 않았다. 수현은 남수를 보고 연한 미소를 지었다. 그 미소는 따뜻했다. 그래, 알았어. 잘 먹을게. 둘이 시킨 메뉴가 나왔다. 남수는 수현이 맛있게 먹는 모습을 보면서 행복했다. 나와 줘서 고마워. 이렇게 좋은 데 와서 밥을 다 먹고, 내가 고맙지.

두 사람은 오래전 둘이 좋았던 시절 얘기를 했다. 우리가 키스했던 미끄럼틀 기억나? 그럼, 기억나지. 그때 키스하다 눈을 떠 보니 밤하늘이 막 커지는 것 같았어. 정말? 잠시 말이 끊어졌다가 수현은 말했다. 미안해. 지금이라도 꼭 이 말을 하고 싶었어. 그런 식으로 널 떠나는 게 아니었는데. 내가 너무 못됐지, 미안해. 남수는 눈물이 홀쩍 나서 손가락으로 눈물을 훔쳤다. 아니야, 다 고마웠어, 지금 이렇게 너하고 마주 앉아 밥을 먹고 있으니 너무 좋

아. 수현도 눈물이 핑 돌았다.

밥을 다 먹고 식당에서 나와 수현이 커피는 자기가 산다고 하면서 남수를 데리고 간 커피숍에서 커피도 같이 마셨다. 우리 다시 보기는 어렵겠지? 아마도. 그놈의 전기 레인지 때문에. 하하. 그래도 오늘이 오래 기억될 거야. 나도 그럴 거야. 딸 예쁘더라. 고마워. 행복하게 잘 살아라. 너도.

둘은 밖으로 나왔다. 뭐 타고 왔어? 지하철. 나는 버스. 수현은 지하철역 쪽을 가리키며 그리로 간다고 했다. 지하철역 승강장까지 데려다줄게. 승강장까지 가려면 개찰구를 통과해야 하는데 괜히 요금 내야 하잖아, 그렇다고 개찰구 앞에서 바이바이하는 것도 좀 별로다. 그래 알았어. 우리, 여기서 헤어지자. 수현은 남수에게 악수를 청했고 둘은 손을 맞잡고 흔들었다. 잘 가. 잘 가. 수현은 몸을 돌려 역 쪽으로 걸어갔다. 남수는 수현의 뒷모습을 보고 있었다. 수현이 역 안으로 들어가기 전에 몸을 돌려 남수를 보고 손을 흔들었다. 앞모습을 보여주는 작별이었다.

††

남수는 먼저 와서 예약돼 있다는 자리에 앉아 있었다.

신기하게도 얼마 전에 수현과 같이 왔던 그 식당이었다. 요즘 뜨는 곳인가 보다 싶었다. 오늘도 남수는 수현과 만났을 때 입은 양복을 입고 나왔다. 어차피 한 벌밖에 없는 양복이었다. 미선이 왔다. 활짝 웃고 있었다. 미선은 메뉴판을 보다가 지난번에 남수가 수현에게 시켜줬던 그 메뉴를 먹자고 했다. 그게 이 집에서 제일 유명하다며. 남수는 사실 수현과 왔을 때 이 식당에 처음 왔다. 그 메뉴가 제일 유명하다는 건 검색을 해 봐서 알았을 뿐 먹어보지는 못했다. 미선은 남수가 머뭇거리고 있자 그냥 그 메뉴로 둘을 시켰다. 와인도 두 잔 시켰는데, 남수가 지난번 수현과 오기 전에 검색해 본 바로는 잘은 몰라도 꽤 값나가는 와인인 듯싶었다.

나와 줘서 고마워, 꼭 너한테 감사 인사를 하고 싶었어. 고맙긴, 나도 너랑 이렇게 같이 밥 한 끼 먹을 수 있어서 좋아, 고마워. 두 사람은 그간 살아온 이야기를 했는데, 미선은, 남수가 동창회에 갔을 때도 느꼈지만, 오래전에 남수가 미선은 응당 이럴 것이라고 가지고 있던 생각과는 달리 소탈하고 솔직하게 주저리주저리 이야기도 잘했다. 미선은 아버지가 바람피웠던 이야기도 했고, 결혼했다가 남편이 바람피워서 이혼한 얘기도 했다. 아들이 하나 있었다. 그런 얘기를 막 하다가 잊었던 듯 미선은 자기는 지금 어느 대학병원에서 약사로 일한다고 했다. 남수는 자기가 그래도 고3 때 마음잡고 공부해 성적이 많이 올라서 자기 기준에서 생각했던 것보다 좋은 대학에는 들어갔는데 여차저차 졸업은 못 했고, 결혼도 못 했고, 얼마 전에 작은 회사에 취직해서 가스 검침도 하고 이런저런 일을 한다고 했다. 가스 검침 나갔다가 대학 때 사귄 여자를 우연히 만난 얘기도 해 줬다. 미선이 너무 재밌다고 손뼉까지 치며 웃었다. 얼마 전에 바로 이 식당에서 그녀와 밥 한 끼 했다는 말은 하려다 삼켰다. 왠지 지금의 이 만남이 아주 약간 퇴색될까 해서.

 밖으로 나와서 남수가 커피를 사겠다고 해 두 사람은 지난번에 수현과도 갔던 커피숍에 갔다. 한참을 이런저런 온갖 이야기를 즐겁게 하다가 둘은 밖으로 나왔다. 미선은 지하철을 타고 간다고 했다. 수현이 남수에게 손을 흔들고 들어갔던 바로 그 지하철역이었다. 버스를 타고 간다고 한 남수는 갔다가 돌아오면 되니 승강장까지 같이 가자고 했다. 미선은 좋다고 했다. 남수와 미선은 각자 카드를 찍고 개찰구를 통과해 승강장까지 가서 열차를 기다렸다. 미선이 남수에게, 다음에 또 보자, 연락하자, 라고 했고, 남수는 예상하지 못한 말을 들은 듯 놀랐다가 그러자고 했다. 곧 열차가 왔다. 미선은 열차 안으로 들어가면서 남수에게 손을 흔들었다. 남수도 손을 흔들었다. 열차 안으로 들어가서도 미선은 창을 통해 남수를 보고 손을 흔들었다. 남수는 다시 개찰구를 통해 역 밖으로 나왔다.

버스를 타러 가는 길에 수현, 그리고 미선과 밥 한 끼를 먹은 식당 앞으로 돌아와서 남수는 잠시 그 식당을 보고 서 있었다. 그 식당이 문을 닫지 않고 그 자리에 오래 남아 있기를 바랐다.

수백억을 들여 시시한 사건들로 가득 채워 만든 영화보다 오묘한 고양이 눈동자가 훨씬 흥미롭다. 사방으로 촉수를 뻗으며 무수한 접점에서 매듭을 꼬아 복잡하게 얽힌 연결을 만드는 '인간관계'에 대한 염증이 내 눈동자 표면에 익사한 시체처럼 떠올랐을 어느 햇볕 따뜻한 오후, 나는 다섯 마리 고양이들 사이에, 아무것도 하지 않고 창가에 가만히 엎드려 있을 때 제일 행복해 보이는 고양이처럼, 다만 사람인지라 자세는 창가 마룻바닥에 다리를 모으고 허리를 펴고 앉아서, 생각을 지우고 조용히 있었다. 까만 고양이는 까치, 하얀 고양이는 푸른, 회색 고양이는 샛별, 노란 고양이는 양지, 카오스 고양이는 무지개. 이름들은 그렇게 지었다. 눈을 감고 졸고 있는 고양이의 등을 쓰다듬으면, 존재해도 좋고, 존재하지 않아도 좋다는 삶의 정수가 보드라운 털 속에 숨어 내 손을 쓰다듬었다.

세상에 고양이로 존재하는 것은 어떤 느낌일지 느껴 보고 싶었고, 고양이의 기억과 꿈을 엿보고 싶었다. 어느 것도 가능하지 않았다. 모르긴 해도 아침마다 딥스와 스쿼트와 턱걸이와 플랭크를 하고 나서 아침밥과 유산균 꼭 챙겨 먹고 러닝머신 위에서 30분간 달리면서 죽고 싶다고 생각하기도 하고, 홍수가 날 정도로 비가 퍼붓는 날 한강 다리에 비 내리는 걸 보러 가기도 하는 나와는 매우 다를 것이다. 고양이는 그럴 리 없다. 고양이가 침 묻힌 앞발로 얼굴을 비비고 또 혀로 배와 똥구멍을 핥아 단장할 때, 다리를 몸 안으로 오므리고 엎드려 졸 때, 죽음이나 외로움 따위를 생각할 리 없다.

나는 다섯 마리 고양이의 머리에 통신 기능이 있는 칩을 심어서 서로서로 그리고 한 대의 컴퓨터에 무선 연결했다. 내가 대체 무슨 일을 하길래 고양이를 가지고 그렇게 할 수 있는지 묻는다면 그건 중요한 게 아니라고만 하겠다. 내가 만들어 컴퓨터에 설치한 프로그램은 다섯 마리 고양이의 뇌에서 전달되는 다양한 종류의 감각 정보를 가지고 다섯 마리 고양이의 머릿속에 오고 가는 것들을 계속해서 변화하는 그림으로 그려내 모니터에 보여줬다. 나라는 인간이 인간의 경험에 기반하여 만든 프로그램이 고양이로부터 오는 정보를 취합하여 나름대로 해석하여 그려내는 것이기 때문에, 그러니까 고양이의 머리에서 오는 정보가 인간의 뇌와 인간이 만들어 낸 AI라는 필터를 거친 것이기 때문에, 그 그림이 고양이가 겪는 세상을 그대로 보여주는 것은 물론 아니었다. 그리고, 시각 정보 말고 청각, 촉각, 후각정보는 그림으로 표현되기 어려웠다. 그렇지만, 나는 그렇게 간접적으로라도, 왜곡된 내용으로라도, 고양이의 머릿속을 들여다보고 싶었다.

 프로그램에도 다섯 고양이들과 친해지는 과정과 시간이 필요했는지 처음에 모니터에 나타나는 그림은 물감을 캔버스에 뿌려서 그리는 잭슨 폴록의 그림처럼 보였다. 다양한 색과 이리저리 굽은 선들이 움직이며 변하는 그림을 보는 것은 처음에는 예상 밖이었고 조금은 당황스러웠지만 나는 그 자체로 좋았다. '액션 페인팅'으로 추상화를 그리고 있다니, 과연, 고양이다웠다. 물론, 그런 그림이 나오는 것은 고양이보다는 프로그램이 고양이 뇌의 정보를 해석하는 문제와 더 관련이 있었겠지만. 그렇게 수시로 변해가는 그림을 보며 모니터 앞에 앉아서 오묘한 고양이의 마음을 느끼며 때로는 소주, 때로는 위스키를 한잔하면 마음이 평안했다. 고양이 한 두 마리가 내 무릎에 앉아 또는 모니터 앞에서 그림을 보다가 잠이 들면 그림의 색과 모양도 바뀌면서 나도 고양이의 잠에 빠지는 것 같았다.

집에서 다섯 고양이 중 한 마리라도 내 주위에서 잠이 들면 나도 솔솔 잠이 왔다. 절반 이상이 잠이 들면 내 고개도 아래로 계속 떨어졌다. 모두가 잠이 들면 필시 나도 잠이 들었다. 내가 졸리거나 잠이 들어도 컴퓨터 전원이 켜져 있는 이상 잠들 일 없는 프로그램은 깨어 있거나 잠든 고양이의 뇌 정보를 받아 그림을 그렸다. 졸거나 잠든 나는 그 그림들은 보지 못했다. 그렇다고 나중에라도 보기 위해 그것들이 자동으로 저장되도록 해 놓지는 않았다. 떠올랐다가 지나가는 그림으로 족했다. 한편으로는 머릿속 칩이 계속해서 머리 밖의 어딘가로 신호를 보내는 것이 혹시라도 고양이의 몸에 안 좋은 영향을 미치는 게 아닐지 걱정이 됐다.

그래서 나는 다섯 고양이 중 하나라도 잠들면 모든 칩은 작동을 멈추고 프로그램도 그림을 그리지 않도록 수정했다. 다섯 고양이가 모두 깨어 있을 때만 프로그램은 그림을 그렸다. 다섯 중 하나라도 잠이 들면 프로그램도 잠이 들었고 다른 고양이도 잠이 오기 시작했고, 나도 그랬다. 고양이는 거의 하루의 절반을 잠으로 보내니 다섯이 모두 깨어 있는 시간은 하루 중 그리 길지 않았다. 나도 다른 일도 해야 했고 졸리면 잠도 자야 했으니, 그것으로 충분했다.

가늘거나 두꺼운 구부러진 선과 온갖 색깔로 유희하는 듯한 추상화만을 그려내던 프로그램은 오랜 수도 끝에 깨달음의 문턱에 이른 듯 어느 날 불현듯 세상에 존재하는 구체적인 대상들을 어렴풋이 그려내기 시작했다. 그것은 고양이였고, 나무였고, 유리창이었고, 의자였고, 테이블이었고, 고양이 화장실이었고, 그리고 나였다. 그뿐만 아니라 프로그램은 다섯 고양이가 각자 보내는 신호를 구별해서 따로 다루기 시작했는지 수시로 고양이간 관점의 교차에 의한 것이라고 설명할 수밖에 없을 것 같은 장면의 교차를 보여주기 시작했다. 내가 만들었지만, 스스로 학습하고 진화하는 똑똑한 프로그램이었다. 고양이 다섯 마리가 한데 모여서 내 얼굴을 빤히 바라볼 때 모니터에 다섯 개의 얼굴이 천천히 겹쳐 하나가 되듯이 그려지는 내 얼굴을 보고 나는 눈물이 났다. 다섯 고양이와 프로그램과 기계장치가 나도 처음 보는 나를 내게 보여주었다. 그 얼굴은 내가 거울에서 보는 얼굴보다 훨씬 마음에 들었다.

머릿속 칩들이 서로 연결돼 있어서인지 다섯 고양이

는 동시에 같은 종류의 행동을 하는 때가 많아졌다. 하나가 사료를 먹으면 다른 넷도 사료를 먹었다. 하나가 고양이 화장실에 들어가 볼일을 보면 다른 넷도 한둘씩 둘로 나뉘어 우리가 공중화장실에서 줄을 서듯이 두 개 중 하나의 고양이 화장실 앞에서 차례를 기다렸다가 들어가 볼일을 봤다. 하나가 졸면 다른 넷도 졸기 시작했고, 하나가 우다다 달려가면 다른 넷도 따라서 우다다 달려갔다. 인터넷으로 연결된 우리가 한둘이 한쪽으로 쏠리면 많은 다른 이들도 같은 쪽으로 쏠리는 것과 비슷했다. 컴퓨터가 움직이고 또 먹을 수 있다면 그것도 다섯 고양이와 같이 움직이고 또 먹고 싶었을 것이다.

나는 고양이가 느끼는 바깥세상도 보고 싶었다. 고양이들을 차에 태워 인적이 뜸한 교외의 야트막한 산 밑으로 데리고 가서 제발 하나라도 도망가서 돌아오지 않는 일은 일어나지 않기를 바라면서 땅에 내려놓았다. 집 안에서만 살던 다섯 고양이는 낯선 곳에서 흙과 풀이 있는 땅을 밟고 사방으로 트인 공간을 접해 당황한 것 같았다. 나는 나무 그늘에 캠핑 의자를 펴고 앉아 다섯 고양이의 칩과 무선 연결된 노트북 컴퓨터를 켜고 모니터와 고양이들을 번갈아 지켜보았다. 다섯 고양이는 내 주위에만 모여 있다가 까만 고양이 까치가 내게서 조금 멀리 걸어 나가자 다른 넷도 그 뒤를 따랐다. 잠시 후 다섯 고양이는 그래도 너무 멀리 가지는 않고 주변을 신나게 뛰어다니면서 놀았다. 고맙게도 아무도 나를 버리고 도망가지는 않을 모양이었다. 모니터에는 어린아이가 그린 것 같은 나무와 풀과 꽃이 그려졌다. 흔들리고 겹치고 뒤집히고 시점이 바뀌는 그림 속에서 나는 여섯 번째 고양이가 되어 다섯 고양이와 같이 뛰놀고 있는 것 같았다.

다섯 고양이 중 까만 고양이 까치가 제일 나이가 많았다. 유기 동물 보호소에서 입양해 데려왔기 때문에 까치가 정확히 몇 살인지는 몰랐지만, 수의사 말로는 열 살은 족히 넘어 노년에 접어들었다고 했다. 점점 먹는 것도, 뛰는 것도, 노는 것도 예전 같지 않았고 병치레가 잦아졌다. 까치는 곧 맞이할 죽음을 의식하지는 못했겠지만, 병들고 약해진 자기 몸은 그대로 느꼈을 것이다. 모니터에 떠오르는 그림은 다시 구체적인 형상이 허물어져 색과 선의 뒤엉킴이 될 때가 많았고, 그것조차 움직임이 적어지고 색이 어두워져 쇠약해 보였다. 그럴 때면 다른 넷도 덩달아 활동이 줄어들었고, 많이 먹지도 않았다. 당분간 칩 사이의 연결을 끊어야 하지 않을까 생각하던 차에, 어느 날 아침 일어나 가 보니 까치가 죽어 있었다. 세상에 아주 잠시 고양이로 살며 깨어 있던 존재의 빛이 꺼졌고, 어쩌면 나만이 까치가 살아 있었음을 기억하는, 아직 살아 깨어 있는 존재일 지도 모르겠지만(다른 넷은 까치를 기억할까? 언제까지, 어떻게 기억할까?), 이 우주에서 까치는 경이롭고 아름답고 순간적이고 무의미한 기적이었다. 나는 우리가 종종 가서 뛰놀던 그 야트막한 산 아래의 커다란 나무 옆에 까치를 묻어 주었다. 묻기 전에 머리에서 칩은 제거했다.

다섯 고양이가 모두 깨어 있어야 프로그램이 작동하도록 설계했기 때문에 까치가 죽고 나자, 모니터에는 아무 그림도 나타나지 않았다. 프로그램을 수정해서 네 마리 고양이가 깨어 있으면 그림이 그려지도록 할 수도 있었지만, 나는 까치에 대한 애도의 표시로 그러지 않았다. 그리고, 시간이 갈수록 그림들이 비슷하고 반복적이어서 좀 흥미가 떨어졌던 것도 한 이유였다.

다섯이었다가 넷이 되니 빈자리가 눈에 밟혔다. 까치를 대신할 한 마리가 필요했다. 다섯 고양이를 데리고 왔던 유기 동물 보호소에 가 봤지만, 이번에는 마음에 들어오는 녀석이 없었다. 왜 그럴지 생각해 봤는데, 아마 내가 이번에는 사람 손을 타지 않은 고양이를 내심 원하기 때문인 것 같았다. 그림에 새로운 색과 선을 보태 줄 수 있는 고양이, 얌전하고 집고양이다운 네 마리 고양이에게 거친 길고양이의 기운을 전파할 수 있는 고양이.

굵은 비가 내리는 차가운 밤이었다. 나는 혼자 우산을 쓰고 공원을 걸었다. 사람은 나 말고는 아무도 없었고, 사방에 떨어지는 빗소리가 귀에 가득 차 세상의 다른 모든 소리를 지웠다. 아주 오래전 어디에도 듣는 귀 없을 때도 그렇게 내렸을 비는 하필 이 귀를 가지고 지금 여기 살아 존재하는 나의 온몸을 흔들어 내 작은 삶의 무상함과 기쁨을 동시에 일깨웠다. 가지 끝에 달려 태양을 향해 흔들거리던 잎들이 비를 맞고 바닥에 떨어져 전장의 시체들처럼 검붉은 빛으로 젖은 채 뒤엉켜 깔려 있었다.

그렇게 걷다가 나는 강물처럼 세차게 흘러 내 신발 안을 적신 빗물이 모여 아래로 떨어지는 배수구 앞에 물을 막는 모래주머니인 듯 옆으로 누워 있는 고양이를 발견했다. 흐르는 물이 고양이의 몸을 타고 넘거나 옆으로 돌아서 배수구로 쏟아져 내렸다. 나는 몸을 낮춰 생선처럼 젖은 고양이의 몸을 만졌다. 아직 숨이 붙어 있었다. 나는 운명을 믿지는 않았지만, 적어도 그 만남은 '운명적'이었다. 나는 고양이를 품에 안고 집으로 돌아갔다. 가는 중에 고양이가 눈을 뜨고 나를 보았다가 다시 눈을 감았다. 얼굴과 몸에 상처도 있었다. 가로등 밑에서 잠시 서서 보니 까만 고양이었다.

제대로 걷지도 못하던 까만 고양이는 씻기고 잘 먹이

고 재우니 1주일 정도가 지나 웬만큼 회복됐다. 까치보다도 더 짙은 검은색 털은 깊은 밤 어두운 달빛 아래 바람에 흔들리는 키 작은 풀밭 같았다. 나는 까치의 후계로 손색이 없는 그 아이의 이름을 까마귀라고 지었다. 까치처럼 수컷이었다. 수의사는 까마귀의 건강에는 별 이상이 없고 나이는 다섯 살이나 여섯 살 정도 될 거라고 했다. 나는 까마귀가 건강을 회복하자 곧 까치의 머리에 심었던 칩을 그 머리에 심었다. 처음 하루 이틀은 좀 불편한 것 같더니 까마귀는 곧 다른 고양이처럼 아무렇지도 않게 됐고, 다시 밖으로 나가 살지 않고 내 집에 눌러살기로 했는지 까치와 함께했던 다른 고양이들과도 잘 어울리며, 조금은 어색하게, 오랫동안 집에서 산 고양이처럼 행동했다. 험했던 바깥세상의 삶을 그리워하는 것 같지는 않았다.

그림은 달라졌다. 색이 강해졌고, 선의 움직임에 힘이 붙었다. 집 안의 사물들과 나의 모습뿐만 아니라 간혹 집 유리창을 통해 보는 것이 아닌 바깥세상의 모습도 그려졌다. 그것은 까마귀의 기억에서 나오는 것 같았다. 수시로 저장해 놓은 예전 그림들과 비교해 보면 그 차이가 확연했다. 나는 달라진 '화풍'이 마음에 들었다. 아마도 집에서 태어나지 않고 버려진 경험도 없이 길에서의 험한 삶을 살아봐서 그런지 까마귀는 짧은 시간 내에 예전 우두머리

여던 까치가 죽고 나서 약간 혼란스러웠던 우리 집 고양이 무리의 우두머리가 되었다. 집에서 태어나 살다가 주인에게 버려진 것이 틀림없을 나머지 네 고양이는 까마귀를 잘 따르는 것으로 보였다. 집 안에서 내가 주는 사료를 부족함 없이 편하게 먹고사는 고양이들에게 그런 서열이 크게 중요하지는 않았기 때문에 서열이 드러나는 경우가 많지는 않았지만, 나는 뒤늦게 들어온 까마귀가 다른 고양이들을 복속시켰다는 것을 느낄 수 있었다.

까마귀가 건강을 회복하고 나자 나는 차에 고양이들을 태우고 예전처럼 녀석들을 밖에서 뛰어놀게 했던 그 교외의 산 밑으로 갔다. 길에서 살던 까마귀가 풀어놓자마자 바로 도망가 버리지 않을까 걱정도 했지만, 까마귀는 그러지 않았다. 다섯 고양이는 뛰어다니며 마치 인상파 화가처럼 구불구불 움직이는 산과 풀과 새와 하늘과 태양의 그림을 그렸다. 계속해서 변화하는 그림이 마음에 드는 순간순간에 저장 버튼을 클릭했다. 인쇄해서 거실 벽에 걸어 놓고 싶었다. 집에 찾아온 누군가 그걸 보고 누가 그린 그림이냐고 물으면 빙긋이 웃으면서 햇볕 쬐며 졸고 있는 다섯 고양이를 가리킬 것이다.

내가 행복하게 그림을 보는 중에 그림이 갑자기 변했다. 그림이 달리고 있었다. 달리는 자동차 안에서 앞 유리를 통해 세상이 뒤로 지나가는 것을 보듯이 그렇게 나무와 풀과 땅이 뒤로 흐르고 있었다. 모니터에서 눈을 떼고 주위를 보니 고양이들이 보이지 않았다. 어느 쪽으로 갔는지 알 수 없었다. 모니터를 다시 보니 고양이들이 그렇게 빠른 속도로 달리고 있지는 않았다. 그림의 움직임은 추격이나 도주가 아니라 놀이와 탐색의 움직임이었다. 나무들이 많이 보이는 걸 보니 오른쪽이나 왼쪽 숲속이었다. 어느 쪽일지는 알 수 없었다. 내가 쫓아가도 고양이들이 더 빠를 것이어서, 일단 내 자리에서 기다리기로 했다. 돌아올 것이다.

고요하지만 비밀을 간직한 풍경화처럼 그림의 움직임이 멈췄다. 그러다가 천천히 무엇인가를 향해 다가갔다. 그것은 사냥감을 노리는 포식자의 움직임 같기도 했다. 나는 다섯 고양이가 숲속에서 뭔가를 사냥할 수 있을 거라는 생각은 해 보지도 않았다. 그러나, 까마귀가 집 밖에서 어떻게 살아왔는지 나는 몰랐으니, 녀석이 우두머리가 되고 머리가 칩으로 연결된 고양이 무리가 새로운 행동에 나선 것도 있을 법했다. 나는 네 발로 그들 옆에서 기며 사냥에 함께 참여한 듯 기대와 흥분에 온몸이 긴장됐다. 새나 쥐를 노리고 있을까?

이상한 그림이 떠올랐다. 버스가 다니는 길이 있을 리

없는 숲속에 버스가 보였다. 운행하는 버스인지, 버려진 버스인지, 모니터에서 흔들리는 그림을 보고는 알기 어려웠다. 다섯 고양이는 버스 안으로 들어갔다. 조심스러운 움직임이었다. 컴퓨터도, 프로그램도, 같이 숨을 죽이고 조용히 움직이는 듯했다. 이런 일이 있을 줄 알았다면 적어도 한 놈에게는 머리에 전방을 찍는 카메라라도 달아줬을 텐데. 버스 안 뒤쪽에 뭔가 있었다. 다음 정류장에서 내릴 준비를 하는 승객은 절대 아니었다. 커다란 몸집을 하고서 자리를 차지하고 있는 누군가 또는 무언가의 주변에 오글오글 움직이는 작은 것들도 나타났다. 대체 저것들이 뭐지?

표현주의 초상화에서 볼 수 있을 것 같은 선과 색으로 어떤 얼굴이 모니터 중앙에 그려졌다. 분명 사람의 얼굴은 아니었다. 모니터의 얼굴이 점점 커졌다. 고양이들이 노리는 것은 그 얼굴을 가진 놈이 분명했다. 쥐! 거대한 쥐! 설마! 부근에 모여 있는 작은 존재들도 필시 쥐였다. 작은 쥐들, 아니 보통 쥐들. 그림에서 형체가 풀어졌고 모든 것이 흔들렸다. 다섯 고양이가 덤벼들었다! 어지럽게 흔들리는 그림에서 나는 아무것도 알아볼 수 없었다. 버스 안에는 째지는 짐승 소리가 가득했을 것이다. 달려가서 그 광경을 보고, 필요하면 나의 고양이들을 도와주고도 싶었지만 어느 쪽으로 가야 할지 몰랐다. 갔더라도 내가 그곳에 이르기 전에 상황은 끝나 있었을 것이다.

그림이 꺼졌다. 모니터에 아무것도 나타나지 않았다. 다섯 고양이 중 어느 하나가 그 난리 중에 잠이 들었을 리는 없었으니, 나는 그것이 무엇을 의미하는지 알았다. 나는 울음을 참고 살아남은 고양이들이 내게 돌아오기를 기다릴 수밖에 없었다. 곧 왼쪽 숲에서 고양이들이 나타났다. 나는 벌떡 일어나서 그리로 뛰어갔다. 네 마리였다. 회색 고양이 샛별이 보이지 않았다. 까마귀와 무지개는 몸에 상처를 입어 피가 났다. 양지는 뒷다리를 절룩거리며 걸어왔다. 제일 약한 푸른이는 멀쩡해 보였는데, 아마도 겁이 나 싸움에 뛰어들지 않은 것 같았다.

나는 고양이들을 차 옆에 모아 놓고 왼쪽 숲으로 들어가 고양이들이 지나간 흔적을 따라, 그리고 내 직감에 따라 달려갔다. 어스름한 숲 바깥쪽 황량한 땅 위에 버려진 버스가 있었다. 바퀴 두 개는 누가 빼 갔는지 아예 없었고 두 개는 펑크가 나서 납작했다. 창문은 다 깨져 있었고, 뒷번호판은 한쪽 구멍에만 매달려 아래로 늘어져 있었다. 주요 정류소와 버스 번호가 쓰인 글자는 빛이 바래 알아보기 어려웠다. 안에서 불길하고 기분 나쁜 소리가 들렸다. 살금살금 다가가서 창을 통해 안을 들여다보았다. 뒷

자리 쪽에 어마어마하게 살이 쪄서 가죽 부대 같은 몸에 거의 사람만 한 크기의 쥐가 걸터앉아 있었고, 그 주위에 보통 크기의 쥐들이 잔뜩 모여 있었다. 죽은 쥐들도 널브러져 있었다. 거대한 쥐가 움직일 때마다 아직 달린 빨간색 버스 손잡이가 흔들렸다. 놀라움과 두려움을 가라앉히고 잘 살펴보니 그놈은 마치 사람처럼 두 앞발로 무언가를 쥐고 뜯어먹고 있었다. 아, 그것은 돌아오지 못한 나의 회색 고양이 샛별이었다.

    나는 더 이상 보고 있을 수 없어서 황급히 그곳을 떠나 고양이들을 데리고 집으로 돌아왔다. 현실에서는 있을 수 없는 일을 악몽에서 꾸고 일어난 것 같았지만, 샛별이 없는 것을 새삼 느꼈다. 까마귀, 무지개, 양지의 상처를 보니, 내가 본 광경이 실제로 일어난 일임을 알았다. 셋을 동물병원에 데리고 가서 치료도 받게 했다. 수의사는 도대체 무슨 일이 있었길래 이렇게 됐냐고 물었다. 나는 그저 밖에서 뛰어놀다가 그렇게 됐다고만 말했다. 나는 고양이의 마음에 들어가 볼 수 없었기에 녀석들이 그날의 일을 어떻게 기억하고 또 느끼고 또 생각하고 있는지는 알 수 없었다. 고양이도 사람처럼 분함과 복수심을 느낄 수 있을까? 아마도 아닐 것이다.

    나는 프로그램을 수정해서 다섯이 아니라 네 고양이

가 다 깨어 있으면 그림을 그리도록 했다. 그 일이 있고 난 뒤의 고양이들 머릿속을 간접적으로라도 엿보고 싶었다. 그림은 까마귀가 처음 집에 왔을 때보다도 색과 선이 약해졌고 움직임이 적어졌다. 집 안의 모습과 사물들이 차분한 정물화처럼 그려졌다. 가끔 보이는 내 모습도 한 자리에 오래 모델을 앉혀 놓고 그린 인물화 같았다. 집에서 고양이들 눈에 보이는 것들 말고는 그림에서 보이지 않았다. 다들 그날의 일을 기억하고 싶지 않았던 것일까? 한동안 그랬다.

그림이 변한 것은 까마귀가 몸을 일으켜 집 안을 우리에 갇힌 맹수처럼 돌아다니기 시작한 때였다. 까마귀는 유리창과 문을 박박 긁으며 밖으로 나가고 싶다는 바람을 노골적으로 표시했다. 낮고, 탁하게 그르렁대는 소리는 내 신경도 같이 긁었다. 까마귀가 그러자 무지개, 양지도 비슷하게 행동하기 시작했다. 푸른이만이 여전히 조용히 자기 자리를 지키고 있었다. 꿈틀대며 춤을 추는 그림에는 버스와 쥐가 섬광처럼 나타났다 사라지곤 했다. 고양이들이 그날을 기억하는 것은 분명해 보였는데, 그 기억의 되돌아옴이 무엇을 의미하는지는 알 수 없었다. 그날의 기억에서 고통과 슬픔과 분노를 느낀 것은 바로 나였다. 아니, 그런 감정들을 느꼈다고 생각했다. 그래야 할 것 같기도 했다. 그렇게 생각하다 보니 더욱 감정이 고조됐다. 나는 나의 고양이들도 그런 감정을 품었다고 상상했다.

나는 주유소에 기름통을 가져가 등유를 사서 채웠고 캠핑용 토치를 준비했다. 거대한 쥐는 어쩌다 보니 돌연변이로 그렇게 생겨났고 고양이들에게 공격받아 본능에 따라 행동한 것일 뿐 악마나 괴물도 아니고 나나 고양이들에게 악의를 가진 것이 아니라는 것쯤은 나도 잘 알고 있었다. 고양이들도 그놈이 몸집은 커도 쥐는 쥐라서 본능적으로 달려들었을 것이다. 아무리 그렇게 생각해 봐도, 나는 샛별을 죽여 뜯어먹은 그놈을 용서할 수 없었다. 그런데, 용서라니, 쥐에게 쓸 말은 아니지 않은가? 나와 오래 같이 살았던 고양이를 죽였다는 이유로 인간인 내가 그놈을 해치우는 데 같이 나선다는 것을 쥐는 이해할 리 없다. 이 모든 생각과 감정은 인간 특유의 것이 분명했다. 마치 복수자가 나오는 영화에서처럼 내가 그놈에게 불을 붙이기 전에 내가 그러는 이유를 말해준다면 그것은 터무니없는 바보짓이지만, 협량한 '인간성'에 사로잡힌 나는 그 모든 것을 머리로 이해하면서도 그놈을 죽이러 고양이들과 같이 가기로 했다. 이상한 소리를 내며 밖으로 나가고 싶어 하는 고양이들에게도 내 생각과 감정을 투사하고 녀석들이 나와 같이 할 것이라고 믿었다.

　차에 고양이들을 태우고 그곳으로 다시 돌아갔다. 고양이들은 계속 창밖을 보고 있었다. 늘 세우던 곳에 차를 세우고 차 문을 열기 전에 노트북을 켰다. 프로그램을 실행시키고 그림을 일정한 간격으로 저장하도록 세팅해 놓았다. 차 문을 열자, 까마귀가 제일 먼저 튀어 나갔고, 다른 고양이들도 뒤를 따랐다. 푸른이는 내키지 않는 눈치였지만 곧 차에서 뛰어내려 다른 고양이들을 따라갔다. 나도 기름통과 토치를 들고 고양이들을 따라갔다. 고양이들이 나를 한참 앞서갔지만 나도 버스가 어디 있는지 이제는 알았기 때문에 내 기억에 따라 뛰어갔다. 푸른이는 한 무리로 달리는 까마귀, 양지, 무지개와 나 사이의 중간쯤에서 달려갔고, 수시로 잠시 멈춰 고개를 돌려 나를 보았다.

　버스에 다다랐다. 늦은 오후였다. 하늘은 맑았다. 먼저 온 고양이들은 문짝 없는 버스 문 앞에서 털을 곤두세우고 서 있었다. 곧 까마귀가 먼저 버스 안으로 뛰어 들어갔고, 양지, 무지개가 뒤를 따랐다. 푸른이는 문 앞에 그대로 있었다. 버스 안에서 고양이와 쥐 소리가 엉켜 끔찍한 소리가 났다. 나도 안으로 들어갔다. 악취가 코를 찔렀다. 까마귀, 양지가 거대한 두목 쥐의 목 부위를 물고 매달려 있었다. 무지개는 두목 쥐의 몸을 타고 몰려드는 작은 쥐들과 싸우고 있었다. 두목 쥐는 머리를 흔들며 앞발로 자기 목을 무는 고양이들을 치고 할퀴어 떨어뜨리려고 했다. 양지가 거기에 맞아 무지개와 쥐들이 뒤섞여 싸우는 두목 쥐의 불룩한 배 위로 떨어졌다. 까마귀는 목을 물고 떨어지지 않았다. 거대한 쥐는 차마 듣기 힘든 째지는 소리를 지르며 육중한 몸을 흔들었다. 양지와 무지개는 쥐들에 뒤덮여 잘 보이지 않았다. 쥐들은 내게도 달려왔는데, 발치에까지 온 녀석들을 토치의 불로 지지니 더 이상 오지 못했다.

나는 기름통 뚜껑을 열고 그 아수라장과 주변 바닥에 기름을 뿌렸다. 나는 내 고양이들의 이름을 고함쳐 부르며 이제 그만하고 떨어지라고 했다. 소용없었다. 푸른은 버스 밖에서 울어 댔다. 쥐들에 뒤덮인 양지와 무지개는 그 아래서 움직이지 않았다. 까마귀는 여전히 큰 쥐의 목을 물고 있었지만, 곧 떨어질 것처럼 보였다. 왜 쥐 한 마리 가지고 저렇게까지 싸우는지, 그 이유는 나로서는 알 수 없었다. 내가 실수했다. 고양이들은 집에 두고 나 혼자 와야 했다. 세 고양이를 구하기는 힘들어 보였다. 나는 토치를 켜서 불을 붙였다. 그 순간 이미 죽은 샛별과 또 지금 죽었거나 죽어가는 까마귀, 양지, 무지개를 위한 복수를 한다는 생각은 들지 않았다. 그저 그 난리를 끝내고 싶었다. 나는 쥐와 고양이가 엉켜 하나의 기괴한 생명체처럼 보이는 그 무더기에 불이 번지는 것을 확인하고 밖으로 나왔다.

조금 전보다 더 끔찍한 소리가 불길 속에서 들렸고, 고약한 타는 냄새가 났다. 작은 쥐들 여럿이 버스에서 뛰어나와 사방으로 달아났다. 달아나는 쥐들의 등에 불이 붙어 있었다. 나의 고양이들은 나오지 않았다. 불길은 커져 버스 안을 가득 채웠다. 그 안에서 누구도 살아남지 못할 것이다. 문을 통해 빠져나올 수 있을지도 의심스러울 정도로 살이 찐 거대한 쥐는 있던 자리에 그대로 앉아서 불에 휩싸였고, 창을 통해 붉은 눈으로 나를 보았다. 까마귀는 몸에 불이 붙은 채로 여전히 쥐의 목에 붙어 있었다. 거대한 쥐의 마지막 비명을 끝으로 버스 안에서 생명체의 소리는 더 이상 들리지 않았다. 불이 활활 타닥타닥 타는 소리만 적막하게 들렸다.

나는 버스 밖에 남아 있던 푸른을 데리고 집으로 돌아왔다. 형체도 알아보기 힘들게 타버렸을 고양이들의 시신을 수습할 생각은 없었다. 나는 고양이들을 사랑했지만, 이제 어쩔 수 없이 죽어버렸으니 그대로 괜찮았다. 나 혼자 가서 태워버리지 않은 것이 후회됐지만, 내가 거대한 쥐를 죽였다는 것을 고양이들에게 알려줄 수는 없었을 것이니, 쥐가 죽은 후에도 푸른 말고 다른 고양이들, 특히 까마귀가 창을 긁으며 밖으로 나가려고 하는 것을 말리지 못했을 것이다. 아니, 한동안 그러다가 그만둘 때까지 기다려야 했을까? 내 고양이들이 거대한 쥐를 물리치기를 바란 내가 고양이들을 부추긴 것이 아닐까? 인간인 내게 추하고 역겨워 보이는 큰 쥐를 죽이고 싶어서 고양이들을 앞에 내세운 것이 아닐까? 내가 큰 쥐를 죽이는 광경을 나의 고양이들에게 보여주고 싶었을까?

그날 프로그램이 저장한 그림들을 보았다. 두목 쥐와 작은 쥐들, 어지러운 버스 안, 두목 쥐의 목덜미, 불길 같은 것들이 보였다. 버스 밖에 있던 푸른이의 눈에 들어온 것을 그린 내 뒷모습도 보였다. 하지만, 그것이 고양이가 본 나의 모습 그대로라고 할 수 있을까? 컴퓨터도 인간이 만든 것이고, 프로그램은 인간인 내가 만든 것이었으니, 모니터에 그려지는 그림은 고양이에 이식한 나의 시선, 나아가 인간들의 시선에 따라 그려진 것이 아닐까? 고양이의 마음은 여전히 알 수 없었다.

나는 프로그램을 수정하지 않았다. 이제 고양이의 감각 정보를 이용한 그림은 더 이상 그리지 않기로 했다. 고양이가 아니라 붓질이 서툰 내가 그린 그림 같아서. 다섯

이던 고양이가 하나가 되어 허전했지만, 나는 이제 푸른이 하나하고만 살기로 했다. 푸른이는 쓸데없는 싸움에 휘말리지 않고 나와 평화롭게 조용히 같이 살 것이다. 더 이상 나를 위해 그림을 그려줄 필요도 없었다. 햇볕을 쬐며 창가에 엎드려 졸고 있는 푸른이 옆에 나도 누워 눈을 감았다. 푸른이도 그랬겠지만, 죽어간 다른 고양이들이 생각나지는 않았다. 깜빡 든 선잠의 꿈속에서 황폐한 땅에 버려진 버스가 불타고 있었다.

복수자의
오두막

늘대의 가죽을 벗겨 만든 옷에 검은 매의 깃털을 촘촘하게 꽂은 긴 옷을 입고 커다란 검은 두건을 뒤집어쓴 남자가, 왕이 독이 든 술을 마시고 죽었지만, 왕자도 없고 왕위를 노리는 자도 하나 없어 마땅히 터졌어야 할 내전도 없이 지리멸렬하게 쇠락해 가는 왕국의 황량한 길을 걷고 있었다. 등에 차고 있는 칼은 그의 키만큼 길고 그의 허리만큼 두꺼웠고, 손에 들고 있는 활은 뱀처럼 멋진 곡선을 가졌다. 몇 년 동안 계속된 가뭄에 땅은 갈라졌고, 길가에는 굶어 죽은 사람의 시체도 드문드문 보였다. 그래도 숨이 붙어 있었을 때 먹지 못해 기운도 없었을 텐데 집에서 죽지 않고 굳이 길에 나와서 죽은 이유가 무엇인지 검은 옷의 남자는 하나도 궁금하지 않았다.

그는 먼 미래에는 사람들이 납작한 철판을 가지고 다니며 그걸 통해 멀리서도 서로 얘기할 수 있을 거라 말하고 다녀, 마을에서 제정신이 아닌 여자로 찍힌 엄마가 그가 얼마 전에 죽은 왕의 아들이라고 한 말을 그냥 믿었을 정도로 의문이나 생각과는 거리가 있었다. 온갖 상상력을 동원해 아무리 뜯어봐도 젊었을 때 결코 예뻤던 적이 없었을 것에 의문의 여지가 없어 보이는 엄마가 왕이 한 번도 안 와 봤을 것 같은 먼 변방에서 어떻게 왕의 마음을 사서 자기 같은 아들을 낳았는지도 그는 의심하지 않았다. 그래서, 그는 왕이 죽었으니 왕궁으로 가서 스스로 왕이 되고자 길을 떠나기로 했다. 사람들은 아들 역시 제정신은 아니라고 했는데, 웅장한 마음으로 길을 떠나는 그에게 엄마는 아빠의 원수를 꼭 갚으라고 했다.

그는 기골이 장대하고 힘이 좋았다. 활과 칼을 잘 다루었고, 들짐승, 날짐승 할 것 없이 손쉽게 잡을 정도로 사냥에 아주 능했다. 어릴 때부터 누구하고든 싸움이 붙어서 져 본 적이 없었다. 등에 찬 큰 칼은 산속에 사냥하러 갔다가 그 칼에 깔린 채 죽어 있는 바늘처럼 말라빠진 시체 위에서 주워 온 것이었다. 칼에 찔려 죽지 않고 깔려 죽다니, 치욕스러운 죽음이라고 생각했다. 누가 다른 방법으로 죽이고 그 칼을 시체 위에 올려놓았을 수도 있었지만, 그는 머리에 처음으로 떠오른 생각을 바꾼 적이 없었다. 그 칼은 너무 무거워서 마을에서 그 이외에는 아무도 땅에서 한 뼘만큼도 들지 못했다.

해가 지기 전이었다. 조금은 지치고 배고픈 그의 눈앞에 지은 지 아주 오래돼 보이는 낡은 오두막이 나타났다. 전날 가물어도 아직 나무 무성한 어느 숲에서 잡은 토끼 한 마리가 허리춤에 매달려 있는 것을 확인하고 그는 흡족했다. 오늘은 오두막에서 토끼를 구워 먹고 하룻밤 자고 가기로 했다. 처음 봤을 때부터 사람이 살 것 같지 않았던 오두막이 비어 있는 것을 보고 그는 오래 생각할 필요 없이 발휘된 자기 판단력이 탁월하다는 것에 새삼 감탄했다. 문은 떨어져 나가서 없었고, 벽과 천장과 바닥의 나무는 여기저기 썩고 구멍이 나 있었다. 비가 오면 영락없이 천장에 난 구멍을 통해 바닥으로 비가 떨어질 것이었다. 처음 들어올 때는 못 봤는데, 그가 나가서 불을 피울 나무를 모아서 돌아와 보니 문이 있었을 자리 바로 옆 벽에 글자 좀 쓰면서 산 사람이 쓴 듯 멋을 들인 글씨로 큼지막하니 이렇게 쓰여 있었다.

복수자의 오두막.

그가 글자를 손끝으로 만져보니 숯을 문질러 쓴 것이

었다. 비를 몇 번 맞으면 번지거나 지워졌을 텐데 계속 가뭄인지라 오래전에 쓰인 것일 수도 있었다. 그는 과거에 오두막에서 누군가가 필생의 복수를 하고 나서 기념으로 그렇게 써 놓은 것으로 생각했다. 죽은 자의 피로 써 놓았다면 더 근사했을걸. 그걸로 그의 생각은 끝이었고, 더 이상 생각할 필요는 없었다. 그는 나무를 오두막 바로 앞 땅에 내려놓고 불을 피웠다. 불 옆에 나무 받침대를 만들어 세워 놓고, 가죽을 벗긴 토끼의 입부터 똥구멍까지 관통해 꼬챙이를 끼워 걸쳤다. 뱅글뱅글 돌리고 있으니 토끼 살 익는 냄새가 더할 나위 없이 좋았다. 어느 농가에 들어가 다짜고짜 칼을 들이밀고 내놓으라고 해서 강탈한 술도 꺼냈다. 그야말로 왕의 향연이라고 해도 좋았다. 망해가는 왕국은 폐허에서 다시 살아나기 위해 그를 필요로 하는 것이 틀림없었다. 그것은 거역할 수 없는 그의 운명이었다. 그런 생각에 그는 토끼를 굽다 말고 혼자 으하하 웃었다.

한때는 북쪽 바닷가에 있는 작은 성의 영주였던 사내가 가족이나 친구나 백성의 배웅도 없이 길을 떠났다. 성은 얼마 전 더 북쪽에서 바다를 건너 쳐들어온 하얀 피부의 야만족 군대에 속수무책으로 빼앗겼다. 비둘기 다리에

지원을 요청하는 편지를 묶어 날려 왕에게 보냈지만, 왕궁에서 날아온 까마귀 다리에 묶인 편지를 보니 왕은 이미 죽었다고 했다. 누가 쓴 건지, 지원군에 대한 얘기는 있지도 않았다. 병사의 수도 턱없이 부족했고, 식량도 충분하지 않았고, 무기도 변변한 게 없었고, 여기저기 허물어진 성벽은 보수할 엄두도 못 내고 있었으니, 밀려드는 적을 보고 그도 부하들도 싸울 의지는 별로 없었다. 그저 적이 왜 그냥 우회해 가지 않고 전략적으로 중요하지도 않아 보이는 성을 굳이 공격해 빼앗고자 하는지 야속할 뿐이었다. 그래서 장군들과 병사들은 모두 제대로 싸워보지도 않고 성을 버리고 도망가 버렸다. 그도 그랬다. 백성들은 떠날 곳도 없었고, 더 나빠질 게 뭐 있겠나, 뭐 어떻게 되겠지, 하는 심정으로 거의 다 그대로 성에 남았다.

그래도 그는 괜찮았다. 역사를 돌이켜보더라도, 왕국은 영원하지 못하고, 성은 함락되고 허물어지기 마련이고, 권력은 오래가지 못하고, 삶은 짧고 무의미하고, 행복은 요원하고, 고통은 가득하다. 이미 늙은 그는 살 만큼 살았고, 그동안 많은 것을 누렸고, 이제 스스로 선택한 것은 아니었지만 어쨌든 영주라는 무거운 책임에서 벗어났으니 홀가분하기도 했다. 성을 되찾으려는 짓 따위는 하지 않을 것이다. 그의 성을 차지한 침략자들이 나라 전체를 집어삼켜도 상관없었다. 다만 죽기 전에 꼭 해야 할 일이 하나 있었다.

그에게는 늦게 얻은 딸이 있었다. 아내는 딸을 낳다가 죽었다. 딸 위로는 아들 둘이 있었다. 큰아들은 사람들이 지어낸 허황한 얘기라고 어릴 때부터 질리도록 교육했는데도 대체 누가 부추겼는지 굳이 어디 있는지도 모르는 용을 잡고 어디 공주인지도 모르는 공주를 구출하러 가겠다고 길을 나서 돌아오지 않았고, 작은아들은 형이 집을 나간 후 자기가 빨리 영주가 되고자 아버지를 독살하려고 사악함으로 악명 높은 시장 뒷골목 약재상에게서 비싼 값을 치르고 독을 사서 그의 술잔에 넣었다가 실은 그게 독이 아니라 그럴듯한 향만 섞은 물이어서 그가 한 모금 마시고 이상한 맛에 사레 걸려 잔을 내려놓고 캑캑거리고 있을 때 그가 곧 죽을 거라고 믿고 이제 자기가 영주니, 뭐니 대놓고 떠벌리다가 잡혀 간신히 죽음은 모면하고 영구 추방당했다. 멍청한 두 아들이 사라지고 나서 그는 오로지 딸만 사랑했다.

딸도 그리 똑똑하지는 못했는데, 그가 인물만 보고 결혼한 아내를 닮아 아무 생각이 없어도 무슨 생각을 하고 있는지 남들이 알기 어려운 신비스러움이 농익으며 꽤 아름답게 자라났다. 나라의 관습상 여자는 영주가 될 수 없었기 때문에 그는 좋은 신랑감을 찾으려고 애썼다. 장군, 재력가, 대신, 멀지 않은 남쪽 성의 영주 등의 아들이 구혼자로 나섰는데, 그가 보기에 다들 그의 두 아들보다도 바보들인 것 같아서 시름이 깊어 갔다. 왕이 있는 수도에 가서 신랑감을 찾아야 할 것 같았다.

그런데 딸은 구혼자 중 제일 키가 크고 희멀겋게 잘생긴 남쪽 성 영주의 아들에게 반했다. 그는 다른 남자는 몰라도 그놈은 절대 안 된다고 했는데, 그동안 그 애비가 저질러 온 영지 침범 및 곡식 도둑질, 사기행위, 아녀자 납치 및 강간, 다른 영주들 사이나 왕과 다른 영주들 사이의 이간질 등 온갖 악행을 볼 때, 남쪽 성 영주는 사돈을 맺은 것을 빌미로 나중에 그가 쇠약해지거나 죽으면 그의 성과 영지를 집어삼키려고 할 생각으로 아들을 앞세운 것이 너무나 분명하다고 설명했다. 하지만 딸은 온통 남쪽 성 영주의 아들 생각뿐이었으니, 침대에 누워 있으면 그 얼굴이 천장에서 모기처럼 뱅글뱅글 맴돌았다. 어차피 영주가 되지 못할 딸에게 아버지가 죽고 나서 누가 영주가 되는지는 중요하지 않았다. 오히려, 결국에 그녀의 남편이 두 성의 영주가 되면 좋은 거 아닌가 싶었다.

둘은 깊은 밤을 틈타 몰래 도망쳤고, 이를 알게 된 그의 병사들이 두 사람의 뒤를 쫓았다. 둘은 말을 타고 한참을 달린 것 같았는데 새벽녘 어스름한 빛에 주위를 보니 밤새 같은 자리를 맴돌다가 성문 근처에 돌아와 있는 것을 알았다. 둘을 추격한 병사들은 도리어 먼 곳까지 갔고 성안의 병사가 성벽 위에서 둘을 알아보고 나팔을 불어 댔다. 둘은 얼른 다시 말에 타고 달아났지만 밤새 달렸던 말은 지쳤고 이내 따라 잡혔다. 영주가 직접 두 사람 앞에 나와 남쪽 성 영주의 아들에게 딸을 되돌려주면 무사히 돌아갈 수 있게 해 주겠다고 했다. 이때 남쪽 성 영주의 아들이 취한 행동은 참으로 어리석게도 말 위에서 칼을 꺼내 앞에 앉은 딸의 목에 대고 둘이 같이 그곳을 떠나게 해 주지 않으면 그녀의 목을 그어 버리겠다고 소리친 것이었다. 영주는 어이가 없고 분노로 머리가 터질 것 같았지만 병사들을 물리고 자신도 뒤로 물러났다. 그리고 둘이 탄 말은 이번에는 제대로 남쪽으로 방향을 잡고 직진해 달려갔다. 딸은 말 위에서 아빠를 향해 손을 흔들었다.

둘이 탄 말은 남쪽으로 달려가다가 전날 밤에 그들을 추격해 왔던 병사들이 나무 밑에 앉아 휴식을 취하면서 뭔가 먹고 있는 자리에 이르렀다. 둘을 보자 병사들은 제법 재빠르게 무기를 집어 들고 둘 앞을 가로막고 섰다. 그중 상급자인 듯한 자가 딸을 되돌려주면 무사히 돌아가도록 해 주겠다는 말을 또 했다. 그러자 남쪽 성 영주의 아들은 또다시 그녀의 목에 칼을 대고 조금 전과 똑같은 말을 했다. 병사들은 영주로부터 대응 지침을 받지 못한 예기치 못한 상황에 당황해 어떻게 해야 할지 모르고 서로 눈짓으로 어떻게 해야 하나 물으며 머뭇거렸다. 남쪽 성 영주의 아들은 그 틈을 이용해 말을 몰아 그들을 뛰어넘어 달려갔다. 아뿔싸, 칼을 그녀의 목에 댄 채로 말을 뛰어오르게 하는 바람에 고삐를 꽉 쥔다는 것이 칼을 쥔 손에도 힘이 들어가 날카로운 칼날은 그녀의 목을 파고들어갔다. 피가 튀었고 그녀가 비명을 질렀고 뛰어오른 말이 착지하면서 그 반동으로 한 번 더 칼날이 그녀의 목을 베었다. 남쪽 성 영주의 아들은 목이 덜렁거리며 피를 쏟는 그녀를 땅에 떨어뜨려 버리고 그대로 남쪽으로 달려갔다. 여자는 다른 데서 또 구하면 될 일이었다. 북쪽 성 영주는 병사들이 수습해 온 딸의 시신을 껴안고 통곡하면서 반드시 복수하리라 다짐했다.

 남쪽 성 영주의 아들이 돌아와 자초지종을 얘기하자 그 말을 다 듣고 난 아버지 영주는 눈이 뒤집혀 아들을 거의 때려죽일 뻔했다. 어찌 이런 멍청한 놈이 다 있을까! 자기가 살아 돌아온 것을 기뻐해 주지 않고 오히려 죽일 듯이 날뛰는 아버지의 뜻밖의 반응에 아들이 자괴감에 싸여 자기 방으로 돌아가 문을 잠그고 틀어박힌 후, 아버지 영주는 가신들을 모아 놓고 대책 회의를 했다. 다행히 북쪽 성의 병력과 식량 형편이 좋지 않아 남쪽 성을 공격하러 오는 것은 자살행위라는 것이 중론이었다. 이 기회에 쳐들어가면 손쉽게 북쪽 성을 손에 넣을 수 있다고 하는 자도 있었다. 그러자 다른 자가 바다 너머 야만족들이 곧 바다를 건너온다는 첩보가 있는데, 그렇게 되면 북쪽 성을 손에 넣더라도 방어하기 어려울 것이라고 했다. 영주는 일단 좀 지켜보기로 했다.

영주의 아들은 죽은 북쪽 성 영주의 딸을 버리고 도망칠 때와는 달리 자꾸 그녀 생각이 났다. 그렇게 예쁜 여자는 또 만나기 어려울 텐데, 아까웠다. 자기가 그녀를 진정으로 사랑한 것이었다고 자신도 선뜻 믿기 어려운 이야기를 만들어 내서 머릿속에 계속 구겨 넣었다. 그러다 보니 정말로 사랑의 염이 몽글몽글 피어났다. 운명의 여인을 비극적으로 잃은 비련의 주인공이 된 영주의 아들은 몸서리치며 비탄에 잠기고자 했다. 가슴을 쥐어뜯는 동작을 하며 문밖에서도 다 들리게 소리를 질렀는데, 눈물이 많이 나오지는 않았다. 오래된 전설에서 사랑하는 여인을 잃은 기사는 으레 복수를 맹세한다고 했다. 영주의 아들은 여인의 아버지인 북쪽 성 영주 때문에 그녀가 비참하게 죽은 것이라고 결론지었다. 북쪽 성 영주가 순순히 보내줬더라면 두 사람은 아무 일도 없이 집으로 돌아와서 결혼하고 평생 행복하게 살았을 것이다. 용서할 수 없었다. 복수하리라.

    북쪽 성 영주도, 남쪽 성 영주의 아들도, 복수에 나서지 못하고 1년이 지나갔다. 남쪽 성 영주의 아들은 어느새 북쪽 성 영주의 딸을 거의 잊고 젊은 시절 아버지 영주를 방불케 하며 영지 내의 여자들을 제멋대로 후리고 방탕 질펀하게 살았다. 그러던 와중에 온다 온다 하고 1년 넘게 안 오던 하얀 피부의 야만족 군대가 급기야 바다를 건너와 북쪽 성을 쳐서 함락했다는 소식이 들려왔다. 북쪽 성의 영주도 성을 버리고 도망쳐 어디로 갔는지 아무도 모른다고 했다. 남쪽 성 영주의 아들은 그 소식을 듣고 그녀가 생각났고 복수심을 다시 피워냈다. 아들은 아버지 영주가 침략군이 자기네 성까지 진군해 올 것을 대비해 군대를 정비하고 성곽을 보수하는 것에는 관심 없이 북쪽 성 영주의 행방을 수소문했다. 영주의 후계자로서의 명예를 지키려면 정의로운 복수를 해야 마땅했다. 침략군이 남쪽 성 앞에까지 와서 진을 치고 공격 준비를 하고 있을 때, 최대한 비밀스럽게 움직이려고 애쓰는 것이 역력했지만 복장의 색과 모양이 너무 눈에 띄는 전령이, 임박한 사생결단 전투 때문에 누구의 시선도 끌지 못한 채 영주의 아들 방에 찾아와 편지를 전해주고 갔다. 아들은 편지를 풀어봤다. 그것은 바로 철천지원수인 북쪽 성 영주가 그에게 보낸 편지였다.

복수자의 오두막 옆에서 토끼를 구워 먹던 사내는 누군가 발소리를 죽이고 살금살금 그에게 다가오는 것을 느꼈다. 동물들의 작은 움직임에도 민감한 사냥꾼인 그가 그것을 놓칠 리는 없었다. 그는 칼손잡이를 쥐고 토끼고기를 우적거리며 기다렸다. 그를 노리고 접근하는 게 아니라면 그렇게 은밀하게 움직일 이유가 없었다. 그냥 걸어와서 인사하고 토끼고기나 좀 나눠 줄 수 있냐고 물으면 되지 않겠나 말이다. 그런데 다가오던 자가 더 이상 가까이 오지 않고 뭔가 망설이는 것 같아 그는 답답해진 나머지 칼을 들고 몸을 일으켜 뒤를 돌아보았다. 한 남자가 칼을 들고 몸을 낮춘 엉거주춤한 자세로 풀숲 안에 서 있다가 그를 보고 화들짝 놀랐고, 커다란 칼을 보고는 공포에 질린 표정을 지었다. 웬 놈이냐, 라고 그가 묻자 그 남자는 뻔히 아닌 줄 제 눈으로 보고 알았으면서도 얼마 전 하얀 피부의 야만족에게 점령당한 성의 이름을 대면서 그 성의 영주가 아니냐고 혀가 접질려 더듬어 대며 물었다. 그러면서 그 남자는 오두막 문 옆에 쓰인 글자들에 시선을 돌렸고 작은 소리로 읽었다. 복수자의 오두막. 큰 칼을 든 사내도 그 남자의 시선을 따라가 그 글자들을 다시 읽었다. 그래서 그게 뭐 어쨌다는 건지 몰랐지만, 큰 칼을 든 사내는 자기는 일개 성의 영주 따위가 아니라 곧 이 나라의 왕이 될 몸이라고 밝혔다.

그 남자, 그러니까 남쪽 성 영주의 아들은 그 말에 자기도 모르게 피식 웃었다. 썩은 오두막에서 누더기 같은 옷을 입고 토끼를 구워 먹고 있는 왕이라니. 큰 칼을 든 사내는 그 웃음을 보고 그 남자가 왕이 죽은 것을 알고 있으며, 게다가 왕을 죽이는 데 공모한 사람 중 하나라고 확신했다. 한 번 그렇게 생각이 떠오른 이상 수정하는 것은 불가했다. 네놈은 아버지의 원수 중 하나구나! 남쪽 성 영주의 아들이 기가 찬다는 표정을 지으며 뭐라고 말하려는 순간, 큰 칼이 공기와 남쪽 성 영주 아들의 목을 가르고 한 바퀴 돌았다. 몸에서 떨어진 머리가 허공에 떠 이해할 수 없다는 표정을 하고 땅에 떨어졌다. 북쪽 성 영주에게 죽었다면 죽는 이유라도 알았을 텐데, 검은 깃털이 마구 꽂힌 누더기를 입고 있는 이 자는 대체 왜 이랬는지, 이유도 모르고 죽은 억울함과 호기심이 떨어진 머리의 얼굴에 고깃국물 위의 누런 기름처럼 떠올랐다. 토끼를 먹던 사내는 다시 앉아 남은 토끼를 먹었다. 시작이 좋지 아니한가!

큰 칼로 남쪽 성 영주 아들의 목을 자른 사내는 토끼

를 다 먹고 나서 일어나 일단 잘린 머리는 발로 차서 멀리 굴려버리고 나머지 시체를 안 보이는 데로 치우려고 들다가 가슴팍 주머니에 접힌 종이가 들어 있는 것을 보았다. 뭔가 해서 꺼내 펼쳐 보니 그것은 편지였다. 그 내용은 이랬다.

"(누구누구) 보아라. 나는 (무슨 무슨) 성의 영주 (누구누구)이자 네놈이 죽인 내 딸(누구누구)의 애비이다. 네놈 애비의 (무슨 무슨) 성도 곧 함락될 것이라는 소식을 들었다. 잘된 일이다. 그건 그거고, (어디 어디)의 (무슨 무슨) 계곡 넘어 (어느 어느) 강에서 (얼마 얼마) 정도 서쪽으로 떨어진 곳에 있는 작고 낡은 오두막에서 내가 (언제 언제)부터 네놈이 올 때까지 기다리고 있을 테니, 네놈이 일말의 명예라도 아는 놈이라면 그리로 나를 찾아오도록 해라. 그 오두막에는 내가 '복수자의 오두막'이라고 문 옆에 써 놓았으니, 거기가 거긴지 확인할 수 있을 것이다. 정식으로 결투를 신청한다. 네놈이 (언제 언제)까지 나타나지 않는다면 네놈은 천하의 몹쓸 겁쟁이이자 비겁자이자, 똥파리보다도 못한 놈이다. 그때는 내가 세상 끝까지라도 쫓아가서 네놈 목에 칼을 꽂을 것이다. (언제 언제) (멋들어진 누구누구 영주의 서명). 끝."

편지 읽은 사내가 평소에 보던 것보다 너무 긴 글이라

정확히 이해도 안 되기도 했고 또 이게 다 무슨 해괴한 소리인가 의아해하다가 어쨌거나 목 달아난 남자가 왕의 아들인 자기를 죽이러 왔던 것이라는 생각을 바꾸지는 않을 것이어서 그자가 자기 말고 이 하찮은 누구누구 영주와도 볼 일이 있었나보다 생각해 버렸다. 누구누구 영주가 오두막에 와 있을 거라고 한 날짜도 이미 하루가 지났으니 그 영주는 이미 이 오두막에 와 있거나 좀 늦어도 곧 올 것이다. 왕이 되기 위해 길을 떠난 사내는 목 달아난 남자의 허리춤에 있던 단도를 빼내 오두막 안쪽 벽에 편지를 대고 콱 꽂았다. 누구든 용건 있는 자가 와서 보면 될 것이다.

  벽에 편지 꽂아 놓은 사내가 밖으로 나와 시체를 치우려고 가는데, 이번에는 조금 전에 목 달아난 남자가 왔던 것과 반대 방향 멀리서 누군가 뛰어오는 것이 보였다. 북쪽 성 영주였다. 그는 사냥하러 나갔다가 토끼 한 마리 잡아서 오는 길에 멀리서 오두막 옆에 누가 있는 것을 보았다. 단지 늙어서 그런 건지, 백내장이든 뭐든 눈에 뭔가 끼어서 그런 건지, 최근에 급격히 안 좋아진 시력 때문에 그게 누군지 정확히 식별되지는 않았지만, 그는 성에서 살던 영주답게 이런 별 볼 일 없는 곳에 달리 누가 찾아올 리 없으니 오두막 옆에 있는 사람은 딸을 죽인 남쪽 성 영주의 아들이라고 확신했고, 토끼를 내려놓고 칼을 꺼내 두 손으로 잡고 오두막으로 달려갔다. 복수의 시간이다!

시체 치우려다 멈춘 사내가 큰 칼을 집어 들고 싸울 태세를 취하고 섰다. 저건 또 웬 놈이냐! 영주는 가까이 와서도 흐릿해진 눈 때문에 칼을 들고 선 사내의 얼굴이 또렷이 보이지 않았고, 오랜만에 힘껏 달려서 숨이 차 헐떡였다. 그래도 몸에 익은 검술은 여전해서 사내를 향해 매섭게 칼을 휘둘렀다. 챙, 챙, 챙, 두 칼이 부딪치며 불꽃이 일었다. 사내는 덤벼든 남자가 누군지도 몰랐지만 제법 칼을 잘 쓰는 걸 보고 왕을 죽인 자가 왕의 아들도 없애기 위해 보낸 자객이라고 생각해 버렸다. 과연, 그러하구나! 양쪽에서 한 놈씩! 큰 칼 휘두르는 사내는 곧 영주의 칼을 날려버렸고, 조금 전 그러했듯이 칼을 크고 빠르게 휘둘러 영주의 목도 날려버렸다. 영문도 모르고, 아니 상황을 오해하고, 목 날아간 두 사람이 하고자 했던 복수를 대신해서 해 준 셈이 된 사내는 두 시체를 번갈아 내려다보며 껄껄 웃었다. 고작 이런 자들이 나를 상대한단 말이지!

††

　이런저런 왕국이 완전히 망해 사라지기도 했고, 망했다가 새로 서기도 했고, 여기저기 국경선이 올라갔다 내려갔다가 왼쪽으로 갔다가 오른쪽으로 갔다 했고, 정복자가 도망자가 됐고, 사람들이 나고 죽었고, 피부색은 뒤섞였고, 말은 잡탕이 됐고, 어느 왕은 목이 잘렸고, 어느 왕은 독살당했고, 백성들이 왕궁에 난입했고, 군대가 백성들을 학살했고, 설마 그럴 리가 하던 것이 진실이 됐고, 신기한 것들이 발명됐고, 복수의 오두막이 있는 땅의 주인은 수없이 바뀌었고, 대부분의 나라에서 왕이 없어졌고, 사람들이 네모난 작은 전화기를 들고 멀리서도 서로 이야기하게 됐다. 그러니까, 모가지 둘이 날아간 후로 아주 오래 지났다.

　다시 거슬러 올라가서 모가지 둘이 날아간 후로 아주 조금만 지났을 때, 어쩌다가 복수자의 오두막에 오게 된 부근 마을 사람들이 목 잘린 두 시체와 오두막 안 벽에 칼로 꽂혀 있는 편지를 보고 온갖 이야기들을 만들어 냈다. 이야기의 버전이 하도 많아서 도대체 어느 것이 진실인지 아무도 알 수 없었는데, 어쨌거나 편지의 내용을 봤을 때 북쪽 무슨 무슨 영주와 남쪽 무슨 무슨 성 영주의 아들인 것 같은 두 사람이 복수를 당한 것은 맞는다는 걸 전제로 하는 이야기가 다수였다. 둘이 편지 내용과는 상관없는 엉뚱한 시체였다거나 두 시체를 보고 누가 장난으로 지어낸 편지를 썼다거나 하는 이야기는 전설로 남을 가치가 없어서인지 자연스럽게 도태됐다.

동시에 칼을 휘둘러 서로의 목을 잘랐을까? 다른 제삼자가 있었을까? 시간이 지나면서 이야기는 서로 양립하기 어려운 두세 개 버전으로 압축됐고 오두막은 문 옆에 숯으로 쓴 글씨가 지워졌어도 오래도록 복수자의 오두막이라고 불렸다. 그리고, 오두막이 허물어진 후에도 전설은 그대로 남아 그곳에 차례로 세워지는 건물들은 왠지 비밀스러운 느낌을 불러일으키는 매력을 가진 복수자의 오두막이라는 정식 이름이 붙었거나 정식 이름이 다른 것이거나 없었더라도 복수자의 오두막이라는 비공식적 이름을 가지는 경우가 많았다.

산이 높고 깊고, 가까이 흐르는 강이 넓고, 사방으로 풍광이 좋은 그곳은 수십 년 전부터 관광지로 개발되어 두 모가지가 달아나던 때와 비교하면 그야말로 완전히 딴판이 되었다. 멀지 않은 곳에 기차역이 생겼고, 넓은 도로가 뚫렸고, 호텔, 식당, 카페가 콩나물처럼 자라났고, 산을 깎아 만든 스키장이 생겼고, 정복자가 꽂은 깃발인 양 색색 가지 광고판이 의기양양하게 섰고, 돈이 흘러 들어오는 냄새가 났고, 세상의 온갖 언어로 지껄이는 소리가 들렸다. 그런 와글거림의 한 켠에 그리 크지 않은 호텔이 하나 있었다. 호텔의 이름은 '복수자의 오두막'이었고, 오래오래 전에 썩어가는 나무 오두막이 있던 바로 그 자리에 세워졌고, 호텔 앞에는 수백 년 전부터 전해 내려온 '복수자의 전설'이 몇 가지 언어로 쓰인 철제 안내판과, 바로 그 뒤에 두 남자가 칼을 들고 맞선 동상이 서 있었다. 사람들이 그 앞에서 포즈를 취하고 기념사진을 찍었다.

아직 완수하지 못한 복수나 앞으로 당할 복수에 대한 불안 때문에 그늘이 드리워진 것 같은 얼굴을 한 호텔의 사장은 자기가 이루어 낸 것에 만족하지 못하는 한편 자기가 이루어 낸 것에 기초해 남을 평가하고 무시하는 초로의 사내였다. 그는 가난한 부모 밑에서 태어나 일찌감치 돈벌이에 뛰어들어 고생과 행운과 몰락과 재기와 경쟁과 협잡과 배신과 사기와 음모와 조작과 협박과 회유와 폭력과 뇌물과 이간질과 속임수로 들끓는 수십 년의 시간을 헤치고 살아나온 끝에 돈 냄새를 맡고 이곳으로 굴러들어 와서는 서서히 망해가던 오래된 호텔을 인수하기에 이르렀다. 그는 수백 년 전 호텔 자리에 있었다는 복수자의 오두막과 거기에 얽힌 전설을 전해 듣고 매료되어 호텔을 싹 뒤집어엎어 리모델링하면서 호텔에 어울리지 않는 이름이라며 주위에서 만류하는 것에 콧방귀를 끼고 이름을 복수자의 오두막으로 바꿨다. 안내판과 복수자들의 동상을 설치해 놓은 것도 바로 그였다.

호텔은 되살아났다. 거대 다국적기업들이 세운 호텔 틈바구니에서 독특한 이름 및 이미지와 색다른 인테리어와 빈틈없는 서비스와, 상대적으로 저렴한 가격으로 꾸준히 여행자들이 찾는 나름의 명소가 되었다. 어쩌면 복수를 꿈꾸지만, 결코 실행하지 못하는 사람들이 자기도 모르게 이름에 끌려 이곳에 와서 술에 취해 불가능한 복수를 몽상하고 가는지도 모를 일이었다. 그가 직접 쓴 광고 문구 중에는 이런 것도 있었다.

당신이 이곳에 와서 행복한 것이 가장 확실한 복수입니다.

하지만, 그는 많은 것을 이루었어도 행복하지 않았다. 거대 호텔 하나를 집어삼켰어도 마찬가지였을 것이다. 그는 자기가 쓴 광고문구를 믿지 않았다. 복수는 그런 것이 아니었다. 그에게 복수는 직접 당사자들 사이에서 피해의 균형을 맞추는 일이었다. 그는 그렇게 반드시 되갚아 주며 살아왔다. 복수심을 품은 자가 자기에게 해를 끼친 자와 상관없는 다른 곳에서 행복을 누린다 한들 그런 피해의 균형은 맞춰지지 않는다. 행복은 복수가 될 수 없다. 게다가 그는 행복을 추구하지도 않았다. 그에게 행복은 깨어 움직이는 시간의 대부분을 갈아 넣어 애써 번 돈을 거기서 거기인 상투적인 관광지에 뿌리는 멍청한 자들이나 꿈꾸는 것이었다. 그는 복수자의 오두막 호텔이 있는 관광단지와 주변의 거대 호텔, 그리고 자신의 호텔까지도 실은 마음속으로 경멸했다. 그곳에 놀러 오는 세계 각국의 인간들은 말할 것도 없었다. 물론, 그로 인해 그에게 흘러 들어오는 돈은 좋았다.

그는 집무실 책상에 앉아 있다가 서랍 속 종이 더미 가운데 숨겨 놓은 한 여자의 사진을 꺼내 보았다. 20대 초반 정도로 보이는 빛바랜 사진 속 여자를 볼 때 그의 얼굴에는 그리움과 분노가 같이 떠올랐다. 그녀는 오래전 그의 아내였다. 아주 젊어서 결혼한 두 사람은 아들 하나를 낳았다. 과거의 기억은 끊임없이 재구성되는 것이라서 당시에는 꼭 그렇지만은 않았을 터이지만, 지금의 그는 결혼 후 몇 년간을 자기 인생에서 가장 행복하고 빛났던 시간으로 기억했다. 그가 기억하는 것은 중간의 이음새 없이 따로따로 토막 난 짧은 장면들, 그리고 지금 시점에서 과거를 돌아보는 그가 오래전 그때 느꼈다고 믿는 행복한 감정이었지만, 어렴풋이 그때는 잠자는 시간까지 포함해서 끊김이 없이 이어지는 삶의 모든 시간이 행복했다고 생각했다. 그녀가 그와 어린 아들을 버리고 다른 남자를 따라 달아났을 때 그의 행복은 영영 끝났다. 그가 늙음의 문턱에 서서 읊조리는 자신의 인생 이야기는 그런 것이었다. 그 이야기는 수십 년간 되풀이되며 머릿속에 깊이 새겨지고 또 새겨져 그것을 지워내고 다른 이야기로 바꾸는 것은 이제는 적어도 그에게는 가능하지 않았다.

노크 소리가 들렸고 그는 사진을 서랍 속에 다시 넣었다. 들어오라는 그의 말에 문을 열고 들어온 사람은 그의 아들이었다. 그는 이제는 아들에게 호텔 경영의 대부분을 맡겨 놓고 있었는데, 아들은 그와는 달리 드리워진 그늘 없이 얼굴이 밝아 보였다. 똑똑하고 일도 잘했고 부하 직원들도 무리 없이 잘 다루었다. 엄마가 아주 어릴 때 자기를 버리고 떠났는데도 아무 상처도 없어 보인다는 데에 그는 질투를 느낄 정도였다. 다만 나이가 마흔이 넘었는데도 결혼은 하지 않고 혼자 살았다. 아들은 그에게 몇 가지 현안에 대해 보고했고, 그에 대한 자기 생각을 얘기했고, 그에게 의견을 물었고, 그가 대답하자 고개를 끄덕이며 잘 알았다고 했다. 그가 보기에도 잘난 놈이었다. 그는 그와 그녀 사이에서 어떻게 그런 놈이 태어났는지 신기할 지경이었다.

그녀가 바람나서 같이 달아난 남자는 수상한 물건을 다루는 장사로 돈을 많이 번 놈이었는데, 키도 크고 훤칠하게 잘 생겼다. 하는 일이 잘 안 풀려서 여러 가지로 어렵기도 했던 그 시절, 그는 그녀가 편지 하나 남기지 않고 떠난 뒤 거울 속에서 큰 매력 없어 보이는 자기 얼굴과 작은 체구를 보고, 또 옆에서 장난감 로봇에게 말을 걸면서 노는 아들을 보고, 혼자 울었다. 어떻게 해서라도 되갚아 주겠다고 마음먹었다. 그가 나중에 전해 들은 얘기로는, 그녀와 같이 달아난 남자는 사업도 망하고 그걸 만회하려다 위험한 무리와 엮였다가 결국 누군가의 칼을 맞고 죽었는데, 둘 사이에는 딸이 하나 있었다고 했다.

  그녀가 그를 버리고 떠난 후 그는 분투 끝에 성공했고 그녀는 결국 그녀가 쫓던 부와 행복을 찾지 못하고 영락했다는 사태의 귀결은 그에게 위안이 되지 못했다. 그녀의 불행은 그의 영향 범위 밖에서 이루어졌다. 그의 지론대로 복수이고 앙갚음으로 인정하려면 응당 직접 당사자 사이에서 어떤 형태로든 피해의 균형을 맞추어야 했다. 다름 아닌 그의 손으로 그녀를 끌어내려야 했다. 그와 상관없이 이미 추락해 있다면 거기서 더 밑으로. 그는 그녀가 떠난 후 지금껏 용서나 이해 따위를 하면서 살아오지는 않았다. 그랬다면 벌써 몰락해 죽었으리라는 것이 그의 믿음이었다.

그래서, 그는 복수를 진행하고 있었다. 그녀조차 이제는 다 오래전 일이고 자기는 그와 아들을 버리고 떠난 대가를 충분히 치렀다고 생각하며 늙어가고 있는 마당에 그는 아직 정산이 끝나지 않았다. 그야말로 오랜만에 연락이 닿은 그녀는 그가 건 전화를 받고는 전화를 건 사람이 누구인지 알고 깜짝 놀랐다가 울면서 정말 너무 미안했다, 용서해 달라고 했다. 그는 이미 용서했다고 거짓말을 하면서 차근차근 물어 그녀의 주소를 알아냈고, 그녀가 같이 도망친 남자 사이에서 낳은 딸은 지금 마흔 살이 조금 안 됐고 그녀처럼 망나니 같은 남자를 만나 고생만 하며 살다가 지금은 스무 살이 채 안 된 딸을 하나 데리고 그녀와 같이 산다는 것도 알아냈다. 그녀는 몸이 몹시 아프다고 했다.

그는 그녀에게 만나자고는 하지 않았다. 그럴 마음은 없었다. 그녀는 그를 버리고 떠나던 때의 젊은 모습 그대로 그의 기억 속에 남아 있어야 했다. 혹시라도 알아보지도 못할 정도로 늙고 변했다면 그의 마음이 흔들릴지도 몰랐다. 손녀가 이미 거의 스무 살이 됐다고 하지 않았나? 그는 그녀가 몹시 아프다는 말을 듣고 복수를 위한 시간이 많이 남지 않았다는 것을 알았다. 그녀는 그에게 복수를 당했다는 것을 알고 나서 죽어야 한다. 그냥 그대로 죽어서는 안 될 일이다. 그녀와 딸의 사정이 매우 어렵다는 것을 안 그는 그녀에게 딸을 자기에게 보내면 복수자의 오두막 호텔에서 일할 수 있게 해 주겠다고 제안했다. 그녀는 정말 고맙다며 딸을 그리로 보내겠다고 했다. 그는 자기와의 과거는 딸에게 절대 얘기하지 말라고 했다. 그리고, 그는 딸이 호텔에 와서 일하려면 호텔 가까이에서 사는 것이 좋으니 호텔 근처에서 세 명이 살 만한 월세 낮은 집을 구해 주겠다고 했고, 그녀는 다시 한번 고맙다고 했다.

그는 밤늦게까지 있다가 집무실에서 나와 평소에 거처로 쓰는 꼭대기 층 객실로 올라갔다. 카드키를 갖다 대고 삑 하는 소리가 난 후 문을 열고 들어갔다. 방에는 불이 켜져 있었다. 그곳에서 그를 기다리고 있는 사람은 바로 그녀의 딸이었다. 1년 전 그녀의 딸이 일자리를 구하러 그를 찾아왔을 때 그는 딸이 그녀의 젊은 시절 모습과 너무나도 닮은 것을 보고 깜짝 놀랐다. 그녀가 그를 버리고 떠났을 때보다 약 20년은 더 살아 그 인생 경험이 녹아 있어서 그런지, 그가 이젠 늙어서 20대 언저리보다는 40대 언저리 여자에게 더 끌려서 그런지, 그가 보기에는 딸이 더 매력적이었다. 그는 설레었고, 젊었을 때의 열정이 되살아나는 것 같았다. 그는 그녀의 딸에게 객실 청소 및 정리 일을 먼저 시켰는데, 집을 온통 어질러 놓을 줄만 알고 치울 줄을 몰랐던 엄마와는 달리 일도 똑 부러지게 제법 잘했다.

그는 수십 년 만에 사랑에 빠졌다. 그래서는 안 되는 위험한 사랑이었다. 비록 아빠가 그는 아니었지만 아무튼 그의 아내였던 그녀의 딸이었기 때문이 아니라, 사랑하면 복수에 지장이 있기 때문이었다. 누가 들어도 졸렬하고 유치하게 들리겠지만, 그녀가 죽지 않고 아직 명줄이 붙어 있을 때 그녀의 딸을 망가뜨리는 것이 그의 계획이었다. 하지만, 그녀의 딸을 정말로 사랑하게 된다면 그렇게 할 수 없을지도 몰랐다. 그는 그답지 않게 꽤 오랫동안 스스로 묻고 또 묻고, 곱씹었다. 새로 느끼는 사랑은 그의 복수심보다 훨씬 짧게 꺼져버릴 것이라는 데에 믿음을 가지고, 어쨌거나 망가뜨리기 위해서도 사랑을 위해서도 그녀의 딸을 유혹해야 하는 것이니, 일단은 유혹에 집중하기로 했다. 늙음이 드리운 그에게서 수컷의 매력은 주름살 골에 파묻힌 추억과 같이 거의 보이지 않을 것이므로, 엄마, 딸, 손녀가 지지리도 복 없이 어려운 형편임을 노려 돈과 지위를 최대한 이용할 것이다. 곧 터져버릴 허망한 꿈을 꾸도록.

그는 미리 비아그라를 한 알 먹고 올라와서 같이 술을 몇 잔 마시며 하나 마나 한 이야기를 하고 그날도 그녀의 딸을 품에 안았다. 그 몸은 그가 젊었을 때 만지고 키스하고 비비던 그녀의 몸보다 더 풍요롭고 아름다웠다. 그는 그녀의 딸이 자기를 사랑하는지 여부는 신경 쓰지 않았다. 알고 싶지도 않았다. 그는 이제야 운명의 여인을 만났다고 했고, 사랑한다고 했고, 평생 부족함 없이 살 수 있게 해 주겠다고 했다. 그런 말을 하면서 그는 그것이 그의 진심인지 아니면 복수를 위한 거짓말인지 정확히 분간되지 않았다. 그저 시간이 지나면 알 수 있다고 생각하며 그녀 딸의 몸을 탐했다. 그런 유보의 시간이 오래 지속되기를 바라기도 했다. 하지만, 그녀는 시시각각 죽어가고 있었다. 어느 쪽인지 너무 늦기 전에 결정을 내려야 했다. 진심으로 사랑해서 같이 하고자 한다면 그녀가 죽기를 기다렸다가 과거는 비밀에 부치고 그녀의 딸과 여생을 같이 하면 될 것이지만, 그는 자기 마음인 데도 사랑을 확신할 수 없었다. 그는 사랑을 믿지 않았다.

그녀의 딸은 그를 사랑하지 않았다. 사랑한다고 말하지도 않았다. 추레하게 처진 피부에 싸인 그의 몸을 자꾸 겪다 보니 체념하고 익숙해졌을 뿐 소름이 끼치도록 싫었다. 언제나 미친 생각이 머릿속에 맴돌고 있는 것 같은 그의 얼굴은 흙탕물로 범람했다가 바싹 말라 바닥이 갈라지는 것을 반복하며 깊게 팬 주름살 협곡을 따라 여러 갈래로 어두운 물줄기가 느리고 음험하게 흐르는 강바닥처럼 보였다. 그런 그의 몸을 통해서도 자기 몸이 의지와는 상관없이 쾌락을 느끼는 것이 혐오스러웠다. 나이가 많다는 것만이 이유는 아니었다. 그녀의 딸이 보기에, 그는 나이가 들어 너그러워지지도, 사려가 깊어지지도, 현명해지지도 않았다. 그에게서는 비밀스러운 악취가 풍겼다.

그를 참아내고 받아주는 이유는 하나로 수렴됐다. 그와 결혼할 것이고, 그가 죽기 전에 자기 뜻대로 유언장을 받아낼 것이고, 그가 죽은 후에 호텔을 차지할 것이다. 전부가 아니어도 좋다. 아니, 어쩌면 전부가 아닌 것이 더 좋다. 그의 아들은 아버지와 달리 부드럽고, 사려 깊고, 겸손하고, 호텔 경영도 잘하고, 두 사람의 관계를 알면서도 나를 잘 대해준다. 내가 아버지에게 성적으로 농락당하는 피해자라고 생각하고 있는 것 같기도 하다. 아들과는 잘 지낼 수 있을 것이다. 지분의 반이라도 받으면 그걸로 좋다. 경영은 아들보고 하라고 하면 된다. 그가 갈수록 수척해지고, 정신이 흐려지고, 힘이 줄어드는 것을 알겠다. 과도한 섹스 때문일 지도 모른다. 어쩌면, 그의 죽음을 앞당기는 더 좋은 방법이 있을지도 모른다. 얼마 남지 않았다.

그날 밤 섹스가 끝난 후 그녀의 딸은 그에게 호텔 직원들도 둘의 관계를 다 알고 있다고 하면서 이런 식으로 계속 갈 수는 없다고 했다. 정식으로 결혼하든지, 아니면 떠나겠다고 했다. 나를 사랑한다고 했잖아요? 그냥 이렇게 갖고 놀기 위해 거짓말을 한 건가요? 그는 아직도 망설이고 있었다. 어째서 사랑이 금세 꺼져버리지 않고 이렇게 오래 지속되는지 이해할 수 없었다. 그녀에 대한 복수는 이차적인 문제가 된 것 같았다. 그의 눈앞에 있는 이 여자, 다름 아닌 그녀의 딸인 이 여자를 사랑했다. 그에게는 그런 건 문제 되지 않았다. 다만 혼란스러울 뿐이었다. 복수를 위해 유혹했는데, 유혹당해 버리고 말았다. 그는 그녀의 딸이 무슨 생각으로 결혼 이야기를 꺼냈는지도 잘 알았다. 그녀의 딸이 그를 사랑하지 않는다는 것도 잘 알았다. 그녀의 딸은 적어도 그에게는 속이 빤히 들여다보이는 여자였다. 그런데도 왜? 그는 며칠 내로 답을 주겠다고 약속했다. 그녀는 웃으면서 그를 꼭 껴안았다.

　　그녀의 딸이 다음 날 집에 왔을 때, 그녀는 상태가 더욱 악화해 있었다. 숨을 쉬는 것도 힘들어 보였다. 딸은 침대 옆으로 가 한 손으로 엄마의 손을 잡고 다른 한 손으로 엄마의 머리를 쓸어 넘겼다. 불쌍한 엄마. 그녀가 딸을 보고 희미하게 웃었다. 돌이킬 수 없는 죽음의 과정이 진행 중이었고, 얼마나 오래 버틸 것인지는 아무도 몰랐지만, 그것이 그리 길지 않을 것임은 누구라도 모를 수 없었다. 일은 힘들었니? 아니요. 가엾은 것, 고생만 시키고. 엄마가 더 고생했죠. 네가 행복하게 사는 걸 보고 가길 바랐는데. 그녀의 딸은 죽어가는 엄마의 그런 말을 듣고 결심한 듯 목소리를 낮춰 삼 대 세 여자의 불행을 끝낼 수 있는 자기의 계획을 조심스럽게 말해주기 시작했다.

딸의 이야기를 들으면서 거의 감겨 있던 엄마의 눈이 점점 크게 열렸고, 입도 점점 크게 벌어졌다. 딸은 엄마에게 희망과 기쁨을 주고자 이야기를 꺼냈지만, 이야기를 듣고 엄마의 얼굴에 떠오른 것은 충격과 공포와 분노가 뒤섞인 표정이었다. 딸은 엄마의 얼굴이 그렇게 변하는 걸 보고 하던 이야기를 중단하고 왜 그러느냐고 물었다. 엄마는 어디에 그런 힘이 남아 있었는지 딸의 손을 아플 정도로 꽉 잡았다. 머뭇거렸지만 말해야 했다. 그 사람은 내 남편이었다! 나는 그 사람과 아들을 버리고 네 아빠와 도망쳤다. 그 사람은 지금 너를 이용해 나에게 복수를 하고 있다. 능히 그럴 수 있는 사람이다. 설마 이제 와서 이럴 줄은 몰랐다. 오, 너를 호텔로 보내는 게 아니었는데. 안 돼. 당장 호텔도 그만두고 그 사람에게서 멀어져야 한다.

그러더니 그녀는 마치 그에게 하는 듯이 천장을 보고

뜻 모를 말을 웅얼거렸고, 폐부를 찢어내듯이 서럽게 울었고, 숨이 가빠졌다. 그를 버리고 떠난 것을 후회하지는 않았다. 죽기 전에 이런 일을 당하게 된 것이 분할 뿐이었다. 힘이 남아 있다면 당장 일어나서 호텔로 달려가 그의 목을 칼로 그어버리고 싶었다. 그녀는 그에 대한 저주를 늘어놓았다. 도저히 용서할 수 없었다. 날카로운 칼로 가슴을 찔린 것 같은 딸은 그런 엄마를 보며 스스로 비참했고 또 이를 악물고 분해하면서 자기가 꼭 되갚아 주겠다고 엄마에게 맹세했다. 그 맹세를 들었는지 어땠는지 그녀는 하늘에서 떨어지는 무언가를 받아먹으려는 것처럼 입을 위로 크게 벌리고 숨이 막히는 소리를 한번 내더니 눈을 크게 뜬 채 숨이 끊어졌다. 비록 그가 지금은 흔들리고 있지만, 처음에 그가 그녀에게 복수하기 위해 노렸던 대로 그녀는 그가 꾸미고 행한 모든 일을 다 알고 나서 비통하게 죽었다.

그가 그녀의 동태를 살펴보게 시킨 사람이 그녀가 죽은 바로 그날 그에게 와서 그녀가 죽었다는 소식을 알려주었다. 죽을 때 누가 있었지? 딸이 있었습니다. 그 여자가 죽기 전에 둘이 무슨 얘기를 했는지 혹시 들었나? 그건 못 들었습니다. 모르고 죽었다면 사랑을 포기하지 않아도 될 것이다. 알고 죽었다면 복수가 완성되었고 사랑의 문은 닫혔을 것이다. 그녀의 딸이 모든 걸 알고서도 그와 결혼하고자 할 정도의 위인은 되지 못하다는 것을 그는 알았다. 그의 생각과 달리 만약 그렇다면 추앙하고 존경할 것이다. 그는 아직도 마음을 정하지 못하고 있었지만, 그녀의 딸은 곧 그를 찾아올 것이고, 그때 보면 알 것이다. 그 얼굴은 속마음을 감추지 못한다.

그녀의 딸이 엄마가 죽은 후에도 아무것도 모르는 척하고 그와 결혼하는 것을 생각해 보지 않은 것은 아니었다. 물론, 결혼한다면 어떻게 해서든 그의 죽음을 앞당길 것이다. 그러나, 엄마에 대한 복수를 꾸미고 딸을 유혹해 육욕을 채운 그의 얼굴을 보며 거짓이라도 아내 노릇을 할 자신은 없었다. 남의 속을 꿰뚫어 보는 것 같은 그는 엄마가 모든 사실을 알고 죽었다는 것을 딸의 얼굴에서 읽어낼 것이 틀림없다. 필시 그녀에 대한 복수가 완성된 마당에 그는 그녀의 딸을 사랑한다는 헛소리는 더 이상 하지도 않을 것이고, 잔인한 웃음과 함께 인제 그만 꺼지라고 호텔 문밖으로 차버릴 것이다. 죽은 그녀의 침대 옆에 언제 들어왔는지 그녀의 손녀가 꿇어앉아 흐느끼고 있었다.

그의 아들은 다른 직원에게서 그날 그녀의 딸이 아무 연락도 없이 호텔에 나오지 않았다고 들었다. 평소에 그런 사람이 아니었는데, 이상하게 생각한 그의 아들은 혹시나 해서 아버지와 그 여자가 공공연히 공유하는 꼭대기 층 방에 가 봤지만, 문은 열려 있었고 다른 직원이 방을 치우고 있었다. 아버지는 자기 집무실에서 누군가와 소리를 낮춰 이야기하고 있었다. 아들이 들어가니 같이 있던 사람은 아버지에게 인사하고 아들에게도 가볍게 묵례하고 방을 떠났다. 아들은 몇 가지 사소한 일들을 보고했고 그는 건성으로 고개를 끄덕였다. 듣고 있는 것 같지도 않았다. 그날따라 그의 온 존재가 뿜어내는 혐오스러운 기운이 아들에게는 참을 수 없을 정도로 고약했다.

아들은 그녀의 딸을 사랑했다. 아주 어릴 때 자기를 떠난 엄마의 흐릿한 이미지가 그 여자에게서 떠오른다는 것이 너무나 이상했지만, 아들은 그 여자에게 빠져들었다. 나이도 서로 잘 맞았다. 그의 아들은 그 여자를 보고 오래전에 잃어버린 소중한 것을 찾아낸 것 같았지만, 아들이 어떻게 해 볼 기회도 없이 스무 살 이상 나이가 많은 아버지가 그 여자를 가로채 갔다. 지금껏 어떤 여자든 제대로 사귀어 본 적도 없었던 아들은 처음으로 운명적으로 끌림을 느낀 그 여자를 돈과 지위로 유혹해 성 노리개로 삼은 아버지를 증오했다. 어렸을 때부터 아버지를 좋아한 적은 거의 없었다. 어머니가 아버지를 떠난 것도 다 이해할 만한 이유가 있었을 것으로 생각했다. 아버지는 스산하고 잔혹한 느낌이 들었다. 존경하지도, 사랑하지도 않았다. 물론, 자라면서 한 번도 그런 생각을 입 밖에 꺼낸 적은 없었고, 선하고 사람 좋은 아들을 충실히 연기해 왔다. 그러나, 속으로는 아버지의 너무 늦지 않은 죽음을 바랐다.

뭔가 수상한 비밀의 냄새를 맡은 아들은 아버지와 은밀히 이야기를 나누다가 나간 남자의 뒤를 급히 쫓아갔다. 호텔에서 일하는 사람은 아니었다. 멀리 가지는 못했다. 아들은 호텔 문밖에서 그 남자를 따라잡아 어깨를 잡았다. 그리고, 바로 지갑에서 제법 큰 액수의 지폐를 몇 장 꺼내 그 남자에게 주면서 물었다. 아버지와 무슨 얘기를 했냐고. 그 남자가 머뭇거리자 같은 지폐 몇 장을 더 꺼내 주었다. 그 남자는 그녀 딸의 이름을 말하면서 그 어머니가 조금 전에 죽었다는 소식을 아버지에게 알려줬다고 대답했다. 그 이상은 모른다고 했다. 실제로 그 남자는 복수자의 오두막 호텔 사장과 그날 죽은 여자의 관계에 대해서는 전혀 알지 못했다. 그의 아들은 그 남자가 황급히 떠나간 후 그곳에 잠시 서 있었다. 어머니를 잃은 딸의 상심이 느껴졌다. 그래서 호텔에 오지 않았구나. 그런데, 아버지는 어째서 그런 사실을 호텔 직원도 아닌 사람에게

서 따로 보고받아야 했을까?

　아들은 호텔로 돌아와 비어 있는 객실 하나에 들어가 문을 잠그고 술을 마시면서 밤늦게까지 남아 있었다. 그 여자의 얼굴이 자꾸 떠올랐고, 아주 어렸을 때 보고 못 본 엄마의 얼굴도 어렴풋이 떠올랐다. 아버지가 그 여자와 섹스하는 장면을 상상하니 분노가 치밀어 올랐다. 그 여자의 어머니가 죽은 것이 아버지에게 무슨 의미가 있는지, 이해가 안 됐다. 내일이라도 아버지에게 직접 물어봐야 할까? 아니면, 그 여자를 불러서 물어봐야 할까? 침대에 누워 천장을 보고 있으니, 술을 마셔서 그런 건지 모르겠지만 이제는 더 이상 존재하기를 그만두고 싶었다. 아들이 생각하기에, 그 바람을 실현하기 위해서는 육신이 죽어야 하는 것이지만 그것은 그렇게 죽고 싶다는 것과는 좀 다른 바람인 것 같았다. 그저 자신의 모든 기억이 지워지고 의식이 꺼지기를 바랐다. 그 후 육신에 목숨이 붙어 있는지는 상관없이. 또한, 다른 이들의 기억에서도 자기의 존재가 모두 지워지기를 바라기도 했다.

　얼마 후 그의 아들은 무슨 이상한 소리를 들은 것 같고 문득 어떤 불길한 느낌이 들어 방에서 나와 계단을 통해 꼭대기 층으로 걸어 올라갔다. 깊은 밤 그 시간에 그 여자가 그곳에 와 있을 것 같았고, 이유는 모르겠지만 무슨 일이 있을 것 같았다. 꼭대기 층이 가까워지자 타는 냄새가 났고, 문틈으로 연기가 새어 나왔다. 그는 계단을 몇 개씩 건너뛰며 올라가 옷으로 손잡이를 잡고 위험할지도 모른다는 생각도 못하고 꼭대기 층 복도로 통하는 문을 바로 열었다. 아버지가 그 여자와 같이 자는 방 쪽의 복도에 불이 붙어 타고 있었다. 스프링클러에서 나오는 물로는 꺼지지 않을 정도로 세찬 불이었다. 누군가 기름을 붓고 불을 붙인 것 같았다. 누가? 그 여자다! 아버지에게 복수하는 것이다! 아들은 지옥으로 향하는 길인 듯이 불타고 있는 복도를 보면서 야릇한 기쁨을 느꼈다.

그 방이 있는 복도 끝에서부터 누가 불길을 헤치며 달려왔고, 그 뒤를 누군가가 쫓아왔다. 앞서 달리는 사람은 뒤에서 쫓아오는 사람에게 잡혔다가 뿌리쳤다 하는지 멈춰 섰다 다시 달리다가 했다. 아들은 보았다. 앞에서 달리는 사람은 그 여자였고, 뒤에서 쫓는 사람은 아버지였다. 두 사람의 머리와 옷에는 불이 붙어 있었고, 아버지에게 다시 붙잡힌 그 여자는 더 이상 앞으로 가지 못했다. 아들과 그리 멀지 않은 거리까지 와서 서로 엉킨 두 사람의 네 눈이 아들의 두 눈과 마주쳤다. 아들은 바로 옆에 놓인 소화기를 보았다. 잡혀서 도망칠 수 없는 그 여자와 절대 놓아주지 않는 아버지는 온몸에 불이 붙은 채 같이 쓰러졌다. 아들은 소화기를 집어 들지 않았다. 두 사람의 눈이 불에 휩싸여서 자기를 보며 어떤 비밀을 말해 주려는 듯이 감기지 않는 것을 그대로 보고 있다가 뒤로 돌아서 들어왔던 문을 열고 나가 다시 계단을 통해 뛰어 내려갔다. 요란한 비상벨이 울리고 있었고, 로비로 나오니 방에서 튀어나온 사람들이 비명을 지르며 직원들의 유도로 밖으로 대피하고 있었다. 벌써 소방차 사이렌 소리가 들렸다. 아들은 그 와중에 화재보험계약에 대해 생각했다. 어쩔 수 없이 그 여자는 아버지와 함께 갔지만, 이제 호텔은 온전히 자기 것이었다.

세 사람을 위한 두 개의 장례식이 열렸다. 그의 아들은 아버지의 장례식에서 슬퍼하는 아들의 모습을 조문객들과 직원들에게 잘 보여주었다. 그의 죽음을 반기는 사람도 꽤 있었을 것이지만 누구도 내색하지는 않았다. 아버지와 그 여자의 추문도 재만 남기고 불에 타 버렸다. 시간이 지나면 다 잊힐 것이다. 사람들은 이제 호텔의 주인이 바뀐 것을 잘 알고 너나없이 그의 아들에게 와서 인사하고 포옹하고 악수하고 위로하고 격려했다. 다행히 꼭대기 층 말고는 화재의 피해를 별로 입지 않아서 보수하고 재단장하는 데에 많은 시간과 비용이 들지는 않을 것이었다.

그의 아들은 그녀와 그녀의 딸 장례식도 바로 옆에서

자기 돈으로 같이 치러줬다. 두 사람이 같이 엉켜 불타 죽었고 화재의 원인에 의혹이 있어 경찰 수사 중인데도 같은 날 사망한 두 여인의 장례식을 치러 주는 그의 아들을 사람들은 칭송했다. 다들 아버지보다 훨씬 훌륭하고 존경받는 사장이 될 것이라고 했다. 아들은 그런 말보다는 지금은 애도를 표할 때이고 어쨌든 그것도 과찬의 말씀이고 자기는 아버지가 이룬 것을 지키고 싶을 뿐이라고 답했다.

두 여자의 장례식에 찾아와 조문한 사람은 그의 아들과 호텔 직원 몇 명밖에는 없었다. 아들은 두 여자의 관 앞에 앉아 있는 젊은 여자를 보았다. 그 젊은 여자 말고는 아무도 그 자리를 지키고 있지 않았다. 그의 아들이 가서 자기소개를 하고 물으니 그 젊은 여자는 그 여자의 이름을 말하고 자기가 그 딸이라고 밝히면서 장례식을 치러주고 또 조문해 줘서 감사하다고 했다. 그의 아들은 젊은 상주를 보고 그 여자를 처음 봤을 때와 비슷한 느낌을 받았다. 불에 타 죽은 그 여자가 젊은 시절로 돌아가 다시 자기 앞에 돌아와 있는 것만 같았다.

그의 아들은 젊은 상주에게 하는 일이 있냐고 물었고, 그녀는 엄마가 호텔에서 벌어오는 돈으로 세 식구가 살았고 자기는 집에서 할머니를 보살피는 일만 하며 살았다고 했다. 아들은 젊은 상주에게 명함을 주고 호텔에서 일할 수 있게 해 주겠다며 장례가 끝나면 자기를 찾아오라고 했다. 그녀의 손녀는 고맙다고 하며 고개를 숙여 절했다. 아들은 그런 손녀를 한참 동안 바라보다가 돌아갔다. 그녀의 손녀는 할머니가 죽기 직전에 엄마와 나눈 이야기를 방 밖에서 다 들었다. 그렇게 손녀는 다섯 사람의 관계를 알고 있었다. 한 가지 그녀가 알지 못하는 것은 과연 방금 호텔로 일하러 오라면서 명함을 주고 간 그의 아들도 그런 관계를 알고 있는지였다. 차차 알게 될 것이다. 혼자 남은 그녀는 멀지 않은 곳에 서 있는 복수자의 오두막 호텔을 바라보며 빙긋 웃었다.

††

　복수자의 오두막에서 두 사람의 목을 베어버린 남자는 그 후 몇 날 며칠을 쉬지 않고 걸어 망해가는 왕국의 수도로 들어와 왕궁 앞에 도달했다. 성문 앞에 선 병사들에게 그는 자기가 얼마 전에 승하한 왕의 아들로서 왕좌를 이을 유일한 적통이라고 하고는 왕궁을 현재 책임지고 있는 자에게 자기를 데려가라고 고래고래 소리를 질렀다. 처음에는 뭐 이런 미친놈이 다 있나 하는 표정으로 그를 보던 병사들은 그가 뽑아 손에 쥔 거대한 칼과 그 칼을 한 손으로 가볍게 빙빙 돌리는 괴력을 보고는 기가 죽어서 급히 성안으로 한 명을 보내, 보고 하고 지시를 받아오라고 했다. 10분쯤 지났을 때 너무 오래 기다리는 것이 지루한 나머지 그가 꼴같잖은 병사들의 목이나 잘라 버릴까, 생각하던 차에 성안으로 갔던 병사가 숨차게 달려 돌아왔다. 저자를 데리고, 아니 모시고 오라고 합니다.

그가 병사들의 안내를 받아들여 간 곳은 넓은 홀이었다. 알록달록한 옷을 입은 사람들이 줄도 안 맞춘 채 제멋대로 여기저기 서 있거나 앉아 있다가 그가 들어오니 일제히 눈길을 돌려 그를 흥미롭게 보았다. 안쪽 높은 곳에는 황금색 왕좌가 놓여 있었는데, 거기에는 아무도 앉아 있지 않았다. 그중 제일 늙고 음산해 보이는 남자가 그중에서 제일 높은 사람인지 대표로 그에게 누구이며 왜 왔느냐고 물었다. 그는 다시 말했다. 자기는 왕의 아들이고 왕좌를 물려받기 위해서 왔다고. 사방에서 킥킥대고 웅성거렸다. 허나, 성문 앞에서 병사들이 그랬던 것처럼 그가 거대한 칼을 꺼내 들고 바닥에 찍고 버티고 서니 거기에 모인 대신들과 장군들이 조용해졌고 누구든 다음 말을 이어 가기를 숨죽이며 기다렸다. 아마도 왕이 죽기 전에 이 인자였을 그 늙고 음산한 남자가 물었다. 그대가 왕의 아들이라는 증거가 있는가? 그는 맹수가 포효하듯 대답했다. 내가 그렇다면 그런 것이다!

그가 말이 통하지 않는 어리석은 위인임을 바로 간파한 음산한 남자는 그에게 잠깐 기다리라고 하고 아마도 서열상 그다음으로 높은 몇몇 사람들을 자기 주위로 모았다. 실은, 그곳에 모인 그들 모두는 지금 북쪽에서 바다를 건너 이 나라를 침략한 적과 오래전부터 내통했다. 동조하지 않은 자들은 그들이 모두 몰래 죽였다. 그들은 어차피 쇠락하여 적과 싸울 힘도 없어진 나라를 이 기회에 통째로 적에게 넘겨주고 자신들은 그 밑에서 살아남아 적당하게 지금과 비슷한 지위를 누릴 생각이었다. 저항다운 저항을 받지 않아 파죽지세로 진군하는 적군이 예상보다 빨리 하루 후면 왕궁에 도착할 것이라는 전갈이 왔다. 이 나라는 이미 망했고, 북쪽 왕국이 이 나라를 병합할 시간이 코 앞에 왔다.

뭐, 다 좋았다. 그런데, 한 가지 문제가 있었다. 그들이 보기에 왕은 이성적인 판단 능력을 상실한 나머지 미치광이처럼 날뛰며 군인이건 대신이건 백성이건 성안의 마지막 한 사람이 죽을 때까지 모두 결사 항전할 것이라고 했다. 절대 그럴 생각이 없던 그 방 안의 그들이 공모하여 어찌어찌 왕을 독살했다. 채 죽이지 못해 살아 있던 왕의 측근 두 명도 같이 죽였다. 뭐, 거기까지도 좋았는데, 적국의 왕은 한 나라의 정복을 완수하기 위해서는 반드시 피정복국 왕의 목을 쳐야 한다는 이상한 원칙을 가지고 있는 자라는 정보를 뒤늦게 입수했다. 아니, 왕이 없으면 어때서? 어쨌든, 그 왕은 그렇다고 했다.

이 나라에 대한 정보를 주로 음산한 이인자에게서 입수했던 북쪽 나라 왕은 이 나라의 왕이 죽었다는 사실을 몰랐다. 첩자가 왕이 독살됐다는 풍문을 전달하긴 했지만, 그가 이에 관해 확인을 요구하자 이인자는 그것이 헛소문일 뿐이라고 일축했다. 하긴, 북쪽 나라 왕에게 이 나라 왕이 살았든 죽었든 그것은 크게 중요한 일도 아니었다.

그런데, 다시 입수된 정보에 따르면, 아무리 항복하고 충성을 맹세하더라도 만약 목을 칠 피정복국의 왕이 없다면 차선책으로 왕궁의 모든 대신과 장군들의 목을 친다는 것이 그 왕의 예비적인 원칙이라고 했다. 오래전부터 내통하여 필요한 모든 정보를 주고 또 저항을 최소화해 진군하는 길을 터 주기로 하고 그에 대한 대가로 그 왕으로부터 지위 보장에 대한 약속까지 받아 놓은 그들에게 목을 치라고 내어 줄 이 나라 왕이 없다는 것이, 이제 목숨줄이 달린 심각한 문제가 되었다. 다들 왜 그 정신 나간 왕의 그런 원칙을 인제야 알았느냐고 늙고 음산한 이인자의 정보력 부재를 성토했다. 당연한 얘기지만, 아무도 자

기를 희생해 가짜 왕 행세를 하겠다는 사람은 없었다. 모두 적군이 오기 전에 다 버리고 도망칠 생각이었다

그런데, 기적이 일어났다. 자기가 왕의 아들이고 왕좌를 물려받겠다는 자가 제 발로 나타났다. 그가 진짜 왕의 아들이라고 믿은 사람은 아무도 없었지만, 적의 왕에게 목을 치라고 내 줄 자칭 왕이 생겼다는 것을 다들 깨달았다. 보아하니 그는 풍채도 좋고 이목구비도 뚜렷해 조금만 잘 차려 입혀 놓으면 거대한 칼을 들고 버티고 서 있는 모습이 꽤 강력하고 난폭한 왕처럼 보일 것 같아서 정복자 왕이 그 목을 치는 손맛도 좋고 또 목 치고 나서의 만족감 또한 높을 듯했다.

잠시 이야기를 나누고 나서 이인자가 앞으로 나서 느닷없이 무릎을 꿇고 그를 폐하라고 부르며 왕좌에 가서 앉기를 권했다. 아주 충성스러운 신하의 모습 그대로였다. 그곳에 있던 사람들은 이인자의 그런 행동이 무엇을 의미하는지를 잘 이해했고, 모두 무릎을 꿇고 폐하를 합창했다. 그는 커다란 칼을 그대로 든 채 너무나도 당연한 일이 일어나고 있다는 듯이 전에도 수없이 앉았던 자리인 듯 자연스럽게 왕좌로 가서 앉았다. 무릎을 꿇었던 사람들이 일어나서 이인자를 따라 만세를 불렀다. 하루다. 딱 하루만 저 모자란 미친놈에게 왕 행세를 하게 해 주면 되

는 것이다. 그가 호탕하게 웃었다.

그들은 그를 씻겨주고 먹여주고 그에게는 작아서 앞단추가 채워지지 않았지만, 죽은 왕이 입던 왕복을 입혀 주고 금색으로 번쩍이는 왕관도 씌워 주고 누가 뺐는지는 모르겠지만 박혀 있던 보석이 몇 개 빠진 왕홀도 손에 쥐어 주었다. 이인자는 그가 술에 취해 되도록 오래 자고 있으면 그들을 귀찮게 안 하고 하루가 빨리 지나갈 것 같아서 창고에 남아 있는 귀한 술을 꺼내 대접하도록 했다. 먼 길을 오느라 피곤하기도 했던 그는 그들이 그를 순순히 왕으로 인정해 주는 바람에 긴장도 좀 풀리고 해서 음식과 술을 잔뜩 먹고 그가 평생 가까이서 본 적도 없는 구름같이 희고 아늑한 침대에 누워 일찌감치 곯아떨어졌다.

다음 날 아침 그들의 기대를 저버리고 생각보다 일찍 일어난 그는 왕관까지 쓰고 왕좌로 돌아와 앉아 모두를 커다란 소리로 불렀다. 다들 그 앞에 나가 줄지어 서서 머리를 조아렸다. 그가 자기가 진짜 왕이라고 믿도록 해야 적의 왕도 의심하지 않고 그들의 목이 아니라 그의 목을 칠 것이다. 반나절 남았다. 어제 있었던 사람 중 몇 명은 그를 왕으로 내세운다는 이인자의 계획이 성공하리라 믿지 못하고 전날 밤에 몰래 도망쳐 버렸다.

그는 그들에게 두 가지를 물었다. 왕을 독살한 것이

누구인가? 그리고, 왕의 아들을 죽이려고 두 명의 자객을 보낸 것이 누구인가? 왕의 독살에는 거기 남은 모두가 연루되어 있었지만, 두 명의 자객 얘기는 처음 듣는 얘기였다. 기민한 이인자는 조금의 지체함도 없이 왕의 독살범은 이미 찾아내 처형했으며, 바로 그 독살범이 잡히기 전에 왕의 아들인 그를 죽이러 두 명의 자객을 보냈다고 답했다. 과연, 그럴듯한 답변이었다. 모두 고개를 끄덕이며 동조했다. 그가 독살범은 누구였냐고 물으니, 이인자는 왕을 죽이고 왕위를 찬탈하려는 장군이었다고 답했다. 그가 어찌 그렇게 엉터리 같은 자객들을 보냈는지 모르겠다고 하니, 이인자는 그자의 부하 중에 쓸 만한 자가 없었을 것이라고 답했다.

그때, 그곳으로 한 여자가 병사들의 제지를 뿌리치고 뛰어 들어왔다. 그녀는 왕이 총애하던 첩이었는데, 그들을 피해 숨어 있다가 왕의 무시무시한 아들이 나타나 단번에 새 왕이 됐다는 소식을 듣고 은신처에서 나와 그곳으로 달려왔다. 그녀는 이인자와 그곳에 있는 모두를 손가락으로 두루 가리키며 소리 질렀다. 폐하! 거짓말입니다! 다 이 자들이 꾸민 짓입니다! 여기에 있는 모두가 왕의 독살에 공모했습니다! 그가 그녀에게 누구냐고 묻자, 그녀는 다짜고짜 자기가 왕비였다고 말했다. 거기 모인 사람들이 비웃으며 기가 찬다는 소리를 냈지만, 이인자만이 그와 그녀를 번갈아 보며 바짝 긴장했다. 그가 말했다. 왕비라면, 나의 의붓어머니구나!

그는 그녀에게, 왜 그렇게 생각하는지, 그 사실을 어떻게 알게 됐는지 등 그런 상황에서라면 누구나 함 직한 기본적인 질문을 하지도 않고, 평소 늘 그래 왔듯이 그 순간 그녀의 말을 듣고 머리에 바로 떠오른 자기 생각, 그러니까 그녀의 말이 맞는다는 생각을 단단히 굳혀 버렸다. 역시 늘 그랬듯이 그가 그렇게 떠오른 자기 생각을 바꿀 가능성은 없었다. 네놈들이 감히 나를 속였구나! 네놈들이 바로 아버지를 죽인 원수로구나! 아버지를 죽이고 나서 나까지 죽이려 자객을 두 명이나 보냈구나! 다들 어이없어하는 가운데 이인자는 절망적인 표정을 지었다. 새 왕 노릇을 하는 그가 옆에 놓아둔 거대한 칼을 집어 들었다. 장군들도, 병사들도 적에게 투항할 준비를 마친 이 마당에 거대한 칼을 휘두르는 흉포한 그와 부딪쳐 싸울 자가 있을까? 그래도 단 한 명이니 다들 같이 싸우면 어떻게 되지 않을까?

아니, 어떻게 되지 않았다. 그는 왕관을 쓴 채로 왕좌에서 용수철 튀듯이 뛰쳐나와 거대한 칼을 휘둘러 거기 있는 자들의 목을 치기 시작했다. 이인자의 목이 제일 먼저 날아갔다. 장군 몇 명은 칼을 꺼내 싸우고자 했지만, 그의 상대가 되지 못하고 다 목이 날아갔다. 시골뜨기 무사 하나에게 쪽도 못 쓸 정도로 그렇게 허약한 장군들이라니, 나라가 망할 만했다. 대신들은 문밖으로 도망치려고 뒤도 안 돌아보고 냅다 달렸다. 불러도 싸우러 오는 병사들은 한 명도 없었다. 스스로 왕비라고 칭한 여인이 무자비하게 반역자들을 처단하는 그를 보고 품게 된 새로운 희망이 풍선처럼 부풀어 오르며 공중으로 뜨기 시작한 지 불과 몇 초가 지났을 때, 조금 전 도망쳤던 대신들이 도로 그 방으로 달려 들어오다가 비명을 지르며 피를 뿌리고 쓰러졌다.

예상보다 일찍 침략군이 당도했다. 앞으로 나가는 데 걸리적거린다는 이유로 자기들을 향해 도망치던 대신들을 모조리 베어버린 그들의 맨 앞 한가운데에는 이 나라 왕의 목을 치려고 그곳으로 온 바다 건너 북쪽 나라의 왕이 있었다. 북쪽 나라 왕은 왕관 쓰고 큰 칼 들고 서 있는, 온몸에 죽은 자의 피가 튄 그와 주변에 널브러져 있는 목 잘린 시신들을 둘러보고는 아주 흡족한 표정으로 크게 웃었다. 자기와 내통했던 장군과 대신이 모두 죽어 있는 꼴을 보니, 필시 이 나라 왕이 그 사실을 알고 반역자들을 죄다 죽여버린 것으로 생각했다. 실은 북쪽 나라 왕도 배신자를 극도로 혐오해 어찌 됐든 자기와 내통한 자들을 다 죽여버릴 심산이긴 했다.

그대가 이 나라의 왕이구나. 통역을 통해 그 질문을 받은 그는 그렇다고 답하고는 물었다. 너는 누구냐? 통역을 통해 그 대답과 질문을 들은 정복자 왕은 이 상황에서 예상하지 못한 질문을 받아 좀 기분이 상해서 대답은 하지 않고 그의 강건한 몸과 커다란 칼과 주변에 널린 시체와 피 칠갑이 된 얼굴을 보며 그의 실력을 가늠해 보았다. 정복자 왕은 계산이 빠르고 쓸데없는 위험부담은 하지 않는 자였다. 그와 일대일로 싸우면 어찌 될지 장담할 수 없었고 애꿎은 부하들을 희생시키고 싶지 않았던 정복자 왕은 한 줄 뒤에 위치한 궁수들에게 손짓했다. 활과 석궁에서 화살과 볼트가 그를 향해 날아갔다. 그는 커다란 칼로 화살과 볼트를 막아보려고 했지만 역부족이었다. 그의 온몸에 화살과 볼트가 박혔다. 그는 분한 얼굴로 쓰러졌다. 그는 스스로를 복수를 완성한 왕이라고 생각하며 죽었다. 물론, 침략군이 쳐들어온다는 것도 알지 못했던 그는 자기를 죽인 자가 누구인지도 모르고 죽었다.

정복자 왕은 쓰러진 그의 옆으로 가서 왕관을 발로 차서 벗기고 칼을 꺼내 그의 목을 잘랐다. 눈에 화살 하나가 박혀 있는 자른 머리를 집어 높이 쳐들고 부하들에게 승리의 환호를 질렀고 다들 기쁘게 울부짖었다. 정복자 왕은 바로 옆에서 바들바들 떨고 있는 여인을 보았다. 죽이기는 아까워 보이기도 했는데, 살려줄지 말지는 그날 밤 한 번 같이 자 보고 결정하기로 했다. 결국은 다름 아닌 싸움을 잘한 것으로 과도한 성공을 이룬 이 무도한 자는 지금 자신의 업적과 위대함에 도취하여 있지만, 여러 나라를 침략해 정복하면서 수많은 사람을 죽였던 그도 나중에 누군가에게 복수를 당해 비참하게 죽게 됐는지 어땠는지는 아는 사람은 알 것이다.

노인 전쟁

문을 세게 두드리는 소리가 났다. 초인종도 있는 데 왜 굳이 저렇게 위협적으로 문을 두드리는지는 모르겠지만, 일부러 그러는 것 같았다. 문을 여니 군인 두 명이 서 있었다. 그중 한 명이 내 눈앞에 종이 한 장을 들이밀었다. 당연히 그 작은 글씨가 잘 안 보여 들어가서 돋보기를 가져오겠다고 하니 그는 그럴 필요 없다며 이건 징집영장이고 바로 같이 가야 한다고 했다. 시간을 10분 주겠으니 돋보기 등 챙길 게 있으면 챙겨서 바로 나오라고 했다. 나는 혼자 살고 있었으니, 작별을 슬퍼하거나 기뻐할 가족도 없어 인사를 나눌 일도 없었다. 어차피 옷이나 돈이나 가지고 가 봐야 다 뺏길 것이니 돋보기와 매일 먹는 약만 좀 챙겨서 서둘러 나왔다. 나는 군인들과 같이 가기 전에 아마도 다시는 보지 못할 집 안을 한 번 돌아보았다.

아래로 내려와 아파트 앞에 서 있는 버스에 올라타니 다른 노인들도 줄줄이 끌려와 자리에 앉아 있었다. 내가 아는 얼굴도 몇 명 있어서 손을 들어 인사했다. 빈자리에 앉아 창밖을 보니 내가 본 적 있는 어떤 이가 들것에 실려 나오고 있었다. 내 옆자리에 와서 앉은 이가 그 사람은 조금 전 집에서 죽으려고 밧줄에 목을 맸는데, 대롱대롱 매달려 캑캑대며 아직 죽기 전에 군인들이 끌어내려 응급처치하고 끌고 가는 거라고 했다. 다른 이의 가족들이 버스 옆으로 와서 우리가 떠나는 것을 보고 있었다. 울며 손을 흔드는 사람도 있었고, 담담하게 서 있는 사람도 있었고, 홀가분한 표정을 애써 숨기려는 사람도 있었다. 가족들과 오래전 모든 연락이 다 끊긴 나는 별 감흥이 없었다. 이렇게 죽으러 가는 것도 괜찮다 싶었다.

어떻게 이렇게까지 됐는지 알다가도 모르겠다. 수십 년을 적대관계로 대치하던 옆 나라와의 갈등이 최고조로 달했을 때 대통령 선거에서 옆 나라와의 협상을 통해 평화를 되찾자는 젊은 후보가 대통령으로 선출됐다. 한 치도 양보해서는 안 되고 전쟁도 불사해야 한다는 강경한 늙은 후보와의 표 차는 그렇게 크지 않았다. 평화를 위한 바람이 그래도 좀 더 컸다. 나도 기꺼이 젊은 후보에게 투표했다. 선거일이 다가오자 거의 매일 광장에 수십만 명씩 모여서 예전에 입던 군복을 입고, 선글라스를 쓰고, 깃발을 흔들고, 오래전 독재자의 사진을 쳐들어 올리고, 확성기로 고래고래 소리를 지르고, 강경 대응, 전쟁 불사, 비타협을 외치며 늙은 강경파 후보를 지지하던 사람들도 역시 대부분 다 늙은 사람들이었다.

새 대통령이 옆 나라의 총리와 그야말로 오랜만에 전격적으로 제3국에서 만나 회담을 하게 됐을 때 그를 지지했던 사람들은 모두 기대에 찼다. 며칠 동안의 비공개 회담이 끝난 뒤에 무슨 이야기가 오고 갔는지도 밝히지 않고 두 정상이 아무 합의문도, 선언문도 없이 헤어지더니 바로 분위기가 이상하게 변했다. 서로를 비난하고 공격하는 말이 오고 가고, 국경에서 작은 충돌이 몇 번 일어났다. 양쪽의 군인들이 몇 명 죽기에 이르자, 사실상 전시에 돌입했다면서 새 대통령은 계엄령을 선포했다. 옆 나라도 마찬가지였다. 광장을 가득 메웠던 늙은이들은 계엄령 때문에 한 군데 다 모이지는 못했지만 조금씩 흩어져서 모여 다들 오히려 잘 됐다고 환호하며 이참에 끝장을 보자고들 해댔다.

계엄사령부가 국회도 해산하고 자기네들 전권으로 법

률인지 포고령인지를 쏟아내기 시작했는데, 그중에는 바로 '애국 어르신 징집령'이 있었다. 만 65세 이상의 남성을 강제로 징집해 전쟁에 내보낸다는 것이 골자였다. 인류 역사상 듣도 보도 못한 이 해괴하고 황당한 법령에 다들 경악하고 충격받았지만, 그 법령은 속전속결 시행됐고 젊은 군인들이 시행일 바로 다음 날부터 집집이 돌아다니며 노인들을 끌고 가기 시작했다. 도대체 노인들로 이루어진 군대가 어떻게 전쟁에서 이길 수 있냐고들 했지만, 나중에 들어보니 옆 나라도 마찬가지로 노인 군대를 만들고 있다고 했다. 이건 음모가 아닌가! 대통령 후보였던 늙은 강경파 후보가 '애국 어르신 징집령'에 따라 장교로 입대하면서 비장한 표정을 짓는 모습이 TV 화면에 잡혔다. 그는 모든 애국 노인에게 참전을 종용하고 있었다. 애들이 아니라 어른들의 힘으로 나라를 바로잡아야 한다! 뭐 그랬다.

4주간 기초훈련을 받았는데 나도 젊은 시절 군대를 다녀왔기 때문에 총을 다시 잡았을 때 어떻게 다루고 쏴야 하는지는 곧 다 기억났다. 문제는 과녁이 잘 보이지 않는다는 것이었다. 나만 그런 게 아니라 거의 모두가 그랬고, 그래서 명중률은 형편없었다. 우리를 지도하던 젊은 교관은 고개를 절레절레 흔들고 혀를 찼다. 팔굽혀펴기를 한 개도 못 하는 사람도 꽤 있었다. 아침마다 급수대 앞에는 매일 먹어야 하는 약을 먹으러 물을 받는 사람들이 줄을 섰는데, 가지고 온 약을 다 먹고 나면 과연 정부가 같은 약을 각자에게 맞춰서 제공해 줄지 의문이었다. 누가 옆에서 자조적인 우스갯소리로 그랬다. 전쟁터에서 총 맞아 죽지 않고 다들 뇌졸중으로 쓰러져 죽을 거야.

두 나라가 전쟁하겠다고는 했는데 약속이나 한 듯이 약 한 달 동안은 양쪽 모두 상대를 공격하지 않았다. 노인들을 징집해서 나름대로 군의 편제를 갖추고 기초훈련이라도 시키는 데 필요한 최소한의 시간 동안은 서로 공격을 개시하지 말자는 약속이라도 돼 있는 것 같았다. 나이 70이 넘었지만, 아직 비교적 건강한 편이었던 나는 최전방 부대에 배치됐다. 내가 속하게 된 부대는 어느 지점에 이르자 모두 트럭에서 내려 소총과 배낭을 메고 비가 오는 진흙탕 길을 따라 전선으로 행군해 갔다. 당연히 진행은 느리기 그지없었고, 중간에 더 못 걷고 쓰러지는 사람이 생겼다. 꽤 오래전에 예편한 늙은 퇴역 중령의 지휘를 받는 우리 부대에는 의무관도 제대로 할당되지 않아 그렇게 쓰러지는 사람들에게 제때 필요한 의무 조치도 이루어지지 못했다. 퇴역 중령 지휘관은 상부의 명령이라며 쓰러진 사람들은 그냥 버리고 간다고 했다. 질척한 흙탕길에 쓰러진 노인들이 비를 맞으며 전진하는 우리의 뒤를 보며 웃기도 하고 울기도 했다. 오히려 그렇게 오래 끌지 않고 끝낼 수 있어 홀가분해 보이는 노인도 있었다. 전선에 도착할 때까지 우리 부대의 반이라도 남을지 알 수 없었다.

간신히 전선에 도착해 누가 만들어 놓았는지 이미 마련된 막사에 자리를 잡았다. 생각보다는 낙오자가 아주 많지는 않았다. 이곳에 죽지 않고 도착했다는 것만으로 전쟁에 승리한 것 같은 기분이 들었다. 막사에서 내 옆자리에서 자게 된 노인은 가족과는 다 연락이 끊겼고 거리에서 폐지를 주워 팔아 근근이 굶어 죽지만 않고 살았다고 하면서 그런 삶보다는 밥도 주고 미련 없이 죽을 기회도 주는 전쟁이 훨씬 낫다고 했다. 도시에서 폐지를 주우며 생각 없이 하루하루 살고 있으면 기차선로에 뛰어들거나 옥상에서 뛰어내려 자살할 용기도 나지 않는다. 이제 총을 들고 적과 싸울 거라고 하니 이곳이 바로 죽을 자리이다. 이 나이에 나라를 위해 싸우다 죽는다니, 꽤 근사하지 않은가? 내가 전혀 근사하지 않고 이건 두 나라가 너무 많아진 노인들을 정리하기 위해 꾸민 전쟁일 거라고 하니, 그는 그래도 상관없다며 이제 마음이 편안하다고 했다. 사실, 그의 말을 듣고 보니 나도 그와 비슷한 심정이라는 것을 알았다. 병원 침대에 누워 몇 개월, 몇 년을 앓으면서 찾아오는 사람도 없이 목숨만 연장하다가 사람 꼴이 아닌 모습으로 죽는 것보다는 총알이든 폭탄이든 한 방에 깨끗하게 가는 쪽이 좋았다. 투표는 잘했다.

전선은 아직 조용했다. 비행기도 날아다니지 않았고, 대포 소리도 들리지 않았다. 값비싼 무기는 동원되지 않을 것이다. 비행기니, 미사일이니, 공격용 헬기니, 탱크니, 전함이니, 하는 것들이 얼마나 비쌀 텐데, 오합지졸 노인들에게 맡기겠나! 게다가 그런 것들을 제대로 조종하고 운용할 줄 아는 노인도 거의 없을 것이다. 그래서, 아직 시작도 안 했지만, 이 전쟁은 백몇십 년 전으로 돌아간 모습으로 치러질 것 같았다. 총과 대검과 수류탄과 참호. 아, 대포는 동원될까? 두고 볼 일이다. 21세기 대명천지에 설마 독가스까지 재등장하지는 않겠지. 삶에 아무 미련도 없어진 지금, 아무래도 좋았다. 다만, 죽지 못하고 이 나이에 불구가 되어 살아남지는 않기를, 그리고 죽을 때 너무 고통스럽지 않기를 바랐다.

어느 날 새벽, 멀리서 대포 소리가 들렸고, 포탄이 우리 주변에 떨어지기 시작했다. 적어도 상대방은 대포는 동원했구나. 우리 뒤쪽에서도 대포 소리가 들렸고 멀리 적진에서 포탄이 터지는 소리도 들렸다. 우리도 대포는 동원했구나. 보병들로서는 숨어 있을 수밖에 없는 포격전이 시작됐다. 땅이 울리고, 비명이 들리고, 막사가 무너지고, 흙이 떨어지고, 몸통에서 떨어져 나온 팔다리가 땅에 구르고, 피가 번지고, 누군가 울었다. 전쟁은 시늉이 아니라 진짜였다. 나는 바로 죽기를 바라기도 했고, 포탄이 다른 곳에 떨어져 이번에는 살아남기를 바라기도 했다. 엎드려 웅크리고 있는 내 위로 묵직한 것이 떨어져 나도 앞으로 엎어졌다. 간신히 옆으로 치우고 보니 그것은 폐지를 줍고 산다던 이였다. 이미 죽었다. 그나마 팔다리는 그대로 붙어 있었다. 잠시 부럽기도 했다. 비통하거나 슬프거나 그러지도 않았다. 양쪽 다 과거에 포병이었던 노인들에게 대포를 쏘게 하는 것이겠지?

얼마간 계속되던 양쪽의 포격이 멈췄다. 내게는 영원처럼 느껴지도록 양측이 굉장히 오래 쏴댔던 것 같았는데, 시계를 보니 고작 10분 정도 계속됐을 뿐이었다. 포탄을 아끼려는 것일까? 나는 내 사지가 멀쩡한지 확인한 후 몸을 일으켜 세워 주변을 둘러보았다. 참호도 파지 못하고 천막으로 된 막사에 있던 노인 병사들 상당수가 여기저기 땅 위에 죽어 널브러져 있었다. 누구인지, 아니, 사람인지 아닌지 알아보기 어려울 정도로 터지고 잘리고 뭉개진 살덩어리들도 보였다. 죽지 않은 자 중 성한 자들은 정신이 나간 것 같은 표정으로 주변을 둘러보았고, 죽지 못하고 상처를 입은 자들은 쓰러진 채로 요양병원 중환자실에서나 들릴 것 같은 신음을 내고 있었다. 나처럼 평화를 원하던 노인들도, 광장에 잔뜩 모여 전쟁 불사를 소리 높여 외치던 노인들도, 포탄 세례 아래서 하나도 다를 바 없는 대포 밥 꼴이었다. 아마 상대방 진영의 상태도 크게 다르지 않았을 것이다.

우리 부대를 지휘하는 퇴역 중령의 목소리가 들려왔다. 저 자는 안 죽었구나. 그는 살아 있는 사람들은 각자 총을 들고 엄폐물 뒤에서 대기하라고 했다. 나도 용케 총을 끌고 엉금엉금 기어가 어느 바위 뒤에 엎드렸다. 그자가 그렇게 지시한 이유가 있었다. 전방에서 희끄무레한 형체들이 연기를 뚫고 나타났다. 그것들은 우리를 향해 총 한 자루씩을 간신히 들고 돌격, 아니 영화 속 좀비처럼 흐느적거리며 걷다 뛰다 하며 다가오는 적국의 노인들이었다. 일정 거리 안으로 그들이 들어오자, 퇴역 중령이 발사하라고 외쳤다. 나는 어찌어찌 뭘 풀고 뭘 당기고 해서 발사 준비를 하고 엎드려 쏴 자세로 그들을 향해 방아쇠를 당겼다. 총의 반동에 어깨가 아팠다. 그들도 다가오면서 총을 쏘는 것 같긴 했는데 총알이 어디로 날아가는지는 알 수 없었다.

제대로 발사에 성공해 총알이 앞으로 날아가게 하는 사람도 적은 데다가 그렇게 어찌어찌 우리가 쏘는 총도 그들을 거의 맞추지 못하고 있었다. 그런데, 내가 쏜 총에 다가오던 그들 중 하나가 맞아 고꾸라졌다. 태어나서 처음으로 한 살인이었다. 저들도 우리처럼 억지로 끌려온 노인들일 텐데. 총에 맞지 않고도 제풀에 다리가 풀려 자빠지는 자들도 있었고, 간혹 내가 죽인 자처럼 총에 맞아 쓰러지는 자들도 있었다. 꽤 많은 수가 그렇게 우리를 향해 오다가 쓰러졌다. 나는 몇 명을 더 쓰러뜨렸다. 마음이 아팠다. 곧 그들은 퇴각하기 시작했는데, 우리는 그렇게 돌아가는 그들의 등에다 대고 총을 쏘았다. 그렇게 우리를 향해 '돌격'했던 그들 중 다시 돌아가는 데 성공한 사람은 적은 것 같았다.

나는 아마도 다음 날쯤에는 이번에는 우리에게 돌격하라는 명령이 내려질 것으로 생각했다. 양측은 대포면 대포로, 돌격이면 돌격으로 상호 죽음의 균형을 맞추려는 것 같았다. 퇴역 중령은 우리에게 아직 숨이 붙어 있는 적들을 찾아 확인 사살하라고 했다. 꼭 그렇게까지 해야 할까, 생각했지만 차라리 그렇게 끝을 내주는 것이 그들에게 좋겠다고 생각했다. 그렇게 우리는 아직 숨이 붙어 있는 자들을 찾아 쓰러져 있는 자세에 따라 그 심장 또는 머리에 총을 쏘았다. 이봐요, 이런 꼴을 볼 때까지 참 오래도 사셨소.

점호를 해 보니 우리 부대의 절반 이상이 죽었다. 그날 살아남은 사람들 모두 대단한 충격을 받은 모양이었다. 영화나 뉴스에서 보던 전쟁이 이런 것이구나, 하는 깨달음에 망연자실한 얼굴들이었다. 한 번의 전투만으로 정신이 나갔는지 헛소리를 중얼거리고 가슴을 쥐어뜯으며 짐승처럼 우는 자도 있었다.

양쪽 모두 우리 같은 늙은이들에게는 포탄도 아깝다는 건지 전날 같은 포격도 없이 다음 날 새벽이 지나고 아침이 되자 정신을 좀 차린 많은 이들이 지휘관에게 약을 달라고 요구했다. 집에서 가지고 온 혈압약, 콜레스테롤약, 당뇨병약 등 노인들이 으레 먹는 약이 다 떨어지고 없어진 것이었다. 후방에서 훈련받을 때는 그래도 정부가 그런 약을 부족하나마 공급해 줬는데 전선에 온 후로는 공급이 끊겼다. 머리가 터질 것 같다, 눈알이 튀어나올 것 같다, 속이 뒤집히겠다, 손이 벌벌 떨린다, 숨이 차다, 오한이 느껴진다, 이대로 죽으라는 거지, 다들 난리였다. 퇴역 중령은 자기도 약이 떨어졌다면서 곧 보급이 올 것이니 기다리라고만 했지만, 그 말을 자기도 믿지 않는 것 같았다.

멀건 죽으로 끼니를 때우고 꼬르륵 소리 나는 누추한 몸을 누이고 하염없이 하늘만 보며 곧 나를 죽게 해 줄 돌격 명령만 기다리고 있는데, 뒤쪽에서 웅성웅성하는 소리가 들리더니 한 무리의 못 보던 부대가 새로 나타났다. 그 부대원들을 보니 나이가 들기는 했지만 다들 체격이 건장했고 혈색도 좋아 보였고 힘이 넘쳐났다. 퇴역 중령은 우리에게 그들이 꾸준히 운동을 열심히 해 몸이 노인 같지 않고 체력이 젊은이들 못지않은 건장한 노인들만 모아서 만든 일종의 특수부대라고 했다. 실제로 그들 중에는 젊었을 때 특수부대에서 복무했던 자도 있다고 했다. 그들은 추레하게 웅크리고 있는 우리를 보고 대놓고 빈정대듯 웃으면서 조롱했다. 자기들이 적을 쓸어버릴 거라고 했다. 과연 그럴까? 행여나! 그 말은 그들이 우리 대신 적진으로 돌격해 간다는 것이겠지. 잘해 보시라!

소위 '특수부대'의 노인 중 몇은 웃통을 벗고 우리에게 근육질 몸을 자랑하며 이죽거리기도 했다. 네놈들이 바로 전쟁하자고 고래고래 소리치던 그놈들이 아니냐고 일갈해 주려다가, 바로 얻어맞을 것 같기도 했고, 근육질이라고 해서 전부 전쟁 불사를 외치지는 않았을 것이라는 이성적인 판단이 들기도 해서, 그냥 꿀꺽 삼키고 참았다. 결국 그들도 징집되어 끌려온 것이 아니겠는가? 설마 자원입대한 노인이 있을까? 하긴, 그것도 모를 일이었다.

그들은 이런저런 약도 가져와서 모이 던져주듯 우리에게 던져줬다. 우리 부대원들 모두 거기에서 자기에게 맞는 약을 골라 집느라고 아수라장이 됐다. 퇴역 중령이 모욕당했다는 듯 그 모습을 아주 불쾌하게 바라보다가 자기도 곧 그 무리에 끼어들어 어깨를 부딪쳐 다른 이들을 밀쳐내면서 약을 골라 집었다. 나는 증세가 그렇게 심하지도 않으니 그냥 안 먹고 견디기로 했다. 그들은 기관총도 한 정 가지고 와서 우리에게 줬다. 퇴역 중령은 전날 보니 내가 사격 솜씨가 괜찮아 보인다면서 쏘는 법을 가르쳐 주겠으니 나보고 그걸 쏘라고 했다. 적도 '특수부대'를 구성해서 돌격시킬 수 있으니 그럴 때는 기관총으로 쏴야 한다는 것이었다. 나는 양쪽 수뇌부가 은밀히 협의해서 짠 각본대로 노인들을 소모하는 전쟁을 하고 있다는 확신을 더욱 굳혔다.

그날은 전선이 조용했다. 밤에는 옹기종기 모여서 '특수부대'가 가지고 와서 나누어 준 술도 같이 마시며 시간을 보냈다. 나는 틀니를 꺼내 칫솔로 꼼꼼히 닦으며 술도 사양하는 과묵한 노인 옆에 앉아 다같이 서로 주거니 받거니 술을 마시면서 하는 온갖 시시한 얘기를 들었다. 한때 잘 나가서 많은 돈을 벌었다가 날린 얘기, 마누라 때리다가 이혼당한 얘기, 바람피운 얘기, 요즘 젊은것들이 아주 버르장머리 없다는 얘기, 지지하는 정당이 달라 생긴 언성 높은 말다툼, 자기만 옳은 줄 알고 산 지난날을 후회하거나 반성하는 얘기, 자식이나 손주들 자랑이나 원망, 죽고 싶다는 얘기, 예전에 타던 좋은 자동차 얘기, 골프 최고 점수 얘기, 해외여행 갔던 얘기, 어느 술이 더 맛있는지를 놓고 하는 언쟁, 주식투자 얘기, 먼저 죽은 아내 얘기, 전날 전투에서 죽은 동료 얘기, 죽인 적 얘기, 돈 많고 권력 있는 노인들은 징집됐어도 후방에서 보급 일이나 하고 있다는 얘기. 결국 다들 침울하고 우울해졌다. 남은 술을 다 마셔버리고 그냥 그 자리에 누워서 잠이 들었다. 밤하늘에는 여전히 별도 보이지 않았다.

달콤한 꿈을 꾸다가 잠이 깨서 누워 있는 곳이 전장임을 알고 좌절한 새벽, 퇴역 중령의 다그침에 우리는 각자 배치된 자리에 가서 대기했다. 내 앞에는 기관총이 놓여 있었고 전날 밤 틀니를 닦던 노인이 탄약통 뒤에 엎드려 내 부사수 노릇을 하게 됐다. 퇴역 중령이 내게 기관총 다루는 법을 알려줬다. 그에 따라 몇 발 발사해 보니 총알이 우다다다 잘 나가긴 했다. 갑작스러운 총소리에 주변에서 다들 놀라 몸을 낮췄다가 내가 기관총을 시험발사 해 본 것임을 알고 불만스럽게 웅얼거렸다. 어스름한 새벽빛 속에서 '특수부대' 노인들이 내가 볼 때는 나름 비장한 모습으로 총을 들고 줄지어 서 있었다. 틀니 닦던 노인이 내 옆에서 중얼거렸다. 이제 저것들 다 죽으러 가는 거지.

그들을 지휘하는 지휘관의 명령에 따라 그들은 조용히 앞으로 나아가기 시작했다. 막 떠오르는 태양이 그들을 붉게 물들였다. 진짜 전쟁이 아니었다면 꽤 아름다운 장면이라고 할 수 있을 만했다. 그들의 모습이 점점 작아졌고 더 이상 보이지 않았다. 이 전쟁이 미친 짓이라고 생각은 하고 있었지만, 그래도 나는 그들이 이기기를 바랐다. 적의 방어선을 돌파하고 적의 진지를 확보하기를. 멀리서 총소리가 들렸다. 잘 들어보니, 내가 조금 전에 쏴 봤던 기관총 소리도 들리는 듯했다. 수류탄 터지는 소리도 들렸다. 모두 숨을 죽이고 기다렸다. 한참 동안 계속되던 총소리가 멎었고, 아무도 돌아오지 않았다.

이제 우리 차례였다. 우리는 퇴역 중령의 명령에 따라 정렬하고 소총 끝에 착검까지 하고 기다리다가 돌격 명령을 듣고 앞으로 나가 전진했다. 퇴역 중령은 일단 뒤에 있다가 앞으로 나가지 않는 노인들을 착검한 총으로 위협하며 나가라고 떠밀었다. 다들 할 수 없다는 듯이 앞으로 나와 전진했다. 이제 곧 다 죽겠구나 싶었다. 동이 튼 하늘을 보았다. 마지막으로 보는 아침이라고 생각하니 눈물

겨웠다. 산책하는 듯 느릿느릿한 걸음으로 앞으로 나갔다가 엎드렸다가 다시 또 나갔다가 하면서 나는 적진에서 총알이 거의 날아오지 않는다는 것을 알았다. 어쩌다 한두 발 피융 하고 총알이 어디선가 지나갔지만, 우리는 별 저항을 받지 않고 전진했다. 제풀에 쓰러져 고꾸라진 사람 말고는 다들 꾸역꾸역 앞으로 나갔다. '특수부대'가 끝내 돌아오지는 못했지만, 적에게도 상당한 타격을 입힌 모양이었다.

우리는 적의 진지 바로 앞에까지 이르러 퇴역 중령의 명령에 따라 바닥에 엎드려 잠시 대기했다. 잠시 전방을 살펴보던 퇴역 중령은 제일 먼저 일어나 적진으로 뛰어가면서 우리에게 따라오라고 손짓했다. 나는 이제 별생각도, 두려움도 없이 그를 따라 뛰었다. 이 모든 상황이 다 현실이 아닌 것 같았다. 적진으로 들어가는 중에 우리에 앞서갔던 '특수부대' 노인의 시체를 여럿 보았다. 들어가고 보니 이제는 서로 잘 구분되지도 않는 여러 시체가 서로 엉켜 나자빠져 있었다. 적의 기관총을 지키고 있는 자는 없었다. 내가 지나가는 길에 움찔하는 사람이 있어 깜짝 놀라 보니 소총을 들고 있는 적이었다. 여기저기 상처를 입어 피를 흘리고 있었는데 아직 힘은 남았는지 나를 향해 총을 들어 겨누려고 했다. 나는 반사적으로 그의 가슴을 대검으로 찔렀다. 그가 피를 토하며 앞으로 쓰러졌다. 아, 내가 도대체 몇 명째 사람을 죽인 건지 모르겠다. 근처에서 확인 사살하는 총소리도 들렸다.

우리 '특수부대'는 적을 궤멸시켰고, 자신들 역시 궤멸했다. 우리는 그저 다들 죽어 있는 적의 진지에 그냥 걸어 들어와서 점령한 것이었다. 아무도 이겼다고 환호하지는 않았다. 적의 군복을 입은 노인 하나가 총도 없이 맨손으로 우리에게 다가오는 것이 보였다. 우리 중 하나가 총을 들어 그자를 겨누자, 퇴역 중령이 제지했다. 그자는 우리에게 가까이 와서 뜻 모를 말을 그 나라 말로 중얼거렸다. 옆에서 그 나라 말을 할 줄 아는 노인이 그자가 우리를 자기 동네 친구들의 이름으로 부르면서 다들 여기서 뭐 하고 있냐고 묻다가 집에 가야 한다면서 자기 집이 어느 쪽이냐고 묻고 있다고 통역해 줬다. 치매였다. 어쩌다가 치매 노인이 여기까지 와 있었는지, 또 어떻게 여태 죽지 않았는지.

퇴역 중령은 그에게 가서 어깨를 토닥거리더니 그의 나라 쪽을 가리키면서 짧은 그 나라 말로, 집, 저쪽, 가, 라고 말하고 그의 등을 그쪽으로 가볍게 밀었다. 치매 노인은 우리를 빤히 보다가 몸을 돌려 퇴역 중령이 가리킨 방향으로 비틀비틀 걸어갔다. 우리는 그의 뒷모습이 더 이상 보이지 않을 때까지 거기 그냥 그렇게 서 있었다. 누군가 울었다. 우리 처지도 별로 다르지 않을 것 같았다.

우리는 점령한 적진지에 머무르면서 그곳을 새로운 전선으로 삼으려고 했지만, 이것저것 여의찮았고 뭐 하러 그러나 싶었다. 부근에 지형이 높은 곳도 있어서 적이 그쪽에서 아래로 공격하면 속수무책일 것 같기도 했다. 퇴역 중령은 결국 우리 진지로 다시 돌아간다고 했다. 대체 이게 다 뭐 하는 짓인지 한심했지만, 나는 우리 있던 데로 돌아가게 되어 좋았다. 설마 우리가 옆 나라 수도까지 진격하기를 기대한 사람이 있지는 않았겠지? 갈 수도 없겠지만, 만약 우리가 거기까지 가면 그때도 적의 노인군만이 우리를 상대할까? 국경 근처의 제한된 지역 내에 노인들을 몰아넣고 서로 죽이고 죽으라는 게 이 전쟁의 목적이 아니겠는가? 어느 한계선 이상으로 진출하면 우리를 공격하는 것이 적의 노인군만은 아닐 것이다. 그러니, 점령한 땅에 집착할 필요는 없었다. 오히려, 너무 앞으로 나가면 안 될 일이었다. 결국 나는 이번에도 죽지 않았다. 기쁜지 슬픈지 모르겠다.

우리는 적의 기관총과 탄약을 몇 명이 번갈아 달라붙어 낑낑대며 들어 간신히 가지고 돌아왔다. 그걸 들고 돌아오느라 다들 기진맥진했다. 그래도 이제 기관총 두 정이 있으니, 적의 '특수부대'가 돌격해 와도 괜찮았다. 적진지까지 한 번 갔다가 기관총 한 정 가지고 돌아오니 어느덧 해 질 녘이 됐다. 보람찬 하루였다고 하기보다는 일도 많았고 이쪽저쪽 참 많이도 죽었던 길고 피곤한 하루였다고 하는 게 맞겠다. 그날 밤은 서로 아무것도 쏘지 않고 좀 편안하게 쉬기를 바랐다. 다행히 그랬다. 너무 일찍, 또는 너무 늦게 죽은 모든 노인병에게 평화를!

이제 양측은 상대방 진지를 향해 돌격하지도 않았다. 이 전쟁에서는 얼마가 됐든 적의 땅을 뺏는 것이 아무 의미도 없었다. 퇴역 중령도 상부의 지시가 그런 것인지 아니면 그가 상부의 지시를 무시하는 것인지, 아무튼 우리에게는 그저 자리를 지키고 버티라는 명령만 내렸다. 그래도 전쟁이니까 가끔 서로 총질해대긴 했지만 그렇게 해서 날아오는 총알에 맞는 사람은 아무도 없었다. 저쪽도 마찬가지였을 것이다. 전의가 없어진 노인들을 질책하듯이 아주 가끔 서로 몇 분간의 포격을 했고 그럴 때마다 노인들이 무더기로 죽어 나갔다. 무슨 천운 아니면 저주를 타고 태어났는지 나는 몇 번의 포격에도 별 상처도 입지 않고 계속 살아 있었다.

나는 살아 있었지만, 내 옆에서는 포격이나 전투가 없어도 노인들이 계속 조금씩 지병이나 자살로 죽어 나갔다. 약도 더 이상 공급되지 않았다. 앉아 있다가 픽 쓰러져 숨이 끊기거나, 일어나지 못하고 누워서 며칠을 앓다가 잠들어 깨어나지 못하거나, 총구를 입에 집어넣고 방아쇠를 당겼다. 나와 같이 이곳으로 온 노인 중 아직 살아 있는 이는 몇 명 되지 않았다. 죽은 이들의 빈 자리는 트럭과 버스를 타고 새로 온 노인들로 채워졌다. 시신들은 매번 매장하지 않고 몇 구가 될 때까지 한군데 모아 놓았다가 큰 구덩이를 파서 한꺼번에 밀어 넣고 흙을 덮었다. 기력이 쇠한 노인들이 삽으로 구덩이를 파는 데에만 며칠이 걸려서 구덩이 옆에 모아 놓은 시쳇더미에서 나는 고약한 냄새가 진지에 가득 찼다. 전선에서 주로 하는 일은 전투가 아니라 시체 매장이 되었고 그렇게 시간이 갔다. 여기 말고 다른 전선의 상황도 크게 다르지 않았을 것이다.

추운 겨울이 됐다. 자려고 누우면 사방에서 들려오는 격한 기침 소리에 잠을 이루기 힘들었고, 여기저기서 죽는 노인의 수가 급격히 늘어났다. 땅이 얼어서 구덩이를 파기도 어려웠다. 우리는 매장을 포기하고 시신들을 적진 방향으로 조금 들어간 지점에 그냥 버리고 왔다. 그런 우리를 향해 가끔 적진에서 총알이 날아왔는데 맞는 사람은 없었다. 편지 같은 건 애초에 한 장도 오지 않았다. 아무도 우리에게 편지를 쓰지 않는지, 아니면 전달을 안 해 주는지, 전쟁 전에도 온전히 혼자였던 나는 아무래도 상관없었지만, 가족들이 자기를 버렸다는 생각에 분해하고 괴로워하는 노인들도 많이 있었다. 실로 이곳은 이제는 전장이 아니라 노인 폐기장이라고 부르는 게 더 어울렸다. 우리가 명령을 거스르고 후방으로 물러나 집으로 돌아가려고 하면 젊은 군인들이 우리를 가로막고 전선으로 돌려보내거나 아예 총을 쏠 것이다. 돌이켜보면 우리 세대가 잘못한 것이 많았지만, 그래도 이건 너무 가혹했다.

어느 날 아침 물어볼 게 있어서 여전히 우리 지휘관인 퇴역 중령에게 가니 그는 자리에 앉은 채 고개를 떨어뜨리고 죽어 있었다. 왜 죽었는지는 알고 싶지 않았다. 그를 시체 버리는 곳에 버리고 온 후 부대원들이 모여서 지휘관이 없어졌으니 어찌할 것인가를 얘기하다가 한 사람이 지금까지 제일 오래 이곳에서 살아남은 사람인 나보고 지휘관을 하라고 하자 다들 동의했다. 나는 사양했지만 다들 그렇게 하라고 하면서 손뼉을 치고 소리를 지르는 통에 어찌할 수 없었다. 지휘관이 됐어도 특별히 지시할 것은 없었고 다들 잘 먹고 잘 쉬고 잘 버티라고 했다. 돌격 따위는 하지 않는다. 그럴 것 같지는 않지만 적이 돌격해 오면 자기 자리에서 총을 쏜다.

크리스마스가 다가왔다. 눈이 내려 쌓였다. 앞쪽에 버

려진 시체들 위에도 눈이 하얗게 덮였다. 나는 어느 종교도 믿지 않았지만, 왠지 조금은 특별한 기분이 들었다. 1차대전 당시 크리스마스에 어느 전선에서 대치하던 영국군과 독일군이 잠시 휴전하고 서로 어울려 시간을 보냈다는 이야기를 어디선가 읽은 기억이 났다. 내가 그 이야기를 했더니 일부는 흥미를 보였다.

저자들 얼굴을 가까이서 보면서 얘기하고 싶지 않아? 글쎄, 뭐 하려고? 그냥, 저자들도 우리처럼 강제로 끌려온 노인들일 거야. 만났다가 저들이 갑자기 우리를 총으로 쏘면? 우리도 쏘든가. 야, 여기 처박혀 썩어가는 것보다 그렇게 한 방에 죽는 게 차라리 낫겠다. 한번 해 볼까? 안 될 거 없지. 양쪽 다 나라에서 버림받은 존재들이야. 그래, 어쩌면 잘 통할지도 몰라. 반대하는 사람은 그냥 여기 남아 있으면 돼. 쟤네 말 잘하는 사람 있어? 술도 좀 남은 거 있나? 저것들은 약을 제때 먹고 있을까? 아닐걸.

나는 큰 하얀 천을 나뭇가지에 매서 한 손으로 높이 들어 올려 펄럭이면서 그들의 말을 잘한다는 노인 하나와 같이 천천히 두 손을 들고 앞으로 나갔다. 쏘지 않겠지? 몰라. 우리가 시체를 버린 곳을 지나쳐 조금씩 더 적진 쪽으로 갔다. 총알은 날아오지 않았다. 내 심장이 빨리 뛰었다. 같이 가는 노인은 침을 꿀꺽 삼켰다. 적진에서 우리를 보고 있는 얼굴들이 시야에 들어오기 시작했을 때 우리는 걸음을 멈췄다. 나는 같이 간 노인의 통역을 통해서 우리는 내일로 다가온 크리스마스를 맞이해서 휴전을 원한다고 말했다. 적진에서 자기들끼리 뭔가 얘기하는 움직임이 보였다. 곧 누군가 몸을 일으켜 서서 두 팔을 어정쩡하게 들어 올리고 우리에게 다가왔다. 그들의 지휘관인 듯했다. 뒤에서는 우리 쪽으로 총을 겨누고 있었다.

그는 가까이 와서 다시 우리 말을 들어보고 우리 얼굴을 찬찬히 살펴보더니 그 제의가 속임수가 아니라고 생각하는 것 같았다. 그는 싱긋 웃기까지 하면서 어차피 양쪽 다 틀어박혀서 싸우지도 않고 있는데 새삼스럽게 무슨 휴전이냐고 했다. 나는 통역을 통해 그 말을 듣고 다시 통역을 통해서 이렇게 말했다. 싸우지 않는 것을 넘어서 서로 교류를 하자는 것이다. 만나서 같이 크리스마스를 보내자는 것이다. 같이 술도 마시고 음식도 먹고 이야기도 나누고. 1차대전 때 어느 전선에서 영국군과 독일군이 크리스마스 때 휴전하고 그렇게 어울렸던 사실을 알고 있는가? 우리도 그렇게 해 보자는 것이다. 그쪽이나 이쪽이나 젊은 윗대가리들이 더 오래 살지 말고 그만 죽으라고 이곳에 끌고 와 던져 놓은 것이 아닌가? 서로 이렇게 싸우는 게 한심하고 우습지 않은가? 그러니, 크리스마스를 빙자

해 같이 모여 국가로부터 버림받은 노인들끼리 잠시라도 좀 즐겨 보는 게 어떤가? 그는 잠시 생각하다가 고개를 끄덕이며 그래 보자고 했다. 우리는 양측 진지 사이에 안쪽으로 오목하게 파여 바람도 피할 수 있는 적당한 중간 지점에서 원하는 사람들이 무기 없이 바로 만나기로 했다.

처음에는 양쪽 노인들 모두 경계하는 눈치였지만 가운데 피워 놓은 모닥불을 중심으로 빙 둘러 대충 섞여 앉아 술을 마시고 그나마 좀 남아 있는 음식을 먹으며 이 나라 저 나라 말로 더듬더듬 이야기하고 있으니, 긴장이 풀려 즐거워했다. 술에 좀 거나하게 취한 노인들은 서로의 적과 어깨동무하고 노래를 부르기도 했고, 누군가는 이유는 모르겠지만 갑자기 서럽게 울기도 했다. 상대를 믿지 못해 진지에 남아 있던 사람들도 다는 아니었지만, 양쪽에서 추가로 조금씩 와서 합류했다. 이놈의 전쟁, 이제는 좀 끝내자고! 그러자고! 가족의 사진을 서로 보여주기도 했고, 주소와 전화번호를 교환하기도 했고, 자기 나라의 위정자들을 격하게 욕하기도 했고, 그냥 그 자리에서 그대로 죽고 싶다고 토로하기도 했고, 모닥불 옆으로 나와 춤을 추기도 했다.

그렇게 우리는 그날부터 크리스마스 다음 날까지 사흘간 그렇게 지냈다. 전쟁이 시작되고 나서 제일 좋았던 시간이었다. 아니, 어쩌면 거의 수십 년 만에 행복감을 느낀 시간이었다. 사흘째 되는 날에 갑자기 양쪽에서 포격을 시작했다. 포탄은 중간지점에 있는 우리 머리 위를 교차해서 날아가 양쪽 진지에 떨어져 터졌다. 우리는 그 자리에서 그대로 몸을 낮추고 포격이 끝나기를 기다릴 수밖에 없었다. 가끔 있었던 포격보다 이번 포격은 꽤 오래 계속됐고 더 많은 폭발이 일어났다. 젊은 포병들이 투입됐나? 아, 이 정도면 진지에 남아 있던 사람들은 다 죽겠구나. 제발 우리가 있는 여기에는 포탄이 떨어지지 않기를. 이 전선의 양쪽 노인들 상당수가 중간지점에 모여 있는 것을 모르는 전선 뒤쪽의 포병대는 상대방 진지를 겨냥해서 포를 쏘았다. 이번에는 아예 다 쓸어버릴 생각으로 쏴대는 것 같았다. 여기뿐만 아니라 옆으로 길게 늘어선 다른 전선 쪽에서도 계속 폭발에 따른 연기가 치솟아 오르는 것이 보였다. 그때 우리가 가장 증오했던 대상은 양측 포병대였다. 대포의 정확성과 성능이 좋은 것이 그나마 다행이었다.

한참의 포격이 끝나고 조용해지자 우리는 조심스럽게 일어나 서로 인사하고 각자의 진지로 돌아갔다. 돌아온 진지에 살아있는 사람은 손에 꼽을 정도였는데, 심한 상처를 입은 그들은 의무진도 없는 마당에 오래지 않아 죽을 것으로 보였다. 남아 있던 나머지 사람들은 다 죽었다. 제대로 온전한 형체를 갖추고 죽은 시체도 많지 않았다. 적군 노인들을 만나 어울리려 진지를 떠났던 사람들은 그 덕분에 멀쩡히 살아남았다. 의심의 여지 없이 이것은 양쪽이 짜고 하는 노인 학살이었다.

식량도 포격에 많이 날아가 버려 근근이 하루하루를 버티던 어느 날 후방에서 젊은 군인이 깨끗한 군복을 입고 직접 군용 지프차를 운전하고 왔다. 무전이고 뭐고 다 끊어졌으니 직접 와야 했나 보다. 그는 차에서 내려 주위에 모인 우리 생존자 수가 많은 것을 보고 살짝 놀란 다음, 그날 정오를 기하여 휴전하기로 합의가 됐으니 그 후부터는 모든 적대행위를 하지 말라고 했다. 아무도 환호하지는 않았다. 일어서 있을 힘도 없는데 빌어먹을 적대행위는 무슨! 그리고 그는 곧 귀환 명령이 내려질 테니 준비하고 있으라고 하고는 차를 타고 떠나 버렸다. 떠나는 차를 향해 다들 욕지거리를 쏟아냈다. 아무튼 전쟁은 끝났다.

돌아왔다. 오래 비워 둔 집은 먼지가 뽀얗게 내려앉아 있었다. 결국 죽지는 못하고 떠날 때는 다시는 볼 수 없을 것 같았던 혼자 사는 집으로 이렇게 돌아왔다. 누가 내 집을 빼앗아 가지는 않았구나. 돌아오는 우리를 환영해 주는 사람도 없었다. 살아서 돌아온 노인의 가족 중에는 틀림없이 왜 죽지도 않고 살아서 돌아왔냐고 원망하는 자들도 있었을 것이다. 세상은 여전히 나와 상관없이 잘 돌아갔고 나는 어이없는 악몽을 꾸고 일어난 것 같은 기분이었다. 드문드문 보이는 할머니들 말고는 노인이 현저히 줄어들어 잘 보이지 않게 된 거리가 젊고 활기차 보였다. 내가 걸어가면 사람들이 힐끗힐끗 나를 쳐다보았다. 나는 그저 우리의 희생을 딛고 사회가 더 좋은 방향으로 나갈 수 있다면 그걸로 좋은 것으로 생각하기로 했다. 깃발 휘날리고 호전적인 구호가 난무하는 광장의 대규모 집회도 더 이상 없었다.

    살아서 돌아온 노인 전우들은 수시로 모여 밥도 먹고 술도 마셨다. 모두 자신이 전쟁 전과는 다른 사람이 된 것 같다고 말했다. 그야말로 지옥에서 살아 돌아온 우리가 아닌가! 하면서 호기도 부렸다. 그러다가 나는 전쟁 끝나기 직전 크리스마스 때가 생각났고 또 그리웠다. 여봐 들, 크리스마스 때 어울렸던 옆 나라 노인들을 찾아가 볼 생각 없어? 그 사람 중 누군가 주소, 이메일, 전화번호 가지고 있는 사람 있지? 국경도 다시 열리고 교류도 다시 한다는데, 할 일도 없는 마당에 해외여행 삼아 가 보면 어때? 그것도 괜찮겠네. 갈 사람? 그중 몇 명이 같이 가 보자고 손을 들었다.

나는 집으로 돌아오는 길에 서점에 들러 옆 나라에 대한 여행가이드 책(이런 책도 있었구나!)을 사 와서 돋보기를 끼고 그걸 열심히 들여다보며 여행계획을 짜기 시작했다. 가 보고 싶은 곳도 많았고 먹어보고 싶은 것도 많았다. 그때 만났던 사람들 얼굴도 생각났다. 나는 책을 덮고 돋보기를 빼고 잠깐 울었다.

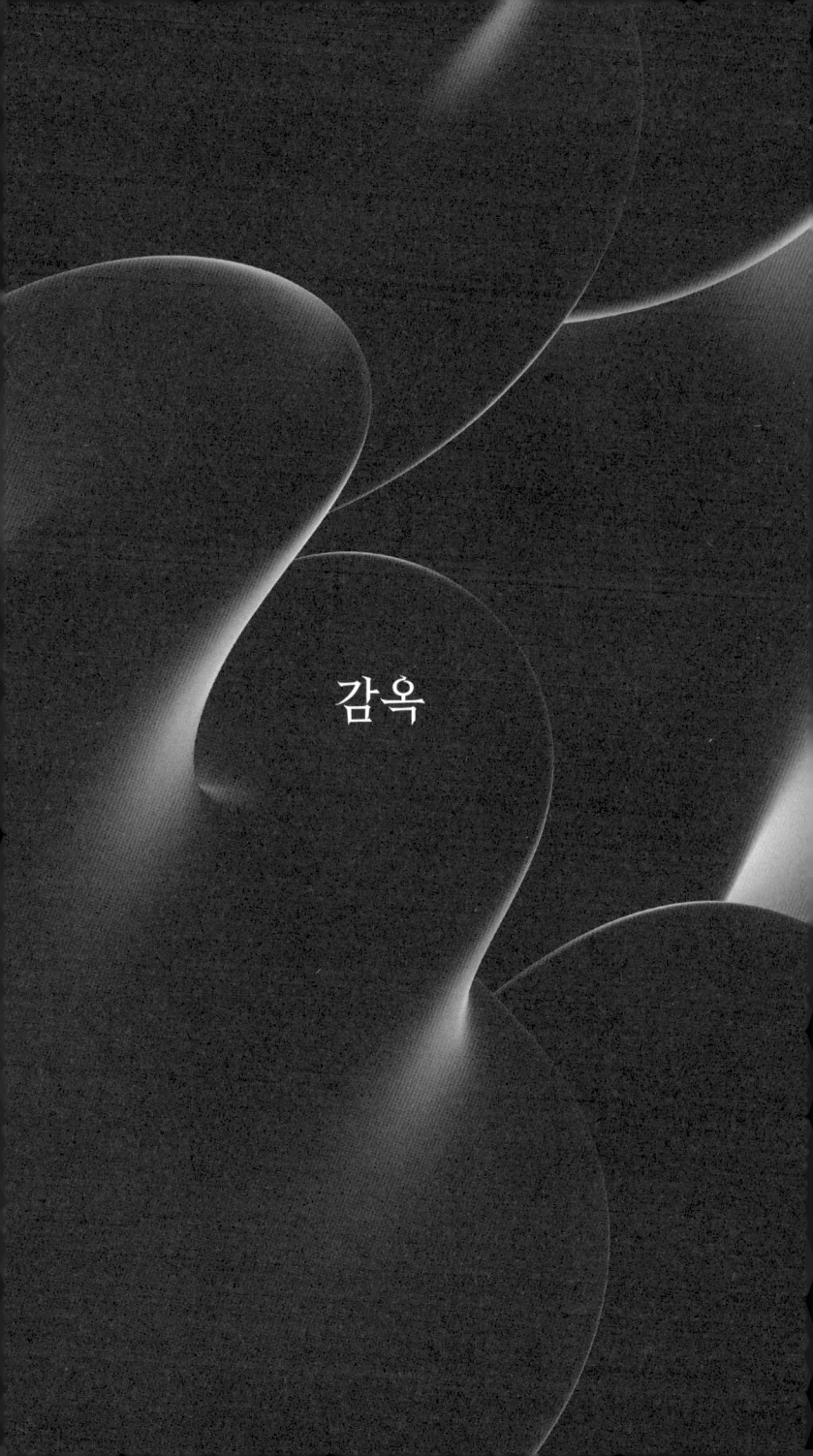

나는 오래전 어느 날 학교 도서관 창가 자리에 앉아 공부하다가 고개를 들었다. 창 너머로 무성한 나뭇잎이 바람에 흔들리는 모습을 보았을 때 문득 나중에 무슨 이유이든 감옥에 갇혀 긴 세월을 보내게 될 것이라고 예감했다. 그 후로 그 생각은 점점 강해졌다. 그것은 이미 지나간 과거의 사실과 마찬가지로 절대로 바뀔 수 없이 정해진 미래의 사실 같았다. 나는 도서관에 앉아 공부하던 그때 이전에 줄곧 부모님과 선생님 말씀 잘 듣고 다른 재주도 없어 공부나 열심히 하던 모범생이었고 정치에도 관심이 없었는데, 무슨 일로 내가 감옥에 가게 될 것인지 도무지 가늠할 수 없었다. 이도 저도 아니라면 누명을 쓰고 갈 수는 있겠다 싶었는데, 그것은 사람이 감옥에 가는 오만가지 이유 중에서 최악이었다.

감옥에 갇히는 것은 생각만 해도 끔찍한 일이었다. 더구나 짧은 시간이 아니라 오랜 시간 갇혀 있어야 한다면 내가 그 시간을 어떻게 견뎌낼 수 있을지 두려웠다. 우선 생각나는 것은 책 읽기. 감옥 안에 도서관이라도 있을까? 아마도 있을 것이다. 다음으로 생각나는 것은 글 쓰기. 감옥 안에 컴퓨터실이라도 있을까? 종이와 펜을 달라고 하면 받을 수 있을까? 모르겠다. 그런데, 독방이 아니라 여러 명이 같이 있는 감방에 들어가면 책 읽기나 글 쓰기를 제대로 할 수나 있을까? 모르겠다. 노역에 동원된다고도 하던데, 그러면 책 읽기나 글 쓰기를 할 시간이나 여력이 있을까? 모르겠다. 들어가서 살아 봐야 알 것이다.

어느 정도 좋은 상황이 주어질 것을 가정하지 말고 가장 안 좋은 상황에 놓일 것을 가정하고, 그런 상황에서도 내가 그 시간을 견딜 수 있게 할 수 있는 것이 무엇인지를 먼저 생각해 봐야 했다. 만약 내가 빛도 잘 안 들어오는 어두운 독방에 책도 종이와 펜도 없이 긴 세월 동안 하루 종일 갇혀 있게 된다면 어떻게 나의 존재를 지탱할 것인가? 지금이 19세기도 아닌데 그런 감금을 당하게 되지는 않을 것이라는 생각은 들었지만, 나는 그 안쪽 세상을 전혀 몰랐으니 가능한 한 최악의 상황을 가정해 일종의 사고실험을 해 보았다.

    생명을 유지할 정도로 주는 음식 말고는 아무것도 없는 어두운 독방에서 남는 것은 내 몸이다. 영화에서 본 것처럼 감금 상태에서도 매일 운동을 해서 근육과 체력을 유지하도록 해야 한다. 하지만, 하루 종일 운동할 수는 없다. 내 몸 하나만으로 할 수 있는 다른 것은? 생각 그리고 기억. 그뿐이다. 그것도 내게 삶의 의지와 힘을 줄 수 있는 생각과 기억이어야 한다. 절망을 주는 것은 안 된다. 오랜 감금을 견딜 정도로 그런 생각과 기억이 끊이지 않으려면 어떻게 해야 할까? 다양한 분야의 책을 많이 읽어서 생각할 거리를 비축해 놓아야 하고, 내가 지금 흘러가는 시간 속에서 겪는 순간순간들에 집중해 많은 기억이 되살아날 수 있도록 해 놓아야 한다. 내가 누구인지를 구성하는 이야기인, 시간 순서대로의 전기적 기억뿐만 아니라 내가 누구인지 상관없이 스쳐 지나가는 시각, 청각, 후각, 촉각 등 다양한 감각의 기억까지. 그렇게 해서 내가 의식하지 못하는 숨은 기억까지 풍부해지도록. 여행으로 많은 곳을 다니면 더 좋을 것이다. 그리고, 가장 중요한 것. 그리워할 사람이 있어야 한다. 그 사람이 내가 감옥에 갇힌 후 나를 떠나 다른 사람에게 가서 미래에 우리가 다시 함께 할 가능성이 없다고 해도 그 사람과 같이 지냈던 시간을 그리워할 그런 사람.

친구 소개로 그녀를 만났다. 그녀를 사랑했다. 헤어지더라도 내가 오래 기억하게 될 것이라는 믿음이 가는 사람이었다. 감옥 안에서 그녀에 대한 기억은 나를 계속 살게 할 것이고, 나는 그녀를 기억하기 위해서 살아 있으려고 할 것이다. 나는 그녀의 모습을, 우리가 주고받은 말을, 그녀와 함께한 순간을, 아주 작고 잊기 쉬운 세세한 것까지 빠짐없이 기억하려고 했다. 그런 기억을 오래 남는 기억으로 새기기 위해 일기에 기록하고 그걸 수시로 다시 읽었다. 같이 여행을 다녔고 산에 올랐다. 우리가 사는 도시의 구석구석을 찾아다녔다. 그녀도 나를 사랑한다고 했다.

그녀에게도, 친구에게도, 가족에게도, 내가 언젠가 감옥에 갈 거라는 말은 하지 않았다. 다들 나보고 정신과 상담을 받아 보라고나 했을 테니. 물론, 나도 내가 그런 생각 아니 거의 확신이 있는 것이 나의 정신과적인 문제 때문일 수 있다는 의심이 들기도 했다. 그렇지만, 아무리 생각해도 내가 언젠가 감옥에 간다는 것은 거의 신의 계시에 필적하는 것이었고 나는 다른 면에서는 아무 문제도 없었다. 그래서 병원에는 가지 않았다. 병원에 가서 처방

해 주는 약을 먹고 상담 치료를 받아도 내 생각은 달라지지 않았을 것이다. 그리고, 내가 결국 감옥에 가게 된 것을 보면 그 생각은 틀리지 않았다. 어쨌거나 그런 생각이 치료의 대상은 아니었다.

그녀와 매일 주고받던 전화와 메시지가 어느 날 끊겼다. 내가 전화해도 받지 않았고 메시지를 보내도 답이 없었다. 불길한 느낌이 들었다. 나는 그녀가 혼자 살고 있는 오피스텔로 달려갔다. 초인종을 눌러도 나오지 않았다. 나는 알고 있는 현관 비밀번호를 누르고 안으로 들어갔다. 침대 위에 그녀가 누워 있었다. 똑바로 누워 눈을 뜨고 있었는데, 가슴에는 커다란 칼이 꽂혀 있었다. 목에도 칼로 깊이 벤 자국이 있었다. 하얀 침대 시트는 피로 물들었다. 나는 울면서 그녀의 이름을 부르며 흔들어 보았지만 소용없는 짓이었다. 그때 현관에서 뭔가 부서지는 요란한 소리가 들렸다. 어떻게 알고 왔는지 문이 열리고 두 남자가 뛰어 들어왔다. 그들은 죽은 그녀와 피 묻은 손으로 그 옆에 있는 나를 보았고, 내 두 팔을 꺾어 뒤로 돌려 손목에 수갑을 채우면서 변호인 선임이 가능하고 어쩌고 그런 얘기를 했다. 그때 알았다. 아, 이것이구나. 오래전부터 예감했던 것이.

나는 그녀를 죽이지 않았고 결백하다고 항변했지만,

정말 이상하게도 모든 증거와 증인이 나를 범인으로 가리켰다. 전 우주가 나를 감옥에 집어넣기 위해 공모하고 있는 것만 같았다. 제법 가까웠던 어떤 지인은 내게 사이코패스 같은 면이 있었다는 증언까지 했다. 어떻게 저럴 수가! 내 변호인도 내가 범인이라고 생각하는 것처럼 보였다. 아버지, 어머니도 내 말을 전부 믿지는 않는 것 같았다. 그녀의 부모는 나를 악마라고 하며 죽여버리겠다고 소리쳤다. 재판은 일사천리로 진행됐다. 나는 20년 형을 받았다. 항소했지만 결과는 다르지 않았다. 내가 나중에 감옥에 갇히게 되면 오래 그리워할 수 있는 사람이라고 믿고 사랑했던 그녀를 죽였다는 누명을 쓰고 감옥에 들어오다니. 너무나도 처참하고 가혹한 운명이었다.

교도소에서는 여러 명이 같이 있는 방에 들어갔다. 처음에는 좀 힘들었지만 적응하고 나니 다른 수감자들의 존재는 견딜 만했다. 영화에서 본 것처럼 그렇게 나를 심하게 괴롭히지도 않았다. 하지만, 20년이라는 시간은 무거웠다. 그 시간을 혼자 견뎌내기 위해 그렇게 준비했지만, 막상 닥치고 나니 그저 까마득하기만 했다. 한동안은 하루하루 먹고 자고 싸는 것 말고는 아무것도 하지 않고 아무 생각도 없이 지냈다. 다른 수감자들이 서로 이야기를 주고받을 때 보이는 오밀조밀하게 움직이는 입은 물속에서 뻐끔거리는 물고기 입 같았다. 그것은 내게 새소리나 바람 소리 같은 자연의 소리일 뿐 말의 내용은 귀에 들어오지 않았다. 그러다가 어느 순간 내가 겪었던 순간들, 들었던 말들, 보았던 세상의 풍경들이 떠오르기 시작했다. 내가 매 순간 집중해 기억하려고 애썼던 것들이 서서히 내 안에서 살아나 움직였다. 그녀가 그리웠다. 나의 사랑과 결백을 아는 그녀는 내 머릿속에서 나를 걱정했다. 이 모든 것들과 함께 20년을 견뎌야 할 것이다.

처음에는 내가 살던 도시와 마을, 내가 다니던 학교, 내가 여행했던 장소, 내가 아는 사람들 등 비교적 크고 넓은 집합으로 묶인 기억들이 서로 교차하고 연결되며 의지와 상관없이 흘러왔다가 흘러가기를 반복했다. 그러다가 서서히 사방으로 가지 치는 기억들이 작은 여러 곳까지 이르러 큰 기억을 새로이 구성하며 변형시켰다. 그러면 새로워진 큰 기억의 장에서 작은 기억들은 또 그에 따라 조금씩 달라졌다. 서로 영향을 주며 서로 변화하는 그런 과정이 끊임없이 이루어지는 내 기억은 자신을 조직하고 변화시키면서 살아 있는 하나의 생명체 같기도 했다.

높은 산 정상 발밑에 깔린 구름 너머 멀리서 새벽하늘을 종이처럼 찢고 떠오르는 태양, 눈부신 햇빛 속에서 나란히 껴안고 앉아 키스하는 남녀, 오늘이 만 70세 된 생일이라고 정상석에서 사진 찍어 달라고 하는 백발의 남자. 절벽 위의 절에서 내려다본 반짝반짝 빛나는 남해, 웃통 벗은 친구의 팔과 다리를 붙잡고 바다로 던지며 즐겁게 웃어대는 소리. 전날 내린 비에 젖은 풀들이 바람에 흔들릴 때 나는 향, 산길을 올라올 때 맺힌 옷 속 땀 마르는 느낌, 흙과 돌을 밟으며 걷는 내 발소리, 배낭 안에서 물통 잘그락거리는 소리, 교차하며 날아가는 까마귀 두 마리, 바람에 고양이 털처럼 물결치는 낮은 풀에 내려앉은 빛. 너를 처음 만난 카페의 하얀 벽에 걸려 있는 파란색 추상화 아래 까만 커피잔을 두 손으로 들고 약간 고개 숙여 컵을 입에 대고 웃는 네 얼굴, 나를 향해 살짝 치켜드는 눈. 비바람에 덜컹대는 유리창 소리, 멀리서 번쩍이는 섬광, 뒤따라오는 천둥소리, TV 안 화창한 오후 물가에서 웃고 떠드는 연예인들, 깜빡이는 오래된 형광등, 식탁에 앉아 마늘을 까는 어머니. 네 어깨를 처음 감싸 안았을 때 발기한 내 성기, 네 목과 네 머리칼에서 나는 서로 다른 향긋한 냄새, 뜻 없는 말을 읊조리는 네 입술, 우리에게 관심 없이 지나쳐 가는 사람들, 구름에 가렸다가 나온 태양 빛에 눈이 부셔 찡그리며 닫은 네 볼록한 눈꺼풀. 한겨울 재래식 화장실 안에 콜라 색으로 얼어붙은 배설물, 그 위로 떨어지는 내 뒤 닦은 하얀 휴지, 작은 창밖으로 보이는 잎

떨어진 나뭇가지, 추워서 서늘한 엉덩이. 폭우에 잠긴 사거리, 무릎까지 물에 빠진 채로 받은 너의 전화, 걱정하지 마, 뭐가 재밌는지 물을 헤치며 깔깔대며 지나가는 젊은 남녀, 차오른 탁한 물 위에 비친 도시의 휘황한 불빛, 버려진 차들. 타일 박힌 욕조 안에서 찰랑이는 물을 통해 짧아져 보이는 너의 몸, 이마에 맺힌 땀, 세상과 동떨어진 곳에 둘만 와 있는 느낌, 밖으로 나오면 다시 우리를 맞는 불빛과 사람 가득한 거리, 호객하는 소리, 그새 업종과 간판이 달라진 가게. 내비게이션을 틀어 놓고도 길을 헤매는 나이 많은 택시 기사, 그래서 기억나는 오래전 담배 물고 운전하던 기사, 싱가포르 택시의 큰 터번 두른 친절한 시크교도 기사, 트로트를 크게 틀어 놓은 기사, 트로트를 크게 틀고 산에 오르는 늙은 남자, 그 등에는 엉덩이까지 축 처진 회색 배낭……

어머니 말고는 아무도 면회 오지 않았다. 어머니는 처음 면회 온 날 이제는 내 말을 믿는다고 했다. 내 앞에서 울었다. 나는 그런대로 잘 지내고 있다고 했다. 어머니는 생각보다 내 얼굴이 편해 보여서 다행이라고 했다. 다른 가족 이야기는 서로 하지 않았다. 나는 어머니에게, 가끔 와 주면 좋겠지만 안 와도 원망하지 않을 거라고 했다.

내가 쓴 글을 다시 읽어봤을 때의 낭패감, 밖으로 나

가 담배나 한 대 피우려고 꺼낸 담뱃갑에 붙어 있는 흉측하게 병든 누군가의 입 사진, 바람에 옆으로 눕는 라이터 불, 오므린 손안에서 서로 만나 발갛게 타오르는 불과 담배, 죽고 싶다는 중얼거림, 과연 진짜로 죽고 싶은 것일지 하고 따라오는 의문, 보고 싶은 너. 길게 잡아 뽑은 하얀 셀카봉 끝에 끼운 너의 휴대전화를 향해 넓게 벌린 내 다섯 손가락, 화면에 나타나는 3, 2, 1 숫자, 찰칵, 항상 실제보다 못하다고 느껴지는 사진 속 내 얼굴. 너와 손잡고 나무로 만들어진 산책로를 따라 걸으며 보는 바다, 이름 모르겠는 새들, 갈매기인가, 공사로 막힌 길, 주황색 굴삭기 안에 타고 있는 남자의 구부정한 어깨, 파도 소리. 술에 취한 친구가 걸어서 마지못해 받은 전화, 온갖 객쩍은 소리와 욕, 다시는 받지 않겠다는 나도 못 믿을 결심. 영정사진 속에서 환하게 웃고 있는 망인의 20여 년 전 사진, 그리 슬퍼 보이지 않는 유족들, 오랜만에 보는 친구들, 종이 사발에 담긴 육개장, 양쪽으로 늘어선 화환에 달린 리본에 검은 글씨로 쓰여 있는 회사, 병원, 학교와 그 대표의 이름. 숙취가 가시지 않은 상태로 마주 앉은 고객, 멀쩡해 보이려는 필사의 노력, 못 참고 중간에 뛰어가 화장실 변기에 쏟아낸 토사물, 거울을 보며 매무새를 다듬는 내 피곤한 얼굴. 어스름한 노란 불빛 아래 침대에 누워 결합한 채

위에 있는 나를 보고 웃는 너의 얼굴을 만지고 머리카락을 빗어 넘기는 나의 손, 어떻게 내가 이런 너를 죽였을 거라고, 양 끝이 아래로 처진 재판장의 얼굴, 선고를 듣고 무너지는 내 마음. 도마에 채소를 썰다가 베인 손가락, 동그랗게 맺히다가 범람하듯 흐르는 피, 베인 손을 입으로 빨고 심장보다 높이 들고 있다가 휴지로 피를 닦고 붙인 반창고 가운데 하얀 거즈 부분에 조금씩 번지는 피, 피 묻은 채소는 그대로 볶음밥으로. 거실 창문 너머 멀리 보이는 높은 아파트 건물 경사진 지붕 위에서 태연히 걸어 다니며 작업하는 사람들, 무슨 일을 하는 것일까? 작은 하천에 나타난 오리들, 놀랍게 빠른 속도로 헤엄치는 새끼 오리들, 그 옆에 명상하듯 움직임도 없이 서 있는 다리도 길고 목도 긴 흰 새, 건너편 길에서 줄지어 달려가는 자전거들. 다들 늦고 나만 시간 맞춰 온 약속 장소, 처음 와 보는 붉은 등이 달린 중국집, 이미 취한 건너편 테이블 중년 남자, 두툼한 하드커버 메뉴, 내가 먹어 본 요리보다 많은 못 먹어 본 요리, 예전보다 오른 것 같은 가격, 5분 늦게 나 다음 두 번째로 온 친구가 악수하자며 내민 오른손……

 옆방 수감자 하나가 소란을 피운 데 대한 벌로 독방에 갇혔다. 거기서 몰래 가지고 들어간 면도칼로 목의 동맥을 그어 자살했다. 형기도 나보다 훨씬 적게 남았는데 그랬다. 얼마나 남았는지가 중요한 것은 아니다. 나는 한참 후 중년의 나이가 되어 그동안 많이 변한 세상을 나가서 볼 것이다. 어머니가 면회 오는 것도 조금씩 뜸해졌다. 어머니가 나를 잊고 남은 삶을 잘 살기를 바랐다. 그래도, 내가 출소하는 때 어머니는 살아 있어서 나를 맞으러 오면 좋겠다.

아침에 깨어나 처음 눈에 들어온 주황색 텐트, 아주 짧은 찰나 거기가 어디인지 내가 누구인지 모르다가 돌아본 옆에 누워 있는 너로 인해 모든 것이 생각났을 때의 반가움, 가까이서 들리는 물소리와 새소리, 너의 숨소리, 오르락내리락하는 너의 가슴. 또 언젠가는 꿈속에서 내 아내라고 하는 낯선 여자와 죽도록 싸우다가 어떻게 내가 그 여자와 결혼까지 하게 됐는지 도무지 기억나지 않는데, 문득 깨어나서 돌아본 옆에 누워 있는 너를 보고 느낀 안도감. 가위눌린 밤, 소리도 지르지 못하고 누워서 눈을 뜨니 내 앞에 있는 검은 형상은 사람 같기도 하고 귀신 같기도 하고, 간신히 소리를 지르고 일어났는데 그 또한 아직 꿈속. 아침에 깨어나 기억나지 않는 꿈에 대한 아쉬움. 문득문득 기억나는 꿈속에만 있는 장소들, 나무로 만든 빈집들이 늘어선 해변, 사람 가득한 지하의 목욕탕, 사방으로 가지 치며 나누어지는 경사진 골목길과 그 중 주로 들르는 단골식당, 어두운 복층 카페와 꿈속에서만 낯익은 어떤 여인, 무서운 엘리베이터를 타고 올라가야 하는 커다란 호텔, 기다란 거실이 있는 큰 객실과 정방형 화장실. 더 이상 걷지 못하고 요양병원에 누워만 있는 할머니의 옆에 놓인 '나는 걷는다'라는 제목의 책, 옆 침대에서 매일 신문 읽는 90 넘은 단발머리 할머니, 매일 거동도 못 하는 아내를 보러 오는 머리는 벗겨지고 얼굴은 동글동글한 할아버지. 네가 죽지 않았더라면 결혼해 같이 살았을 집, 벽에 걸려 있는 커다란 꽃 그림, 새로 도배한 베이지색 벽지, 그날 밖에서 있었던 일을 얘기해 주는 너의 음성, 열어 놓은 창밖에서 들리는 자동차 소리. 세상에 태어나 본 적 없는 너와 나의 아기, 접히는 팔과 다리의 살, 옹알거리는 소리, 기저귀를 묵직하게 한 방금 싼 똥, 누워서 입에 물고 있는 자기 발……

기억과 상상은 끝이 없고, 시간은 간다. 일기라도 써 볼까, 해서 간수에게 요청해 볼펜과 노트를 받았다. 매일 그곳에서 일어나는 일은 특색 없이 반복되는 단순한 것들이어서 일기는 몇 주 쓰다가 그만뒀다. 다른 글을 쓰려고 해 봤지만, 그것도 여의찮았다. 같은 방에 있는 수감자가 그림을 잘 그린다며 날 그려준다고 해서 그에게 볼펜과 노트를 주었다. 그가 내 얼굴을 그려서 보여줬다. 마음에 들었다. 실제보다 평온해 보였다. 내가 그렇게 말했더니 그는 내 얼굴이 실제로 그렇다고 했다.

싸구려 럼주를 먹고 취해 토하려고 들어간 콘도 화장실 세면대에 가득 차 넘실거리는 갈색 토사물, 숨 쉴 때 입에서 느껴지는 고기와 술 냄새, 다리가 풀려 휘청거리다 쓰러져 누운 화장실 바닥에서 올려다본 빙빙 도는 천장, 거실에서 들려오는 그 시절 유행하던 팝송. 지하철역 같은 자리에서 매일 껌을 팔던 할머니, 그녀가 죽었을 때 그곳에 놓인 꽃, 얼마 후 할머니가 껌을 팔던 곳에 놓인 "역내에서 상품 판매 행위를 금지한다"는 내용의 안내문. 한여름 산속 계곡물에 담근 발과 종아리에 오는 시린 느낌, 작은 폭포 소리, 근처 다른 자리에 동그랗게 모여 앉아 막걸리 마시는 사내들의 웃음. 술에 취해 탄 지하철, 자리에 앉아서 졸다가 나도 모르게 머리를 기댄 어떤 여자의 어깨, 언뜻 잠에서 깨 죄송하다고 하는 말에 고개 까닥하며 그저 알았다고 하는 그 여자. 내가 잘 아는 선배한테 성폭행당할 뻔했다는 여자 후배의 이야기, 그녀는 내가 좋다고 했지만 나는 이미 너를 만났다. 열린 문을 통해 빠져나간 어릴 적 키운 까만 고양이, 돌려주려고 고양이를 품에 안고 온 세 층 위에 사는 여자아이, 열린 문을 통해 그 집으로 갑자기 고양이가 들어왔다고, 지금은 뭐 하고 있을지 가끔은 궁금한 그 여자아이. 커다란 수조 안에 움직일 틈도 없이 겹쳐서 쌓아 놓은 살아 있는 대게들, 곧 죽어서 먹힐 것이긴 하지만 맨 밑에 깔려 꼼짝 못 하는 놈이 안쓰러워 차라리 빨리 먹어 주는 게 좋겠다는 생각. 백화점에서 거울을 보면서 어떠냐고 나에게 물어보는 네가 입어 본 바지, 그 바지를 입고 나와 손잡고 걷던 남쪽 도시의 거리, 네가 가 보고 싶다고 한 바다 건너 먼 곳들, 언젠가는 가 보자고 한 못 지킨 약속, 밤 백사장에서 폭죽 날리던 십 대 여자아이들, 하얀 파도. 자전거를 타고 달리는 코스모스 핀 길, 줄지어 로드 바이크를 타고 나를 빠르게 앞질러 가는 헬멧 쓰고 몸에 붙는 자전거복 입은 한 무리의 사람들, 큰 다리 밑에서 사 먹는 차가운 식혜 한 컵, 자기 자전거가 천만 원짜리라고 자랑하는 늙은 남자. 갑자기 쏟아지는 폭우 속에서 급히 집에 가려고 밟는 페달, 나지 않는 속도, 포기하니 온몸이 흠뻑 젖어 오히려 유쾌한 기분, 멀리서 번쩍이는 번개. 포경수술 받을 때 내 고추 살이 아프지는 않으면서도 서걱서걱 잘리는 이상한 느낌, 하얀 붕대, 한동안 어기적거리는 걸음. 카메라를 들고 이제는 철거돼 사라진 골목길을 구석구석 돌아다니며 찍은 거리 사진들, 썰물 때 차를 타고 들어갈 수 있는 서해의 어느 섬에서 찍은 흑백 사진들, 시간이 흐르면 그런 사진들보다 더 마음에 들고 더 찍을 걸 하는 후회가 들 가족, 친구, 그리고 너의 사진……

실제로 있었던 일들만 기억할 필요는 없다. 있을 수 있었던 일, 장차 있을 수 있는 일, 있을 법하지는 않지만 상상해 볼 수 있는 일, 절대 있을 수 없지만 내 맘대로 꾸며 보는 일과 같은 것들에 관한 생각도, 감옥 안이 내 몸이 거하는 유일한 세상이 된 지금은 머릿속에서 전개되는 이미지들의 연속으로 이루어진 장면들이라는 점에서는 실제 있었던 일들에 대한 기억이나 생각과 마찬가지다. 너와 나 사이에서 태어난 아이를 상상해 보듯이. 내 얼굴을 볼펜으로 그려줬던 수감자는 내게 뭐가 그리 재미있어서 때때로 혼자 빙그레 웃느냐고 물었다. 행복했던 과거를 떠올리는가? 사랑했던 사람을 그려 보는가? 재미있는 이야기를 되새겨 보는가?

좁아지는 시야, 굵은 초록색 붓질로 그리는 듯 양옆으로 물처럼 흘러가는 나무들, 내 몸의 일부가 된 오토바이의 질주, 바퀴를 통해 전달되는 도로의 질감, 공기를 가르는 소리, 엔진소리, 미처 보지 못한 커브, 튕겨 나가 공중에 뜬 몸, 속 시원한 죽음의 예감. 거칠 것 없는 비트, 내 양손에 들린 드럼 스틱, 기타 속주를 하며 긴 머리를 빙빙 돌리는 너의 뒷모습, 꽤 가냘픈 몸에 어울리지 않는 보컬의 울부짖는 노래, 기타를 튕기며 뒤돌아서 드럼을 두들겨 대는 나를 보고 웃는 너의 웃음. 다시 돌아가지 못할 지구를 떠나온 지 몇 년, 계기판을 보다가 네가 이야기하는 우리가 버리고 온 지구의 삶, 그럴 만한 가치가 있는 여정일지는 가 봐야 알겠지만 어둡고 막막한 우주공간에 이렇게 너와 나는 함께 있다는 것에서 오는 안도감. 죽이고 또 죽여도 결국 상륙정에서 내려 밀려드는 적들, 우리를 전쟁으로 밀어 넣은 지도자에 대한 증오, 피로 물드는 모래, 여기저기 쓰러진 시체들, 바다에서부터 내게 달려오는 너, 나는 너를 쏘지 못하고, 너도 나를 쏘지 못하고, 같이 쓰러져 영영 이곳을 떠나기를 바라는 마음. 뇌만 남기고 온몸을 기계로 바꾼 첫날, 거울 속 낯선 사람, 곧 죽을 너보다 훨씬 오래 존재할 나를 보고 슬퍼하는 너, 잊지 않을 거야, 차라리 잊어줘, 나는 원래의 나 그대로야, 너를 알아보기 어려워, 몸이 바뀌어 차가워진 껴안음, 슬픔은 느껴지지만 나오지 않는 눈물. 공원 벤치에 앉아 지나온 나날들과 앞으로 남은 나날들을 이야기하는 백발의 너와 나, 유모차에 아기를 태우고 지나가는 젊은 엄마, 너를 먼저 보내고 나서 가겠다는 나의 약속. 먼 이국의 도시에서 챙 넓은 모자를 쓰고 양 끝이 올라간 선글라스를 끼고 내 앞에 앉아 웃는 너, 죽은 게 아니었구나, 사라지려고 죽음을 꾸민 거야, 잔 속에서 찰랑거리는 커피, 너는 어떻게 감옥에서 나와 여기로 왔어? 탈옥했지, 그럴 줄 알았어, 그 시체는 누구였지? 몰라도 돼. 너와 내가 나란히 말을 타고 달리는 초원, 아무도 보이지 않는 벌판, 끝도 없이 물러나기만 하는 지평선, 어느 시대인지, 어느 나라인지도 모르겠는데, 날은 어두워져 밤을 지새울 곳을 찾아야 하는데, 갑자기 나타난 낡은 오두막, 목이 잘려 쓰러져 있는 두 구의 시체. 아침에 깨어나 보니 너와 나의 팔 아래에 붙어 돋아나 있는 커다란 하얀 날개, 얼마간의 연습 끝에 같이 날아오른 첫 비행, 공습경보, 사이렌 소리, 떨어지는 포탄, 대공포 소리, 아주 높이 올라가야 해. 우리 아들의 결혼식, 사랑스러운 신부, 줄지어 인사하고 악수하는 하객, 식장 앞을 가득 채운 웅성거림과 웃음, 오래 전 우리 결혼식을 생각하고 있는 듯한 너의 표정, 서툰 축가, 박수 소리……

일기는 쓰다 말았고, 다른 글도 쓰려다 관뒀지만, 글로 옮기지 않는 몽상을 할 수는 있다. 지나간 일과 있을 수 있는 일과 있을 법하지 않은 일과 온전히 꾸며낸 일 등에 대한 기억과 생각과 상상이 서로를 배척하지 않고 어울린, 그러나 시작과 끝을 가진 완결된 이야기는 될 수 없는, 어디인가에 끼워서 맞춰질 수 있을 뿐인 이야기의 작은 조각들.

    하늘에서 떨어져 마당에 꽂힌 칼을 집어 들어 그 칼이 이끄는 대로 끌려가는 남자, 칼을 쥔 손아귀는 풀어지지 않고, 이윽고 닿은 저택 앞에서 부들부들 떨리는 칼, 문을 열고 들어가 누구인지는 몰라도 다 목을 베야 하리라. 아비는 바람나 집 나가고 엄마와 둘이 사는 외아들, 어릴 때부터 혼자 몇 개 국어를 습득하고 어려운 수학 문제를 푸는 그 아이, 어미가 감당하기 어려운 천재, 엄마를 도와 국수를 만드는 아이. 여자 실리콘 인형 두 개를 남겨 놓고 혼자 죽은 늙은 남자, 구식 브라운관 TV에 연결된 비디오테이프 플레이어에 꽂혀 있는 테이프를 트니 화면에 나오는 수십 년 전 포르노. 잘못 탄 버스에서 내린 엉뚱한 곳은 태어나서 처음 온 곳, 꼭 그곳에서 오래 살았던 것 같은 느낌, 혹시 누구 아니냐며 반갑게 내게 말 거는 여자. 늘 비닐 조리용 장갑을 끼고 빵을 먹는 남자, 흐트러짐 없는 몸가짐, 군살 하나 없는 몸, 단정하게 빗어 넘긴 머리 아래 눈에 깃든 우울함. 앞사람이 미지근하게 데워 놓은 변기, 휴지는 변기에 넣으라는 안내문, 벽에 적힌 이름과 전화번호, 누구누구 죽으라는 문구, 신호는 오는데 쉽게 나오지 않는 똥. 그가 사랑하는 그녀는 수중모델, 커다란 수조 안에서 인어 하체 옷을 입고 헤엄치는 그녀, 수초처럼 하늘거리는 머리칼. 히틀러에게 감화되어 삶의 전환점을 맞아 새로운 시대에 대한 희망으로 가득 찬 상태로 나치가 선거에서 이긴 날 찬란한 미래가 열렸다고 믿으며 병상에서 기쁘게 죽은 남자. 세상의 모든 역사를 지우고 자기가 만든 거짓 역사를 쓰고 싶은 자, 어떻게 해야, 아니 무엇이 되어야 과거에 대한 모든 기록을 지울 수 있을까? 겹친 시간, 한 집에서 공존하는 과거와 현재의 가족. 그가 고공농성하고 있는 크레인에 날아온 부엉이, 어디선가 사람 얼굴에서 본 듯한 느낌이 드는 부엉이 눈동자. 밖에서는 문을 두드리며 열라고 하는데 탱고를 크게 늘어놓고 마지막 춤을 추는 남녀, 춤을 추다 맞이하는 죽음에 대한 두려움과 기대. 친구의 꿈에 나타나 그에게 너무 미안하다고 전해 달라고 했다는 그의 자살한 아내, 영혼을 믿지 않는 그가 고마운 친구에게 권하는 술. 산에 가서 사람들이 오가며 만든 돌탑에 돌을 올려놓는 남자, 그런 돌탑을 무너뜨리는 여자, 돌탑 앞에서 마주친 두 사람. 인간의 의식을 동식물, 물체, 자연의 모든 현상, 심지어 추상명사에까지 심어 넣고 하는 이야기 말고 우리의 의식도 산에 피어난 꽃과 다를 바 없이 쓰는 이야기, 달라지는 의미……

   가끔은 벽을 마주 보고 앉아 생각을 지우고 한참을 가만히 있어 본다. 숨을 고르게 쉬면서 내 감각기관을 통해 들어오는 느낌을 그대로 받아들여 흘려보낸다. 이것이 사람들이 말하는 명상이라는 것인가? 나는 갇힌 시간을 견뎌내기 위해 끝없이 이어지는 기억과 생각에 잠겼는데, 너무 많은 기억과 생각 때문에 때때로 '그저 있는 것'이 필요했다. 그러면, 나는 다시 나의 밖을 향해 오감을 열었다. 같은 방에 있는 사람들의 목소리도 들리고, 얼굴과 몸도 보이고, 체취도 나고, 햇빛에 피부도 따뜻하다. 시간은 잘도 지나간다. 이대로 살다가 죽어도 좋겠다 싶다.

    누나 손에 들려 있다가 태풍에 날아간 지폐, 팔락팔락 순식간에 보이지 않고, 강둑 바로 발밑까지 차올라 찰랑대던 강물, 시커먼 강물에 쓸려 가는 온갖 것들, 소인지 돼지인지 동물도 한 마리 떠내려갔던가. 나무들이 원을 그리고 심어진 안쪽에서 학교도 들어가기 전 내 생애 처음이자 마지막으로 했던 주먹질 싸움, 축구 잘하던 그 친구. 나이 차이 크게 나는 사촌 누님 손을 잡고 갔던 초등학교 입학식, 명단에 내 이름이 없어 당황한 사촌 누님, 이상하게도 다른 이름으로 잘못 쓰인 내 이름. 체육 시간 운동장에서 올려다본 어느 교실 창가에 등 돌리고 앉아 있던 친구, 자기 집 7층에서 실수로 아래로 떨어졌는데 조금만 다치고 멀쩡했던 친구, 누군가 밑에서 받쳐주는 것 같았다고. 가방에 쌍절곤을 가지고 다니던 그림 잘 그리는 친구,

싸움이 붙자, 쌍절곤을 꺼냈지만 서로 엉켜 소용없이 뒹굴던 교실 바닥. 왁자지껄한 교실, 가만히 앉아 있다가 갑자기 팔로 유리창을 깨 버린 녀석, 뒷자리에서 담배 피우다가 제지하는 여선생 팔을 뿌리치고 복도를 달려가며 가방으로 유리창을 차례로 깬 녀석. 자기 옷장에 난쟁이들이 산다는 이야기를 꾸며대던 긴 생머리의 이모, 이모가 혼자 새 한 마리를 키우며 낮과 밤을 거꾸로 살다가 제대로 먹지도 않고 커피만 마시다가 죽은 쓸쓸한 방. 몽정으로 젖은 팬티에 묻은 정액을 닦아낸 휴지, 어머니가 아는 게 싫어 물에 적셔 빨래로 내놓은 팬티, 물끄러미 고추를 보다가 언제 진짜로 해 볼 수 있을까 하는 생각. 엘리베이터에서 수시로 마주치지만, 인사 말고는 말도 잘 못 붙이는 같은 동 사는 여학생, 인사하다 살짝 웃는 개 얼굴을 보고 먼저 내리는 엘리베이터. 외워지지 않는 연도, 풀리지 않는 수학 문제, 엎드려 졸다가 흘린 침에 젖어 우그러진 참고서 몇 장. 내 얼굴을 뒤덮은 여드름, 아마도 그때 생겼을 거울 보기 싫어하는 습관, 짜면 톡 하고 터져 나와 거울에 가서 붙는 노란 고름. 드라마 봐야 한다고 내가 코스모스 다큐멘터리 보던 채널을 다른 데로 돌려버린 누나, 코스모스, 그 광대한 우주, 이 좁은 감옥······

 그렇게 10년이 갔다. 돌아보니 어느덧 10년이었다. 감옥에서 30대가 되었다. 나이가 들어 슬프지는 않았다. 아직 더 10년을 보내야 했다. 40대가 되어 나간다. 그때면 바깥세상은 많이 변했고 생소할 것이다. 남은 10년은 더 금방 갈 것 같았다. 어느 날 교도관이 나를 불렀다. 면회 온 사람이 있다고 했다. 오랜만에 어머니가 왔나보다 생각했다. 교도관은 뭔가 내가 모르는 사실을 아는 듯이 나를 묘한 눈빛으로 봤다. 어머니는 양복 입은 어떤 남자를 데리고 왔다. 그는 자기가 변호사라고 했다. 그새 눈에 띄게 많이 늙은 어머니는 말도 못 꺼내고 울었다. 변호사라는 사람이 말했다. 진범이 잡혔다고. 다른 교도소에서 복역하던 어떤 자가 우연히 새로 밝혀진 여죄로 조사를 받다가 그녀를 살해한 사실도 자백했고 경찰은 그에 대해 새로운 증거도 확보했다는 것이었다. 10년 만에. 변호사는 곧 재심을 청구할 것이고 나는 풀려날 수 있을 거라고 했다. 나는 그가 누구인지, 그가 왜 그녀를 죽였는지, 그가 나를 노려 함정에 빠뜨렸는지, 물어보지 않았다. 그렇게 궁금하지도 않았다. 누명을 벗고 감옥에서 나갈 수 있을 거라는 말에 크게 기쁘지도 않았다. 남의 일 같았다. 10년 만에 나가서 뭘 할 수 있을까?

    석방되던 날 비가 내렸다. 아버지와 어머니가 문 앞에서 우산을 쓰고 나를 기다리고 있었다. 아버지는 대체 얼마 만에 보는 것인지. 아버지는 내 눈을 똑바로 보지 못했다. 어머니가 내게 두부를 건넸다. 아, 두부. 주는 대로 다 먹었다. 아버지는 아무 말 없이 서 있었다. 어머니가 나를 껴안고 또 울었다. 어머니가 들고 있던 우산이 땅을 향해 거꾸로 떨어져 안쪽이 비를 맞았다. 나는 내가 들고 있는 우산을 어머니 쪽으로 기울였다. 입 안에는 두부 찌꺼기가 남아 있어서 물을 마시고 싶었다. 나는 울지 않았다. 웃지도 않았다. 훗날, 이 순간이 세세한 부분까지 생생하게 기억나겠다는 생각이 들었다.

변호사는 형사보상금과 국가배상금도 청구해야 한다고 했다. 변호사가 계산해서 알려준 바에 따르면 내가 국가로부터 받을 수 있는 돈이 꽤 됐다. 그 돈으로 무엇을 할 수 있을까? 아직은 알 수 없었다. 우선 감옥 밖의 세상에 다시 적응하는 것부터 해야 했다. 세상은 생각보다는 그렇게 많이 변하지 않았다. 100년이면 모를까, 고작 10년이라니. 정신과 상담도 받았다. 의사는 별문제 없다고 했다. 어렵사리 알아내서 그녀의 잔재가 남아 있는 추모원에도 갔다. 10여 년 전 모습으로 웃는 그녀의 사진이 작은 액자에 끼워져 봉안당 안의 유골함 앞에 서 있었다. 범인은 너를 스토킹하던 남자였다는데, 너는 나 때문에 죽은 것일까? 아니라고, 내 잘못이 아니라고 생각했지만, 만약 그랬다고 해도 나는 10년의 세월로 그 대가를 치렀으니 용서해 주기를 바랐다. 기도하는 대신 눈을 감고 그녀를 오래 생각했다.

　감옥에서 보낸 10년의 세월은 내게 무엇이었을까? 들어갈 때의 나와 나왔을 때의 나는 매우 다르다고 느껴졌다. 그 안에서 끝도 없이 이어지는 기억과 생각과 상상에 잠겨 지내는 나, 그러면서 천천히 변화해 가는 나를 떠올려 보았다. 내가 감옥에서 나와 다시 들어온 이 세상은 내가 감옥에서 생각하고 상상했던 바깥세상보다 평이했다. 다시 들어가지 않을 감옥 안 세상이 이제는 바깥세상, 아니 높은 벽으로 막힌 저 너머의 세상이 되었다. 그래서 이제 이 바깥세상을 직접 살아가야 하는 나는, 내가 갇혀 있었고 다시는 돌아가지 않을 그곳이 생각난다.

　내 뒤로 닫히는 철문 소리, 내게 붙여진 번호, 감옥에서 먹은 첫 끼, 잠들지 못하는 밤. 내가 들어간 방 한쪽에 앉아서 자기 말 잘 들으라고 하는 목과 팔에 문신 가득한 사내, 그에게 내가 사람 죽이고 들어왔다고 하니 의외라는 눈치, 폭행, 사기, 절도, 살인미수 등을 저질렀다는 자들, 그중 살인미수로 들어왔다는 사내는 '그 새끼를' 못 죽이고 미수로 끝난 게 아쉽다고. 감옥에서 듣는 빗소리의 처연함, 창밖 멀리 하늘을 날아다니는 새들, 자꾸 떠오르는 네가 죽어 있던 모습. 줄지어 식당으로 걸어가는 수감자들, 몸집 좋은 교도관들의 무심하거나 귀찮다는 눈빛, 그들 머릿속에 박혀 자라나는 내가 모를 걱정거리. 콘크리트 벽의 투박한 촉감, 마른 먼지 날리는 운동장, 느닷없는 주먹다짐과 싸우는 두 사람을 둘러싼 환호성, 호각 소리, 감시탑 초소 안에서 우리를 지켜보고 있는 사람. 먼저 출소하는 사람을 향한 수감자들의 부러운 눈빛, 새로 들어와 우리 앞에서 덜덜 떨다가 울어버린 어린 녀석, 볼펜으로 나를 그려준 사람이 달고 사는 잔기침, 다들 시끄럽다고 불평하다가 이내 배경음악처럼 돼 버려 귀에도 안 들어오는 그 기침 소리, 그가 내게 보여 준 딸의 사진. 내가 사람 죽인 얘기를 듣고 싶어 하는 문신한 사내, 실은 죽이지 않았다는 답에 절레절레 흔들던 그의 큰 머리, 벽을 타고 기어 올라가는 이름 모를 벌레. 10년 동안 들어오고 나가며 바뀐 많은 얼굴들, 출소 이후의 허황한 포부와 계획, 몇 년 만에 다시 들어온 사내가 나를 보고 반가워하던 모습, 아직도 여기 있네, 다시 왔지만 나보다 먼저 나갈 거라며. 볼 때마다 조금씩 더 초췌해지는 어머니, 네가 살아서 면회 온 것을 상상하는 저녁, 운동시간에 하얗게 내린 눈을 밟으며 걸을 때 내 발 옆에 나타나는 너의 발, 내가 아니라 다른 사람의 것 같은 수감 전의 삶, 여기 있는 나는 누구인가? 하루하루 지나가는 날들의 똑같은 모습, 하루하루 달라지는 나의 모습, 기억과 생각과 상상에 잠겨서 들리지도 않는 옆 사람이 나를 부르는 소리, 요즘에 특별히 더 우울하냐고 묻는 교도관, 싱긋 웃으며 아니라고 대답하는 나. 이제는 다들 그런 줄 아는 마음이 다른 데 가 있는 나의 모습, 나보고 언젠가는 미치거나 자살할 거라고, 아니면 아예 득도할 거라고 말하는 같은 방 어느 사내, 다 틀린 말. 10년 일찍 다시 열리는 철문, 비, 나를 보고 있는 어머니와 아버지. 비릿한 두부의 맛, 네가 없지만 계속될 삶……

아무도 안 죽는
일곱 머리 이야기

왕창진 박사는 폭우에 무릎까지 물이 차오른 길바닥에서 머리 하나를 건져내 집으로 가지고 왔다. 그는 수건으로 얼굴을 닦고 머리칼을 드라이어로 말린 후 머리를 탁자 위에 올려놓고 살펴보았다. 다른 사람이었다면 사람 머리가 물에 둥둥 떠다니고 있는 걸 보고 놀라 기겁했을 테지만 그는 그런 사람이 아니었다. 한 팔로 가슴에 안은 머리를 행여 누가 볼까 봐 앞으로 기울여 든 우산으로 가리고 얼른 집으로 돌아왔다. 손가락 끝을 머리의 코에 대 보니 숨을 쉬고 있었다. 왕 박사는 몸뚱이가 없어 폐도 없는데 숨을 뭐로 쉬며 또 왜 쉬는 것인지 의아했다. 뇌에는 산소가 공급되어야 하니 누가 어떻게 했는지는 모르겠지만 어쨌든 호흡을 통해 산호를 흡입하도록 머릿속을 개조했을 것으로 생각했다. 머리의 귀에 손가락을 대 보니 날숨이 느껴졌다.

여자 머리 같았다. 왕 박사가 손으로 볼을 톡톡 몇 번 치니 머리가 눈을 떴다. 머리는 우선 왕 박사의 얼굴을 보고 살짝 놀라는 눈치를 보였고, 눈동자를 이리저리 굴리면서 그곳이 어디인지 둘러보았다. 머리는 눈을 감더니 양미간을 찡그리고 무엇인가에 집중했다. 잠시 그러다가 당황하고 난처한 표정으로 다시 눈을 뜬 머리는 왕 박사에게 그가 누구이며 거기가 어디인지 물었다.

"나는 왕창진이라는 사람이고 여기는 내 집입니다. 내가 물이 차오른 거리에서 당신을 건져 왔습니다."

"다른 머리들은 못 보셨나요?"

"다른 머리들이 또 있습니까?"

모두 일곱 개의 머리가 있었다. 여섯은 남자 머리였고 하나는 여자 머리였다. 머리들은 하나의 몸을 공유했다. 남자 몸이었다. 그들은 그때그때 다른 머리를 몸에 붙이고 외출했다. 머리들은 생각과 느낌을 공유했다. 일곱이 서로 다른 사람이라고 느껴지지 않았다. 머리들은 하나의 마음을 가졌다. 몸 없이 머리만 있게 된 이전의 과거는 막연한 느낌만 들고 구체적인 기억은 나지 않았다. 머리들이 자연스럽게 그렇게 됐을 리는 없었는데, 누가 그렇게 했는지는 몰랐다.

머리들은 한집에서 살았다. 도시 외곽의 허름한 단독주택이었다. 등기부등본을 떼어보니 '박준성'이라는 이름의 젊은 남자가 소유자로 되어 있었다. 어떻게 집을 샀는지 머리들은 기억하지 못했지만, 여섯 개의 남자 머리 중 하나가 몸과 같이 붙어 있었을 때 소유하게 된 것으로 추측했다. 그 이름으로 된 은행 계좌에 돈도 좀 들어 있었고, 한 달에 한 번씩 매번 송금인 이름이 바뀌며 같은 액수의 돈이 입금됐다. 세금이나 카드 대금 청구서도 집으로 왔다. 머리에 따라 다른 일을 하면서 적으나마 돈도 벌었다. 머리들이 어떤 생체실험의 대상이 된 것일 수도 있다고 생각했지만, 아무도 찾아오지 않았다. 아무도 전화하지 않았다. 구석구석 뒤져 봐도 감시카메라 같은 것도 없었다. 그래서 그냥 살았다. 나름 행복하기도 했다.

그러다가 어느 날 기록적인 폭우가 쏟아졌고 남자 머리 하나를 붙이고 몸이 밖으로 나간 사이 꼼짝 못 하는 여섯 머리가 물에 휩쓸려 내려갔다. 정신을 잃었는데 눈을 떠 보니 이곳이었다. 그리고 다른 머리들과 공유하던 생각과 느낌이 끊겨버린 것을 알았다. 갑자기 머리 하나에 고립되어 동떨어진 개인이 되었다. 이것이 머리가 해 준 얘기였다. 머리는 슬퍼 보였다.

왕 박사는 이야기를 다 듣고 나서 잠시 생각에 잠겨 있다가 이렇게 말했다.

"내가 짐작 가는 데가 있습니다. 머리들의 수수께끼를 풀 수 있게 도와주겠습니다. 그리고, 다른 머리들도 찾아보겠습니다. 대신, 그 전에 당신도 나에게 협조할 일이 있습니다."

"뭔데요?"

왕 박사는 사람을 만들어 내고자 했다. 프랑켄슈타인처럼. 다만, 시체를 이용하지는 않고 배양한 생체조직, 줄기세포, 복제 세포, 조작된 유전자, 수술, 기타 등등 자세히 얘기하지는 못할 다양한 방법으로 살아 있는 사람을 만들어 내려고 했다. 좀 더 내밀하게 말하자면, 그를 사랑하며 남은 삶을 같이해 줄 여자를 만들어 내고자 했다. 몸을 만들어 내는 데까지는 성공했지만, 마음이 깃드는 뇌는 도저히 만들어 내지 못했다. 계속되는 실패 끝에 지금은 그의 마음에 꼭 들게 만들어 놓은 여자의 몸만 양분이 공급되는 특별한 용액 안에 있다. 몸은 만들면서 머리는 왜 못 만드느냐고 물으면 그에 대한 설명은 너무 복잡하고 전문적이어서 이해하기 어려울 것이므로 생략하겠다. 각설하고, 결론은 그가 건져 온 머리를 그 몸에 붙여 하나의 여자로 살아 움직이게 하고 싶다는 것이다. 그렇게 한 명의 여자가 되어 머리들의 수수께끼에 대한 답을 줄 수 있는 자를 만나게 해 주겠다. 이것이 왕 박사가 해 준 이야기였다. 머리는 기뻐 보였다.

"좋아요. 나도 몸이 있으면 좋겠어요."

"고맙습니다. 그리고, 오해가 있을까 해서 미리 말하는데, 당신이 몸을 가지게 된 후에 나를 사랑해 줄 필요는 없습니다."

"알겠어요. 그래도 사람 마음은 모르는 거니까."

왕 박사는 그저 장난스럽게 빙긋 웃었다.

††

마취에서 풀려나 눈을 떴을 때 머리는 손, 발, 뱃속, 등, 항문, 엉덩이 등이 목 아래에서 머리를 향해 와글대고 있는 느낌을 받았다. 꼼짝하지 않고 누워 있어도 머리는 몸을 느낄 수 있었다. 예전에, 며칠에 한 번씩 남자 몸에 붙어 있을 때와는 또 조금은 다른 느낌이었다. 머리는 고개를 살짝 들어 목 아래를 보았다. 이불에 덮여 있어 보이지는 않았지만, 이불 아래에 있는 볼록한 것이 새로 생긴 자기 몸이라는 것은 알았다. 숨을 들이쉬어 보니 부풀어

오르는 가슴이 느껴졌다. 손가락과 발가락이 뜻대로 움직였다. 머리는 몸을 일으켜 세워 앉았다. 두 손으로 하얀 환자복 위로 가슴을 만져보았다. 여자의 가슴이었다. 그리고, 손을 아래로 내려 사타구니 사이를 만져 보았다. 남자 몸에 붙어있던 그 성가신 것이 없었다. 여자의 몸이었다. 머리는 침대에서 내려와 거울을 찾았다. 벽에 전신을 볼 수 있는 거울이 있었다. 머리는 옷을 다 벗고 알몸으로 거울 앞에 서서 새 몸을 살펴보았다. 아름다운 몸이었다. 머리는 눈물이 났다.

머리가 거울 앞에서 울고 있는데 왕 박사가 들어왔다. 그는 머리가 옷을 벗고 있는 것을 보고 벽으로 돌아섰다.

"수술은 완벽하게 잘 됐습니다. 마음에 듭니까?"

"그럼요. 너무 좋아요. 내가 이제야 진짜 여자가 됐네요."

"옷을 입어 주십시오."

"직접 만든 몸이어서 다 보셨을 텐데 뭘 그러세요?"

"머리가 달려서 다른 사람의 몸이 됐을 때는 다릅니다."

머리는 다시 옷을 입었다. 왕 박사는 몸을 돌려 이제는 몸이 생긴 머리를 보고 감탄했다.

"정말 잘 어울립니다. 아름답습니다."

"정말 고마워요. 이 은혜를 어떻게 갚아야 할지."

"지금 그렇게 제 앞에 서 있는 것으로 다 갚았습니다."

머리는 다른 여섯 머리와 같이 한 몸을 공유하며 살 때 몸에 붙어 외출해서는 '박준성'이라는 이름을 썼다. 몸이 누가 봐도 다리에 털 나고 어깨 딱 벌어지고 가슴 근육 붙은 남자 몸이었으니 할 수 없이 머리도 짧게 자르고 남자처럼 하고 다녔다. 머리는 다른 머리들과 생각과 느낌을 공유하면서 일곱 머리가 하나라고 느꼈지만, 떨어져 있을 때나 남자 몸 위에 붙어 있을 때나 여성이라는 정체성을 느꼈다. 이 여자 머리가 몸에 붙어 있을 때는 남자 몸의 성기도 발기하지 않았다. 한편으로는 몸도 없는 머리가 스스로 여성이라는 건 어떻게 알 수 있을까 의문이기도 했다. 그런 말을 듣더니 왕 박사는 이렇게 말했다.

"성 정체성은 태아 시절 생식기 형성이 된 이후의 다른 시기에 별도의 프로세스에 의해 뇌에서 형성되는 것입니다. 보통은 같이 가지만 태아 때의 호르몬 이상으로 서로 달라질 수도 있습니다. 그러니 머리만 있어도 스스로 느끼는 성별은 있습니다. 당신은 이제 당신에게 딱 맞는 몸을 가지게 됐습니다. 그런데, 일곱 머리가 하나라고 느끼면서도 당신은 다른 여섯 머리와는 다른 성 정체성을 가지고 있다니 특이하긴 합니다. 그걸 보더라도 처음부터 일곱 머리가 하나였던 것은 아닙니다. 누군가가 그렇게 만들었습니다. 당신도 다른 사람들처럼 어머니의 자궁 안에서 자라나 세상으로 나왔을 겁니다."

"새 이름을 지어 주세요."

"흔한 이름이겠지만, '박준성'에서 '박'은 그대로 두고 '박은경'은 어떻습니까?"

"좋아요. 박은경."

"네. 은경 씨."

걷고, 뛰고, 먹고, 싸고, 쥐고, 흔들고, 뻗고, 구부리는 등 은경이 새 몸에 익숙해지는 데에는 며칠 걸리지 않았다. 더 이상 날숨이 귀로 나오지도 않았다. 예전에 남자 몸에 붙었을 때도 그러긴 했다. 어떻게 그렇게 되는지는 몰라도 누구인지 참 재주도 좋았다. 은경은 엄마의 질 또는 칼로 가른 아랫배 구멍을 통해 머리 아래에 붙여서 가지고 나왔을 온전한 몸이 있었을 때의 기억이 간질간질 날 듯 말 듯 나지 않았다. 왕 박사가 만나게 해 주겠다는 사람을 만나면 과거를 알 수 있을까?

왕 박사의 집도 일곱 머리가 살던 데처럼 외진 곳에 있는 단독주택이었다. 다른 점이라면, 이 집은 높은 지대에 있어 폭우가 와도 물에 잠길 염려가 없다는 것이었다. 지하실에는 잘 차려 놓은 연구실이 있었다. 그는 그곳에서 은경의 몸도 만들었고 은경의 머리와 그 몸을 붙이기도 했다. 은경은 거의 매일 집에 붙어 있는 왕 박사가 어느 대학의 교수직이라도 가졌는지 궁금해서 물어봤는데, 그는 예전에는 교수이기도 했지만, 지금은 다 그만뒀다고 했다. 은경은 이렇게 남들은 하지 못하는 연구를 하는데 교수직도 그만두고, 이렇게 다정하고 인상도 좋은데 사랑도 기대하지 않는 데에 특별한 이유라도 있는지 물어봤다. 막 그를 사랑하게 될 것 같아서.

그 질문에 대해 왕 박사가 해 준 이야기는 이랬다. 왕 박사는 사람을 만들어 내는 것 말고도 특별한 다른 연구도 했다. 그는 동물과 식물을 결합하여 음식을 먹지 않아도 햇빛과 공기와 물만으로 살 수 있는 생명을 만들어 내고자 했다. 오랜 시간 끝에 동물실험은 어느 정도 성공적으로 이루어졌다. 그는 자기 자신에게 그것을 적용했다. 그것이 무엇인지는 너무 복잡하고 전문적이라서 설명을 생략하겠다. 그런데, 그 결과 그의 몸에 예상하지 못한 변화가 생겨났다. 쥐, 개, 고양이로 실험할 때는 일어나지 않은 것이었다. 그리고 왕 박사는 바지와 팬티를 아래로 내렸다. 그의 사타구니에는 성기가 있을 자리에 작은 나무 하나가 아래로 늘어져 있었다. 나무에는 가는 가지가 자라나 작은 잎도 매달려 있었다. 그가 다리에 바지와 팬티가 걸린 채로 엉거주춤 햇빛이 들어오는 창가로 갔다. 햇빛을 받으니 나무 성기는 꼿꼿이 일어나 빛을 향해 섰다.

"가끔은 끝에 꽃도 핀답니다. 이런 가지와 잎과 꽃은 수시로 잘라내 줘야 합니다. 괜찮다면 그저 작은 나무라고 생각하고 한번 만져 보세요."

은경은 조심스럽게 손을 대어 그것을 만져 보았다. 보기에 그것은 나무였지만 만져보니 촉감은 나무껍질처럼 거칠지는 않고 사람 피부처럼 부드러웠다.

"봐서 알겠지만 이제 이것은 햇빛을 받아야만 발기합니다. 어두운 곳에 들어가면 죽어버립니다. 질 속에 작은 인공태양이라도 가지고 있는 여성이 아니라면 나는 섹스가 불가능합니다. 그리고, 더 큰 문제는 이렇게 나무로 변하고 있는 부위가 성기만은 아니라는 사실입니다. 나는 나무로 변하는 중간단계에 있습니다. 곧 온몸이 딱딱하고 거칠어질 것입니다. 자세히 설명할 수는 없지만 이제 이 변화를 돌이킬 수는 없습니다. 얼마나 걸릴지는 잘 모릅니다."

왕 박사는 팬티와 바지를 올려 입었다. 은경은 무슨 말을 해야 할지 몰랐다. 은경은 왕 박사를 껴안고 등을 토닥거렸다. 등과 어깨가 단단하고 두툼해서 무성한 잎 아래에서 오래 앉아 쉬고 싶은 늠름한 나무가 될 것 같았다.

"집 마당에 내가 나무로 서 있을 자리를 마련해 놓았습니다. 나중에 여기를 떠나 한참 후에 다시 찾아왔을 때 내가 보이지 않으면 그 자리로 와 주십시오. 나무 한 그루가 서 있을 것입니다. 지금처럼 이렇게 한 번 안아주고 등을 대고 앉아 쉬십시오."

††

 강깊은 박사의 눈앞에서 책을 펼쳐서 들고 있던 로봇 팔은 책을 덮었다. 강 박사가 생각으로 책을 덮으라고 해서 덮은 것이었다. 그가 읽은 책은 30년 넘게 변호사를 했다는 남자가 이름도 들어보지 못한 출판사를 통해 낸 두 번째 단편집이었는데, 이야기마다 사람들이 족족 죽어 나갔다. 왜 이렇게 등장인물들을 죽이는지, 재미가 없지는 않아서 책을 끝까지 읽기는 했지만, 그는 그 점이 영 마음에 들지 않았다. 이 아저씨는 사람을 죽이지 않고는 이야기를 못 쓰나? 아무도 안 죽는 이야기를 읽고 싶었다. 세상에는 죽음이 넘쳐나지만, 매일 수많은 사람이 죽는다 해도, 대부분의 사진 한 장의 프레임 안에는 죽음이 보이지 않고 세상의 극히 적은 부분만 찍힌다. 이야기 한 꼭지도 세상의 극히 적은 부분만 말해주는 것이니 굳이 모든 이야기에 죽음이 들어가야 할 필요는 없지 않은가? 모든 사진에 시체나 장례식이 들어가지 않는 것처럼 이야기에서도 아무도 안 죽어도 된다.

인품이나 생각이 깊지도 않은데 꼭 그럴 것 같은 선입견을 주는 자기 이름이 못마땅한 강깊은 박사는 그런 이름을 지어준 부모님이 자식 이름을 가지고 장난을 쳤다고 여겼고, 이름에서 연상되는 것과는 달리 물을 무서워해 깊은 강에는 들어갈 생각도 없었다. 하지만, 이제 머리만 남은 강깊은 박사는 그에게 산소와 양분을 공급하는 특수 용액에 턱 아래가 잠겨 둥둥 떠 있었다. 그는 화학물질 범벅인 그 얕은 물만 내려다보아도 약간의 두려움을 느꼈다. 고약한 운명이었다.

그는 그야말로 오랜만에 자기를 찾아올 누군가를 기다리고 있었다. 오랜 친구이자 동료였던 왕창진 박사가 그에게 만나 보면 그도 필시 알 것이라며 '박은경'이라는 새 이름을 가지게 된 젊은 여자를 그에게 보낸다고 했다. 그녀가 알고 싶은 것을 그가 이야기해 줄 수 있을 것이라면서. 여자와 대화하는 데에서 늘 어려움을 느꼈던 그는 약간은 불안한 마음으로 그녀를 기다리고 있었다. 몸은 없이 머리만 남은 이 상태가 그녀에게 매우 특별한 인상을 줄 것이기 때문에 예전에 몸이 있었을 때보다 더 편하게 그녀를 상대할 수 있다고 애써 믿었다. 아, 그 몸은 얼마나 끔찍했던가.

초인종이 울렸고, 벽의 스크린에 나타난 여자에게 집이 누구냐고 물었다. 스피커를 통해 왕창진 박사가 보낸 박은경이라는 답이 들렸다. 강 박사는 생각으로 문을 열었다. 바퀴 달린 로봇 하나가 그녀를 맞이하러 굴러갔고 곧 그녀가 로봇을 따라 들어왔다. 은경은 머리만 남은 강 박사를 보고 놀라지 않았다. 그녀 역시 얼마 전까지 그랬으니까. 강 박사는 은경을 알아보았다. 일곱 개 머리 중 유일한 여자 머리. 이제는 어울리는 여자 몸이 생겼구나.

서로 인사를 하고는 잠시 아무도 먼저 말을 꺼내지 않고 가만히 있었다. 은경이 먼저 물었다.

"왕창진 박사님은 강깊은 박사님이 저와 다른 여섯 머리의 과거에 대해 알고 있을 거라고 했습니다. 알고 있는 것을 저에게 말해주실 수 있으십니까?"

"내가 다 알지는 못하지만, 아는 만큼 말해주겠습니다. 그런데, 우선은 내 이야기부터 하겠습니다. 그래야 이야기가 연결될 것이니까요."

그는 건강한 몸의 남자였다. 꾸준히 운동해서 적당한 근육을 갖춘 몸이 누가 봐도 꽤 보기 좋았다. 이런저런 병으로 아픈 적도 거의 없었다. 그는 다양한 분야를 섭렵한 장래가 촉망되는 천재적인 학자였다. 왕찬진 박사도 그에 필적하는 학자였는데 둘은 경쟁자이자 협력자였다. 언젠가는 둘이 같이 대단한 업적을 남길 수 있을 것 같았다. 그러던 어느 날 그는 갑자기 일어난 발작에 쓰러져 며칠 동안 의식 없이 누워 있다가 가까스로 깨어났다. 그의 뇌에 무슨 일이 있었던 것인지 깨어난 후 그는 자기 목 아래의 몸 전체가 자기 몸이 아니고 다른 사람의 몸이라고 느꼈다. 그는 그것이 '아소마토그노지아(asomatognosia)', 그러니까 '신체 인식불능증'의 극단적인 케이스라고 스스로 진단했다. 그는 자기 머리 아래에 붙어 있지만 타인의 것으로 느껴지는 몸을 참을 수 없었다. 그가 통제할 수 없는 목 아래의 몸이 두 손으로 그의 목을 졸라 죽일 것 같았다. 머리만으로 생존할 방법을 고안한 그는 왕창진 박사와 다른 동료의 도움을 얻어 목 아래 몸을 잘라냈다. 그 후로 그는 그렇게 특수한 용액에 목을 담그고 지지대에 고정되어 머리만으로 살고 있었다.

그는 집 안의 모든 장치와 기기들을 그의 뇌만으로 조종할 수 있도록 시스템을 갖췄다. 그것을 위해서도 다른 많은 사람의 도움이 필요했다. 참으로 감사한 일이다. 그래서 그의 소위 '브레인 맵'에는 목 위 부위의 것들 말고는 팔, 다리, 손, 발, 생식기, 항문 같은 것들이 아니라 집 안의 이런저런 인공적인 장치들이 자리 잡고 있다. 보통의 사람들에게 말로 설명할 수는 없지만 그 장치들은 그의 일부이고 그의 새 몸이고 그는 그것들이 받는 정보를 전기, 열, 압력, 온도, 정보, 기계언어 등 원래 형태 그대로 직접 인식하고 느끼는 것은 물론이고 장치들을 생각만으로 직접 조종한다. 다들 생각으로 팔다리를 움직일 수 있지 않은가? 그처럼 그는 팔다리 대신 여러 가지 장치들을 생각으로 움직인다. 그것은 직접 해 보고 겪어보지 않은 사람은 말만 들어서는 이해하기 어려울 것이다. 무슨 돈으로 다 그런 걸 할 수 있었는지 궁금하겠지만, 일찌감치 사별한 그의 아버지는 사업과 투기로 돈은 많이 벌어서 안 쓰고 살다가 무녀독남 외아들인 그에게 다 남기고 죽었다.

그 대목에서 일곱 머리와 이야기가 연결됐는데, 강 박사는 잘라낸 몸을 의대에 실험용으로 기부하지도, 버리지도, 태우지도 않았다. 강 박사의 몸은 일곱 머리가 공유하는 몸이 되었다. 그녀가 종종 머리를 달고 나갔던 몸은 바로 그의 몸이었다.

"어떻게 그렇게 된 거죠?"

"계속 들어봐요."

버리지는 않고 어떻게 활용할 수 있을까 해서 잘라낸 몸을 특수한 용액에 담아 썩지 않도록 살려 놓고 있던 어느 날이었다. 그에게 누가 보냈는지 모르겠는 커다란 박스가 배송됐다. 로봇을 시켜 박스를 안으로 들여와 열어 본 순간 머리만 남은 그로서도 깜짝 놀랄 수밖에 없었다. 그 안에는 특수한 용기 안에 냉동된 일곱 개의 머리가 들어 있었다. 봉투가 하나 들어 있었는데 로봇이 뜯어서 그의 눈앞에 들이민 편지 첫 장에는 이렇게 적혀 있었다.

"남는 몸이 하나 있다고 해서."

왕창진 박사에게 전화해서 물어도 봤지만, 아니라고 했다. 그럼 이걸 보낸 사람은 대체 누구일까? 그리고 이 머리들은 누구일까? 이 머리들의 몸은 다 어떻게 됐을까? 그와 같은 증세를 겪은 사람들일까? 그렇게 많을 리는 없을 텐데.

편지에는 두 번째 장도 있었다. 거기에는 머리들이 살 집의 주소가 적혀 있었다. 머리들을 해동하지 말고 몸과 같이 그 집으로 가져다 놓아 달라고 했다. 타이머를 맞춰 놓았으니, 시간이 되면 해동은 자동으로 된다고 했다. 그리고, 꽤 큰 액수의 수표가 붙어 있었다. 그뿐이었다. 그래서, 지금 생각하면 왜 그랬는지 모르겠지만(돈 때문은 아니었다!), 그는 군소리 없이 편지를 쓴 자가 해 달라는 대로 해 줬다. 어쩌면 편지를 쓴 자는 일곱 머리 중 하나였는지도 모른다는 생각도 했다. 그 후 그 집에서 자동으로 해동되어 의식이 깬 머리들이 그의 몸을 어떻게 이용해서 살아왔는지 그는 몰랐다. 그런데 느닷없이 지금 이렇게 그중 하나의 머리가 새 몸을 달고 그를 찾아왔다. 그녀의 새 몸은 왕창진 박사가 인공적으로 만들어 낸 것이라고 들었다.

"우리가 어떻게 그렇게 됐는지는 모르는 거네요."

"미안합니다. 이게 내가 아는 다입니다."

은경이 처음 깨어났던 때를 돌이켜 보았다. 눈을 떴을 때 처음 본 것은 여섯 머리가 물에 쓸려 가던 날 아침에 몸을 달고 나갔던 머리가 몸을 달고 그녀를 보고 있는 모습이었다. 은경이 이상한 느낌에 자기 목 아래를 보니 그녀의 몸이 없는 것을 알고 비명을 질렀고, 이내 머릿속에서 오글거리는 생각이 들었다. 그들 일곱은 생각과 느낌을 공유했다. '박준성'이라는 하나의 이름만 있었다. 다른 여섯 머리는 남자 머리로 보였다. 그녀는 스스로 여성이라고 여겼지만, 남자 이름 같은 그 이름이 남의 이름 같지는 않았다. 일곱은 서로 구분되지 않는 하나의 인격체라고 느껴졌다. 그녀의 몸은 어떻게 됐을까? 다른 머리의 몸은? 말도 다 할 수 있었고, 주변에 있는 사물들의 이름과 작동 방법도 다 알겠고, 이런저런 나라의 수도도 기억났고, 심지어 지하철노선도 생각이 났는데, 그녀가, 아니 일곱 머리가 개인적으로 겪은 과거의 일에 대해서는 아무 생각도 나지 않았다. 일곱 머리가 각자의 몸을 가지고 서로 다른 개인으로 있었을 때 그중 하나가 이 모든 것을 꾸몄는지 아닌지도 은경은 몰랐다.

"누가 일곱 머리를 있게 했는지 궁금했는데 은경 씨도 그것을 물어보러 내게 왔다고 해서 조금은 아쉬웠습니다. 나중에 기억이 나면 언제든지 말해 주십시오. 혹시 은경 씨가 이 모든 것을 계획한 것인지도 모르지 않습니까? 내가 해 준 이야기가 조금이라도 도움이 됐으면 좋겠습니다."

"뭐든 기억이 나면 꼭 다시 와서 말해 드리겠습니다. 오늘 해 주신 이야기 감사합니다."

††

은경이 돌아왔을 때 왕창진 박사는 그녀를 반갑게 맞으며 깜짝 놀랄 좋은 일이 있다고 했다. 그녀가 강깊은 박사를 만나러 집을 나선 그날 아침에 비해 그의 표정이 굳어 있었다. 그녀는 그가 기분이 나쁘기 때문이 아니라 몸 전체의 근육이 급속히 굳어가고 있기 때문이라는 것을 알아차렸다. 그는 나무가 되어 가는 중이었다.

그를 따라 들어간 거실 탁자 위에 나란히 줄지어 다섯 머리가 놓여 있었다. 머리들은 은경을 보고 매우 반가워하며 저마다 한마디씩 했다. 서로 자기가 말하려고 목소리를 높이는 바람에 무슨 말인지는 잘 알아들을 수 없었다. 그걸 보고 은경은 다섯 머리도 서로 생각과 느낌을 더 이상 공유하지 못하게 되었음을 알았다.

"머리들은 당신을 찾은 곳에서 그리 멀지 않은 곳에 모여 있었습니다. 각자의 입으로 다른 머리의 머리카락을 물어 마치 자기 꼬리를 문 뱀 같은 모습으로 웅덩이에 둥둥 떠 있었습니다. 용케 찾아냈습니다. 내가 당신 얘기를 하고 이리로 데리고 왔습니다."

다섯 머리는 은경의 몸을 보고 놀라고 감탄했다. 진짜 여자 몸인지 확인해 보고 싶으니, 옷을 벗어보라고도 했다. 은경은 순순히 옷을 벗어 머리들에게 보여줬다. 왕창진 박사는 이번에도 몸을 돌려 벽을 보고 서 있었다. 머리들은 일시에 눈이 동그래지면서 부러워했는데, 그걸 보니 생각과 느낌의 공유가 아직 이어져 있는 것 같기도 했다. 그러고는 번갈아 이렇게 재잘거렸다.

손이 있으면 만져보고 싶은데. 나도 몸이 있으면 좋겠다. 여자 몸하고 섹스하고 싶은 거야? 그 몸은 어디서 난 거야? 바보야, 아까 저분이 자기가 만든 걸 붙여 준 거라고 했잖아! 그런데, 그날 우리 몸을 붙이고 나간 그 머리 하나는 어디로 갔지? 우리는 왜 생각과 느낌이 하나가 아니게 된 거지? 박사님, 저희도 몸 하나씩 만들어 주면 안 될까요? 저분 아파 보이는데. 그 몸은 얼마 주고 산 거야? 멍청아, 저분이 그냥 줬다고 했잖아! 우리도 돈은 없어. 나머지 머리를 찾아 데리고 와서 그 몸을 다시 공유하면 돼. 우리가 그놈하고 다른 사람이 됐으니, 그놈이 이제는 안 주려고 할 걸! 그럼, 강제로라도 머리를 몸에서 뽑아야지. 우리는 팔다리도 없는데 어떻게? 이상해, 예전에는 이러지 않았는데 우리가 인품이나 성격도 다 달라진 것 같아. 각자 개인으로 해체되고 나니 본색이 드러나는 거지! 아 시끄러워.

은경은 옷을 다시 입고 왕창진 박사에게 가서 강깊은 박사가 해준 이야기를 전해주었다. 다섯 머리도 귀를 기울였다. 왕 박사가 고개를 끄덕일 때 머리에서 나뭇잎 몇 개가 가을바람에 날린 듯 떨어졌다.

들었어? 우리 몸이 붙어 있던 머리를 만나고 왔대. 미친놈이네, 멀쩡한 몸을 잘라냈다고? 뇌에 이상이 생겼다잖아! 우리도 예전에 그랬는지 누가 알아. 어쨌든 우리를 이렇게 만든 자가 누구인지는 모른다는 거지? 우리 중 하나일지도 모른다고 그자가 말했다는 거 못 들었어? 혹시 너 아니야? 몸 달고 나간 그놈 아닐까? 우리가 한때 공유했던 '박준성'의 기억에 그런 건 없었으니, 그놈도 아닐 거야. 그것만 없었나, 과거에 대한 아무 기억도 없었지. 우리 중 누군가 이렇게 해 놓고 과거 일에 대한 기억을 다 지워 버렸을 수도 있는 거지. 술 마시고 싶다. 몸이 있어야 술을 마시지! 그놈이 혼자 밖에서 술 마셔도 우리는 이제 안 취하는 거지? 당연하지. 죽고 싶어. 혀 깨물고 죽어버려. 싫어!

　머리들은 배가 없으니 배가 고픈 것은 아니었지만 기운이 없어졌다. 눈을 뜨고 있기 힘들 정도로 지친 상태가 되었다. 공유하는 몸이 있을 때는 머리들이 돌아가며 몸에 달려 음식을 먹으면 머리에도 영양이 공급되어 기력이 회복됐는데, 지금은 몸이 없어 그럴 수 없기 때문이었다. 왕창진 박사는 머리들에게 곧 대책을 마련해 줄 테니 조금만 기다려 달라고 했다. 절대 아무도 안 죽을 거라고도 했다. 머리들은 여자 몸이라도 좋으니 은경의 몸에 잠깐씩이라도 달려 있을 수는 없냐고도 물었지만, 왕 박사는 은경의 몸은 머리들이 공유하던 몸과는 다른 방식으로 그녀의 머리에 붙인 것이기 때문에 더 이상 머리와 분리할 수 없다고 했다. 머리들이 일제히 투덜거리며 왕 박사의 실력이 턱없이 부족하다고 비난했다. 강 박사에게 데려가서 자기네들이 은경의 몸을 공유할 수 있게 몸을 고치게 하라고 요구했다. 왕 박사는 설명하자면 복잡하지만, 은경의 몸은 자기가 만든 것이어서 강 박사도 어쩔 수 없고 그렇게는 안 되는 일이라며 거절했다. 은경은 안도하는 표정을 지었다.

우리 몸을 달고 있는 남은 머리 하나를 찾아서 이리로 데려와 줘. 이렇게는 못 산다. 나도 몸을 달고 나가 삼겹살에 소주도 먹고 싶다고. 여자도 만나고. 그래, 맞아. 영희는 내가 연락을 끊고 잠적한 줄 알겠지? 명숙이도. 강원이도. 강원이는 우리 중 두 머리를 번갈아 만났잖아. 그래, 걔가 이상하게도 몸이 어디선가 겪어본 듯 익숙하다고 했는데. 우리는 그 몸이 필요하다고! 네 몸을 못 나눠 주겠다면 우리 모두에게 속했던 그 몸을 찾아와 줘, 제발!

은경은 그러겠다고 약속했다.

††

홍수가 나던 날 몸을 달고 나간 머리는 다른 머리들과 모든 연결이 끊기고 혼자가 됐다는 것을 알고 어찌할 바를 몰랐다. 그에게 과거의 기억은 없었으나, 다른 머리들과 단절되어 하나의 머리만으로 홀로 존재하는 것은 그가 이 세상에 깨어나 눈을 뜬 후 처음 겪는 일이었다. 다른 머리를 찾으려고 사방으로 다녀 봤지만, 어디에서도 찾을 수 없었다. 그는 더 이상 일곱 머리가 하나를 이룬 '박준성'이 아니었고, 아무도 아니었다. 처음으로 외롭다고 느꼈다. 그 느낌은 매우 생소했다. 그나마 지금 몸이 그에게 붙어 있는 것이 불행 중 다행이라고 생각했다. 움직일 수 없게 된 다른 머리들은 어떻게 됐을까?

물이 차서 엉망이 된 집은 아예 허물어지기 직전이었다. '박준성'이라는 이름으로 만들어진 계좌를 혼자 관리하게 된 그는 그 돈으로 도심으로 들어와 작은 원룸을 얻었다. 원래 살던 집은 일곱 머리를 있게 한 누군가가 적절히 처리할 것으로 생각했다. 가끔 그는 살던 집을 찾아 혹시 다른 머리들이 돌아왔는지 살펴보았지만, 한참이 지나도 그런 일은 일어나지 않았다. 집은 계속 엉망이 된 상태 그대로 있었다. 마음이 떠난 그는 집을 치우고 청소할 엄두도 내지 못했다.

그는 주말이면 일하러 오던 곳으로 와 있었다. 달리 어디를 가고 무엇을 하겠는가? 계좌에는 돈이 남아 있었고, 다른 머리들이 사라지고 그 혼자 남았어도 들어오던 돈은 들어왔다. 누가 돈을 보내는지 알고 싶었지만 알 길은 없었다. 그 사람은 현재 일곱 머리가 이렇게 됐다는 것을 알고 있을까? 그는 줄 서 있던 사람들을 들여보냈다. 사람들은 많이 해 본 솜씨로 '수퍼노바' 열차에 올라타 안

전대를 밑으로 내려 고정했다. 그는 즐겁게 긴장한 사람들이 안전대를 다 제대로 채웠는지 첫 차부터 끝 차까지 체크했다. 열차가 출발했다. 철컥철컥 정점까지 올라간 열차는 아래로 곤두박질치다가 다시 상승하기를 반복하면서 배배 꼬며 돌고, 한 바퀴 뼁 돌고, 급커브를 타고 달리다가 다시 제자리로 돌아올 것이다. 아직 열차가 톱니에 물려 올라가는 중인데 벌써 사람들이 질러대는 소리가 들렸다. 그렇게 열차가 폭주해도 아무도 죽지는 않을 것이다.

그는 처음에는 커다란 동물 캐릭터 머리를 뒤집어쓰고 다니며 사람들에게 손을 흔들고 같이 사진을 찍는 일을 했다. 놀이공원에 있는 마스코트 캐릭터들은 그 안의 사람과는 달리 세상에 아무 걱정도 없이 즐겁기만 한 얼굴을 하고 있었다. 그는 풍선을 들고 색색 가지 플라스틱 머리띠를 한 어린아이들이 그곳이 세상을 대표하는 공간이 아니라는 것 정도는 넉넉히 알 것이라고 짐작했다. 오늘도 째지는 소리를 싣고 롤러코스터는 내달린다.

그는 교대 시간이 되어 일을 마치고 공원 밖으로 나왔다. 퇴근해서 탄 버스 안에서 문득 그날의 기억이 또 떠올랐다. 구조 헬리콥터가 내려준 줄에 몸을 묶고 끌려 올라가다가 멀리 여섯 머리가 세찬 물에 떠내려가는 것을 봤었다. 비가 그치고 물이 빠진 후 여섯 머리가 흘러간 쪽으로 가서 사방을 찾아봤지만 하나도 찾을 수 없었다. 이상한 삶이었다. 부모가 누구인지도 몰랐고, 일곱 머리와 같이 눈을 뜨기 전에 어떤 삶을 살았는지도 몰랐고, 이제는 혼자였다. 그는 버스에서 내려 집으로 갈 때면 늘 갈아타러 가는 지하철역 쪽으로 걸어갔다. 편의점에 가서 아이스크림이나 하나 사 먹을까 하던 참에, 누가 그의 뒤를 쫓아오고 있다는 느낌을 받았다. 재빨리 뒤를 돌아보았다. 눈에 띄는 사람은 없었다. 그는 걸음을 빨리해 어느 모퉁이를 돌자마자 벽에 몸을 붙이고 잠시 기다렸다. 뒤를 쫓아오는 사람이 있다면 그 사람이 그와 유지했던 거리를 다 까먹을 만한 시간이 지날 때까지. 모퉁이를 돌자, 그 사람이 그의 앞에 딱 섰다. 여자였다. 그는 그 얼굴을 알아보았다. 바로 그녀였다. 그날 물에 떠내려간 여자 머리.

은경은 그를 보고 웃었다.

"잘 있었어?"

그는 깜짝 놀라 은경의 몸을 보았다. 그런 그를 보고 은경은 그의 손을 잡고 자기 가슴에 댔다. 여자의 몸이었다.

"너도 내 마음이 안 읽히니?"

"안 읽혀."

"그 몸은 어떻게 얻은 거야?"

"배고프다. 어디 들어가서 밥이라도 먹자. 할 이야기가 많아."

††

은경은 그를 찾기 위해 처음에는 일곱 머리가 같이 있던 집으로 갔다. 물이 빠진 지 꽤 됐지만 여전히 집 안은 엉망이었다. 아무도 없었다. 주변도 두루두루 찾아보고, 며칠 동안 근처에 머물면서 그가 돌아오기를 기다렸지만, 그는 오지 않았다. 그는 집을 버리고 다른 곳으로 떠난 것으로 보였다. 은경은 그의 머리가 몸을 붙이고 나가 일하던 놀이공원이 생각났다. 그곳은 다른 머리와 함께 은경의 머리도 '직접' 경험한 곳이었다. 그녀에게도 그곳에 대한 추억이 있었다. 그곳으로 먼저 가 볼 걸 그랬다. 다른 집으로 이사했더라도 주말이면 그 머리는 몸을 달고 여전히 거기에 있지 않을까? 실로 그랬다. 혼자 몸을 차지하고 아무도 모를 곳으로 도망가 버리지는 않았다. 일곱 머리로 이루어진 '박준성'은 그런 사람이었다. 그 일부였던 은경도 그것을 모르지 않았다. 이제 타인이 된 은경과 그가 서로를 '너'라고 부르는 것이 꽤 이상했다.

은경은 그가 거절하지 않을 거라고 믿었다. 은경과 마

찬가지로 그도 '박준성'이었으니까. 둘은 왕창진 박사의 집으로 가기로 했다. 다른 머리들과 재회하고 더 이상 생각과 느낌은 공유하지 못하지만 다 같이 어떻게 그의 몸을 다시 공유할 수 있을지를 의논해 보기로 했다. 그는 이제는 서로 연결이 끊어져 타인이 되었지만, 다른 머리들도 자기 입장이었으면 마찬가지였을 거라고 말했다. 그러나, 왕창진 박사가 만들어 준 여자 몸의 주인이 되어 그 몸을 다른 머리와 공유하고 싶지는 않게 된 자신의 마음을 알고 약간은 놀랐던 은경은 그 말에 부정도 긍정도 하지 않았다.

둘은 왕창진 박사의 집으로 왔다. 은경이 비밀번호를 눌러 문을 열고 들어가 왕 박사를 불렀지만 아무도 나오지 않았다. 집 안은 고요했다. 머리들이 시끄럽게 얘기하는 소리도 들리지 않았다. 은경은 왕 박사가 어디 외출했나보다 생각했고, 그를 데리고 다섯 머리가 모여 있던 거실로 갔다. 거실은 비어 있었다. 다들 어디로 갔지? 그러다가 은경은 집 마당에 자기가 나무로 서 있을 자리를 마련해 놓았다는 왕 박사의 말이 생각났다. 은경은 마당으로 뛰어나갔다. 영문도 모르고 그도 그녀의 뒤를 따라 나갔다.

왕창진 박사의 키보다 조금 큰 나무 한 그루가 초록색

잎들을 가지에 무성하게 달고 그곳에 서 있었다. 이렇게 빨리! 왕 박사가 은경에게 보여줬던 나무 성기도 보이지 않았고 그녀의 눈앞에 있는 것은 온전히 한 그루 나무였다. 은경은 나무를 어루만졌다. 그녀에게 새 몸을 준 그 사람을 사랑할 수도 있었을 텐데. 은경에게 모든 이야기를 들은 그도 그녀의 반응을 보고 그 나무가 누구인지 알았다. 그는 은경이 나무를 어루만지는 손길에서 그녀의 마음을 엿보았고, 그녀의 손길이 이제 그를 향해 주기를 바랐다.

"그러면 다른 머리들은?" 그가 물었다.

"그러게. 손도 발도 없는 머리들이 다른 데로 가지는 못했을 텐데."

은경이 나무 주변을 둘러보았다. 나무 근처에 놓인 다섯 개의 화분이 눈에 들어왔다. 화분에 심어진 것이 무엇인지 분간이 안 돼서 가까이 가서 보니 화분마다 화초로 변해가고 있는 머리가 하나씩 뿌리를 내리고 있었다. 머리들은 아직 완전히 화초가 되지는 못해 얼굴의 모습이 남아 있었고, 깜빡이지 못하는 눈을 뜨고 은경과 그를 보고 있었다. 입의 흔적도 남아 있었으나, 어느 머리도 입을 움직여 말하지는 못했다. 어떤 화초가 될지는 알기 어려웠지만, 왕창진 박사가 변한 것 같은 나무가 되지는 않을 것 같았다. 나무줄기에 압정으로 쪽지가 한 장 꽂혀 있었다. 나무로 변하기 전에 왕 박사가 쓴 것이었다.

'이 화분들에 물은 한 달에 두 번만 주면 됩니다. 내가 이달 15일에 줬으니 다음 달 1일에 주면 됩니다. 물만 잘 주면 안 죽고 잘 자랄 것입니다. 당장은 모습이 이상할 수 있지만 곧 사람 머리의 모습을 버리고 멋지게 변할 것입니다. 나무에는 수시로 물을 주세요. 비가 많이 오면 화분들만 실내로 잠깐 옮겨 주십시오. 그럼, 저는 이만.'

은경과 그는 나무와 다섯 개의 화분 앞에 앉아서 말없이 그것들을 보고 있었다. 은경은 일어나 나무를 껴안고 잠시 있다가 나무에 등을 기대고 앉았다. 그가 은경에게 말했다.

"우리는 애초에 한 사람이었으니 두 사람이 됐어도 서로 잘 이해할 수 있을 거야. 우리 이 집에서 같이 살아."

"나무와 화초에 물도 잘 주면서 말이지."

"나도 새 이름을 하나 지어줘."

"너는 그냥 그대로 '박준성'이지."

아무도 안 죽어서 다행이었다. 은경은 나무와 화초에는 꽃들이 필지, 핀다면 어떤 꽃들이 필지 궁금했다. 은경은 각기 다른 예쁜 색깔의 아름다운 꽃들을 꿈꾸었다.

작가의 말

어느새 두 번째 책을 내게 됐다. 첫 번째 책 때와는 달리 이번에는 다른 작가들처럼 좀 근사하고 유려하게 작가의 말을 쓰고 싶었다. 하지만, 멋대로 지어낸 이야기에서 벗어나 이 글을 쓰려고 컴퓨터 앞에 앉아 있으니 그런 글은 좀처럼 나오지 않고, 나는 그동안 오랜 시간 변호사 일을 하면서 썼던 글처럼 이 글도 쓰고 있다. 길게 쓸 말도 생각나지 않는다. 나를 아는 사람들은 대부분 이 책에 실린 이야기가 아니라 작가의 말을 쓰고 있는 이런 나에 익숙할 것으로 생각한다. 그러니, 나를 모르는 사람들은 상관없겠지만, 나를 아는 사람들은 혹시 이 책을 읽게 된다면 지금까지 알던 나와는 다른 나를 발견해서 재미있어해

주기를 바란다. 이제 나는 대단한 보상이 없더라도 글쓰기 덕분에 남은 삶은 지금까지 살아온 것과는 조금 달리 살 수 있을 것이라고 희망한다. 이 책을 나오게 해 주고 또 이후로도 계속 갈 힘을 준 '시간낭비'의 이강원 대표, 강지희 편집자, 그리고 핑구르르 디자이너에게 깊은 감사를 드린다.

복수자의 오두막
이준성 소설집

초판 1쇄 발행 2024년 1월 15일

지은이 이준성
편집 강지희
디자인 핑구르르
발행인 이강원
펴낸곳 시간낭비

전자우편 k.lee@timewaste.co.kr
ISBN 979-11-980091-2-8 (03810)

책값은 뒤표지에 있습니다
잘못된 책은 구입하신 서점에서 교환하여 드립니다
이 책은 저작권법에 따라 보호받는 저작물이므로 무단전재와 무단복제를 금합니다